AF431809

Alessandra

*

Adélaïde :
Tome V

*

Philippe Rosenberger

Ce livre est dédié à

Alessandra Ambrosio, qui ne me connaît pas le moins du monde, et que je ne connais qu'à travers ses photos, ses vidéos et sa joie de vivre, mais qui a été ma muse durant de nombreuses années. Je suis l'un de vos plus grands fans !

Dans un souci de compréhension, à la différence de « *la Défaite de D* », les différents dialogues en langues étrangères furent transcrits en français — excepté pour le chapitre III de la partie I.

Cette œuvre est une œuvre de fiction et bien qu'elle décrive des personnages réels, ceux-ci sont écrits de manière fictive et présentés dans des situations fictives.

Personnages :

Le Club des Damnés

Le Club des Damnés a été reconstruit ailleurs ! Découvrant avec joie neuf mois après l'incendie que Phileas avait investi la cathédrale abandonnée, les membres tout aussi bien que les Reines furent informés de sa réouverture. Le nouveau lieu, consacré et immense, fit tout d'abord regretter le précédent. Mais avec le temps et des aménagements continus, le mystère reprit de plus belle. Rien n'avait changé donc, si ce n'est un nouveau décor et une nouvelle magie des plus enivrantes.

Adélaïde

Adélaïde était une jeune étudiante comme les autres jusqu'à ce qu'elle réponde à une annonce et rejoigne le Club des Damnés. Après des débuts difficiles, de la peine et de la tristesse, elle devint néanmoins sous le nom de Méphala l'une des Reines les plus épanouies et les plus appréciées par ses consœurs et par les Cavaliers. Elle fut également l'une des plus sollicitées par les membres. Le Club lui apporta beaucoup. De la confiance en elle, un épanouissement sexuel, mais aussi et surtout l'amour en la personne de son directeur, Phileas, dont elle tomba éperdument amoureuse. Après la construction du second club, Phileas et elle se revirent et elle tomba enceinte. Dans le même laps de temps, elle découvrit qu'il était agent secret, et finit par le rejoindre au sein du *Service*. À la mort de *D*, la directrice, elle en devint la cheffe avant de finalement accoucher de ses premiers enfants, des jumeaux ; Adrien et Jean.

Phileas

Personnage obscur appelé Phileas ou Léopold, simple mais intrigant, il est à l'origine du Club des Damnés, bien que personne ne sache vraiment ni quand ni comment il l'a créé. Les rumeurs et les légendes circulant à son propos sont légions, et il serait pour certains un personnage séculaire, un envoyé du diable ou n'importe quoi qui pourrait justifier son influence. La vérité est pourtant toute autre, car Phileas est en réalité un multimilliardaire qui a notamment réactivé un vieux service secret chargé de stopper des menaces échappant à la justice. Mais il s'évertue surtout à démanteler une *Organisation* aussi dangereuse que mystérieuse. Après s'être fait tirer dessus, il apprit qu'Adélaïde, qu'il aimait et qui avait découvert son secret, avait été nommée agente secrète par *D*. Lorsque celle-ci mourut, il la désigna pour la remplacer. Phileas est père de trois enfants. Wanda, la fille qu'il a eue à l'âge de seize ans, et Adrien et Jean, les jumeaux qu'il a eus avec Adélaïde.

Chloé

Première Reine qu'elle ait rencontrée, Chloé est devenue la meilleure amie d'Adélaïde.

Les deux femmes se sont quasiment tout de suite attachées l'une à l'autre et sont depuis deux amies complices et solidaires. Leur histoire ne s'arrête cependant pas qu'à leur amitié sans faille. En effet entraînées par la tension sexuelle qui régnait constamment au Club des Damnés, elles sont devenues à plusieurs occasions amantes avant qu'Adélaïde ne sorte avec Phileas, tissant entre elles un lien qui ne s'effilera jamais. Reine d'Or du Club, Chloé est une alliée fidèle et une figure de proue pour les Damnés. Les cheveux d'un blond caramel et le visage angélique, elle est une femme agréable et chaleureuse ouverte aux nouvelles amitiés et qui n'aime pas se prendre la tête pour un rien.

Jean

Jean, Reine Rouge ou Reine de Sang du Club des Damnés était la meilleure amie de Chloé et d'Adélaïde. Tuée par l'*Organisation* que combat Phileas, celui-ci garda sa mort secrète jusqu'à ce que la vérité éclate d'elle-même. Personne ne sait vraiment quel lien les unissait, mais Jean restera dans le cœur des Reines et des Cavaliers comme une amie très chère perdue trop tôt.

Wanda

Wanda est la fille de Phileas. Italienne fière et arrogante aux premiers abords, elle est en réalité une jeune femme déboussolée vivant difficilement sa situation. Sa mère étant morte très tôt, elle vécut seule avec son père et appréhendait mal, malgré son confort luxurieux, sa fausse vie de conte italien et surtout ses absences à répétitions. Elle alla jusqu'à créer des tensions avec Adélaïde avant de finalement faire la paix avec elle-même et son père, et d'accepter sa vie d'agent secret telle qu'elle était.

Alfred

Cavalier confident d'Adélaïde, Alfred est un ancien agent de la DGSE, serviable, poli, loyal et toujours là pour prêter main-forte. Considéré par beaucoup comme le chef des Cavaliers, il est officieusement le bras droit de Phileas. C'est aussi lui qui a poussé Adélaïde à lui déclarer sa flamme. Après qu'elle ait découvert des mois plus tard la vraie nature de ses activités, elle apprit la nature de leur lien : Alfred est le père de Phileas, et par conséquent le grand-père de Wanda, d'Adrien et de Jean.

Les Reines

Les Reines du Club des Damnés sont des créatures de rêves dans un lieu propice aux plaisirs et aux mystères. Chacune unique, chacune délicieuse, chacune pouvant être conquise... mais aucune acquise. Depuis la création du Club des Rodiers, le nombre de Reines n'a fait qu'évoluer. Bien qu'il n'y ait jamais eu à ce jour un seul instant où toutes furent réunies au club, il est rare que le nombre d'actives soit inférieur à une vingtaine. Il y a donc à chaque instant passé dans les lieux de délices, autant de visages que de désirs. Exotisme, fraîcheur, maturité… Il y a une Reine pour chaque goût.

Les Cavaliers

Vous désirez un verre ? Une collation chaude ou froide, une soupe de chocolat, un bouillon de légumes ? Vous aimeriez rejoindre une Reine dans une loge ou une salle de bain ? Vous vous êtes perdus dans les méandres du Club ? Demandez votre chemin, demandez un renseignement. Ces hommes en redingotes toujours serviables, toujours là, sont vos plus fidèles amis. Mais n'oubliez pas, un mot de leur part à l'oreille de ces dames et vous serez châtié.

Le Service

Le *Service* est un organisme secret agissant sans reconnaissance officielle et chargé d'appréhender ou à défaut d'éliminer toutes personnes échappant à la justice. Son fondement est basé sur la légitimité et non la loi, dans un souci de faire respecter les droits de l'Homme. Totalement officieux, il est la réincarnation du *Syndicat*, un groupuscule créé dans les années 40 et réunissant des représentants de chaque nation, de chaque ethnie, de chaque religion et des deux sexes. Utopistes, ces gens voulaient créer un monde meilleur et plus juste, mais au lendemain de la Seconde Guerre mondiale, se rendant compte que l'argent avait gangrené le monde et que les gouvernements ne se souciaient plus de leurs citoyens, ils décidèrent que la seule façon de rendre le monde un tant soit peu plus juste était de mettre hors d'état de nuire les gens échappant au système pénal officiel. De rêveurs, ils étaient devenus des agents secrets impitoyables.

D

D est l'ancienne cheffe du *Service*. Femme de caractère âgée d'une soixantaine d'années, elle voyait d'abord l'arrivée d'Adélaïde dans la vie de Phileas d'un mauvais œil, mais au fil du temps elle se montra plus douce. Lorsque Phileas se fit tirer dessus et oscilla entre la vie et la mort, elle intervint pour arrêter Adélaïde qui avait tué son agresseur, puis la nomma membre du *Service*. D fut abattue sous les yeux de Phileas quelque temps plus tard par le chef de l'*Organisation*.

L'Organisation

L'*Organisation* fut découverte lors de la mort de Jean. Personne ne sait vraiment grand-chose sur elle, si ce n'est qu'il s'agit d'un groupement organisé et bien plus dangereux que n'importe quelle organisation du crime. Après s'être rendu compte qu'elle avait infiltré la plupart des gouvernements et des services secrets, le *Service* a fait sa priorité numéro une d'arrêter ses exactions.

Partie I

Alessandra Ambrosio

Chapitre I

À l'angle de la West 9th Street et de la 5th Avenue

La pluie battait à tout rompre sur les buildings de verre et d'acier. Le froid environnant était horriblement glacial et mortel, la brume semblait tel un gigantesque fantôme effrayant, et les rues, vides et sans vies, étaient désolantes. Il faisait nuit à New York, et il faisait froid.

Phileas regarda l'heure, nonchalant. Il était deux heures et demie du matin. Cela faisait déjà sept heures qu'il attendait. C'était incroyablement long sept heures à faire le guet, trempé jusqu'aux os. Il était impatient que cette filature se termine, il avait hâte de rentrer se coucher à son hôtel, et surtout, ses enfants lui manquaient. L'agent *Six* scruta de nouveau le bout de la rue et souffla dans ses mains pour les réchauffer un peu. Il n'aurait décidément pas dû donner sa veste à son assistante, il avait froid.

— « *Tu le vois ?* » demanda soudainement la voix d'Adélaïde par son oreillette.

Phileas regarda une nouvelle fois les rues alentour avant de répondre.

— Non, fit-il simplement.

— « *Tu me dis quand tu le vois hein ?* »

— Si tu continues à m'emmerder *M* je te préviens ça va se payer, lâcha Phileas, un peu irrité de son comportement maternel.

— « *Et comment Six ? Tu vas m'empêcher de me lever la nuit pour aller aux toilettes ?* » s'exclama la voix d'Adélaïde, ironique.

— Et si je couchais avec ma secrétaire ?

— « *Oses seulement !* » s'emporta tout de suite Adélaïde.

— Tu vas me laisser maintenant ?

— « *Râââaah, je savais que je n'aurais pas dû assigner des secrétaires aux exécutifs.* »

— Tu as bien fait au contraire, la mienne a des bas exquis. Blonde châtain, dévouée, sérieuse, toujours bien habillée, et elle vient au boulot avec un porte-jarretelles ! Chaque fois qu'elle est assise, la jupe fendue de son tailleur me le révèle et…

— « *Je vais la faire muter.* »

— Fais ça et tu pars avec… Je coupe la liaison chérie.

— « *Tu ne la reverras plus jamais…* »

Phileas coupa son communicateur. Adélaïde était parfois agaçante. Ce n'est pas qu'elle doutait de lui ou de ses compétences, mais elle avait peur pour lui comme s'il était son troisième enfant. Et comme le seul moyen pour qu'elle arrête de l'embêter était de la rendre jalouse, et la jeune Corie étant vraiment très belle, il la poussait dans ses retranchements pour qu'elle cesse de l'importuner. Phileas sourit en s'appuyant contre le réverbère. Adélaïde devenait toujours dingue à l'évocation d'une autre femme et se sentait à chaque fois obligée de défendre son territoire puis de bouder. C'était compulsif. Avec plaisir il savoura donc d'avoir au moins la paix durant quelques dizaines de minutes et regarda aux alentours pour voir s'il y avait du mouvement. Il faudrait qu'il change de méthode cela dit, Adélaïde risquerait un jour de vraiment croire qu'il lui était infidèle.

L'homme du club s'adossa au réverbère de façon plus confortable et porta son regard sur la 5th avenue. Il était à Greenwich Village, au croisement de ladite 5th et de la West 9th Street. Phileas était chargé de surveiller et d'appréhender si nécessaire un trafiquant de drogue. Pour être exact, il était fatigué de tuer des gens, même s'il s'agissait d'ordures, alors il faisait une pause. D'agent autorisé à tuer il était donc redevenu un simple redresseur de torts, chargé de faire payer les criminels en les faisant craquer sous la pression, en leur rendant la monnaie de leur pièce… en les faisant avouer dans la terreur. C'était sa façon personnelle de procéder, et Abilio Álvarez méritait une correction. C'était un tueur sadique, une fiente infâme qui acheminait de la drogue d'Amérique du Sud jusqu'à New York pour ensuite la vendre à travers le monde dissimulée dans des produits d'entretien qu'il faisait partir par bateau. Le F.B.I, la D.E.A. et d'autres encore essayaient de le faire tomber depuis plus de cinq ans, mais ils n'avaient jusque-là trouvé aucune preuve. Il y avait beaucoup trop d'indicateurs dans leurs rangs qui prévenaient Álvarez avant chaque descente, et comme cela avait déjà coûté la vie à trois agents du F.B.I, le *Service* avait décidé de leur donner un coup de pouce.

Phileas était contre la peine de mort, mais le débat tiraillait ses entrailles. Pour lui, aucune personne n'avait le droit de s'estimer supérieure à une autre pour décider de sa vie à sa place. C'était indéniable, limpide, personne absolument personne n'était au-dessus de personne, aucun humain n'avait donc le droit de décider de la vie d'un autre ! Mais certains étaient malheureusement beaucoup trop dangereux pour rester en vie, et c'était le cas d'Álvarez.

Phileas était donc là, attendant patiemment pour lui régler son compte. Il avait accepté l'idée que certains devaient être tués pour que d'autres puissent être sauvés ou protégés, et malgré ses idéologies il était donc devenu un assassin. Il fallait bien, après tout, que quelqu'un fasse le sale boulot.

Phileas respira fortement. Le seul hic, c'est qu'il n'avait plus envie de tuer. Oh, cela ne lui faisait plus rien, il était émotionnellement imperméable maintenant, mais il avait besoin de faire une pause et de passer quelques mois sans ôter une vie. Alors il espérait que cette filature porterait ses fruits et qu'ils pourraient faire arrêter Álvarez afin qu'il n'ait pas à lui décoller la carafe.

L'homme du club expira fortement une nouvelle fois avant d'aller s'adosser contre la rambarde en pierre de l'escalier d'une maison. Il avait besoin de faire une pause quant à son travail d'agent *Double Zéro*, ou d'agent exécutif, comme Adélaïde aimait tant l'entendre. Il avait besoin de vivre quelque temps sans avoir de sang sur les mains. La réussite de sa mission était donc essentielle pour lui. Parviendrait-il à fournir les preuves pouvant servir à inculper Álvarez ? Ou bien devrait-il le faire taire à tout jamais pour faire couler son trafic ?

— Enfin… pour ça il faudrait déjà qu'il se montre, lâcha-t-il dans le vide.

Phileas regarda tout autour de lui. Rien, les rues étaient désertes, c'était vide. Il éternua une fois, commençant à être enrhumé, et vérifia dans sa poche que ce compact de malheur, création pour amateur, était bien là.

— Allez… amène-toi, j'en ai par-dessus la tête de t'attendre, reprit-il agacé.

Álvarez avait pour habitude de venir ici durant la nuit précédant chaque livraison. Il descendait la 5th et se garait non loin pour venir récupérer des affaires dans une de ces maisons. Il avait aussi une maitresse qu'il y rencontrait régulièrement. Phileas regarda une nouvelle fois l'heure et s'impatienta. Il devrait déjà être venu bon sang… Il rebrancha son communicateur, inquiet.

« Connexion, agent Six », annonça la voix numérique.

— *« Ici Folley »*, annonça la voix d'un agent du réseau.

— Est-ce qu'on est sûr qu'il passera par-là ? demanda Phileas.

— *« À priori oui, sauf s'il change de programme. Notre homme dans la place ne nous a cependant rien annoncé de tel. »*.

— Bien, tâchez de revoir avec lui, recontactez-moi, j'attends.

— *« Bien monsieur. »*

— Transmission terminée.

Phileas coupa la liaison et en attendant la réponse, repensa à ce qu'Adélaïde lui avait demandé. Il avait bien entendu refusé, comme il l'avait fait avec *D,* mais cela ne servirait à rien, il savait que tôt ou tard il devrait se résoudre à parler aux nouveaux agents. Un jour, Adélaïde dirait stop et le forcerait à le faire. Elle y tenait beaucoup trop, plus encore que Marianne, pour lâcher l'affaire.

D'après elles, il était vital qu'un agent de son niveau, de son ancienneté, et de son expérience raconte aux nouvelles recrues tout ce qu'il savait et ressentait. C'était disaient-elles nécessaire pour qu'ils soient préparés à la dureté de la réalité. Mais la génération actuellement en formation étant essentiellement composée de ses anciens camarades et vu qu'elle les considérait comme des amis de bancs d'université, Phileas se doutait que dans le cas de sa compagne, cette demande n'avait pas qu'un but professionnel. En effet, peu après sa nomination en tant que *009*, Adélaïde avait été envoyée sur l'île de formation par *D*. Elle n'y avait passé que quelques mois, mais il se doutait bien qu'elle y avait tissé des liens. Ces jeunes gens devaient déjà être surpris à l'époque de savoir qu'elle était autorisée à tuer et envoyée à l'entrainement par *D* elle-même, alors d'apprendre qu'elle avait pris sa place et qu'elle couchait avec l'agent *006* avait dû la rendre encore plus populaire parmi eux…

Phileas ne voyait pas cela d'un mauvais œil, mais il avait peur que l'excitation de la jeunesse ne prenne le pas sur la prudence et la raison, et qu'Adélaïde soit de connivence du fait de leur amitié. Bien entendu, les avertir par un cours serait l'idéal pour refréner leur enthousiasme mais pour lui il valait mieux se faire « sermonner » après s'être cassé la gueule. Enfin bref, pensa Phileas en définitive, les petits camarades d'Adélaïde étaient encore jeunes, alors même s'ils étaient dévoués à leur cause, ils devaient croire vivre leurs rêves de grandeur avant de se ramasser et là, d'apprendre à ses côtés. Avant, ils n'interpréteraient ses propos que comme les groupies d'un chanteur buvant ses paroles, sans comprendre réellement le message ni y prêter une réelle attention. L'excitation annihilait et annihilerait leur raison. D'ailleurs les ragots qui circulaient sur lui et Bella parmi leurs rangs il y a plusieurs mois en étaient la preuve. Il fallait être encore jeune et assez immature pour tant vouloir savoir ce qu'il pouvait se passer entre lui et la « belle » agente du *Service*.

Phileas regarda une nouvelle fois l'heure avant d'éternuer. Il commençait vraiment à trouver le temps long.

Enfin, repensa-t-il pour s'occuper, malgré ce petit tracas de maturité, la machine était en marche, à sa plus grande joie. Ce qu'ils avaient initialisé avec *D* portait ses fruits et le nombre d'agents avait triplé depuis sa mort, et il était sans cesse en augmentation. Ils atteindraient ainsi presque huit mille agents lorsque l'année serait terminée…

Depuis la réactivation du *Service*, en 97, les recrues étaient sélectionnées selon une méthode assez précise. Il y avait ainsi trois types de gens rejoignant leurs rangs. En premier lieu, il y avait ceux qu'ils compromettaient et qui donc étaient des agents indirects, à leur insu. Le *Service* les faisait chanter en menaçant de révéler une liaison ou une certaine déviance, et ceux-ci leur fournissaient donc de précieux renseignements en échange de leur silence. C'était d'ailleurs assez attachant de constater que dans certains cas cela en amenait sur la voix de la rédemption, car ils trouvaient au bout d'un moment le courage d'avouer leurs tords et se libéraient ainsi de leurs obligations, à la grande satisfaction des têtes pensantes du *Service*. En effet un homme qui décidait sans savoir quelles étaient leurs motivations, tenues secrètes, de dire stop parce qu'il pensait mal agir était un homme bien. Ils l'avaient ramené dans le droit chemin, et c'était en soi une victoire pour les héritiers du *Syndicat*. En sachant bien sûr qu'ils ne faisaient cela qu'avec des personnes ayant des relations extraconjugales ou des secrets mineurs, pas des assassins ou des pervers sexuels, entre autres sociopathes, qui eux étaient en général ou remis à la justice si les preuves étaient réunies, ou stoppés, par la force létale ou non, si le système ne pouvait rien faire, mais cela, c'était une autre affaire.

Ensuite il y avait les gens volontaires, des gens qui manifestaient un désir de justice et que le *Service* approchait. Ces gens étaient pour la plupart du temps des gens de la police, de la justice ou simplement des pères de famille dont les enfants leur avaient été pris par un assassin et qui désiraient rendre justice sans sombrer dans la vengeance. Des gens qui voulaient aider en somme. Parfois même, il s'agissait de repentis.

Enfin il y avait les surdoués, ceux que le *Service* recrutait de son propre chef. Une division spéciale de la section de recherche faisait un listing des petits génies du monde entier et les observait durant leur enfance. En les épiant un peu, en les suivant, les agents établissaient de ce fait leur profil psychologique et leur caractère, pour savoir s'ils accepteraient ou non de travailler avec eux. En près de seize ans, une trentaine de surdoués avaient ainsi été approchés, et ils ne s'étaient trompés que sur un, qui après coup avait décidé de se retirer. Mais leur méthode était juste, et vingt-huit super génies travaillaient en définitive avec eux dans divers domaines. Oh bien sûr, ils n'accostaient ces enfants qu'à leur majorité, ils ne voulaient pas les priver de leur enfance, mais ils les suivaient scolairement et de façon périodique tout au long de leur adolescence pour voir s'ils pouvaient être des agents potentiels… Cela grossissait les rangs de l'organisation, et la plupart s'étaient ainsi retrouvés sur les bancs de la base d'entrainement au Japon, certains aux côtés d'Adélaïde durant son instruction. Mais là où ils avaient bougé les choses avec *D*, c'était quand ils avaient décidé de…

— « *Connexion, agent Folley.* », annonça la voix numérique dans l'oreille de Phileas.

Phileas sursauta, arraché à ses pensées, et répondit.

— Agent Folley ? demanda-t-il.

— « *Six, nous avons repéré sa voiture, il est de l'autre côté du Washington Square, à Soho.* », révéla Folley.
— Génial…
— « *Désolé, notre informateur a été pris de cours, Álvarez a vu une "poule".* »
— Je vois, j'y vais.

Chapitre II

La rencontre

Phileas descendit vers le quartier de Soho d'un pas rapide et décidé, et dès qu'il eut dépassé le square, la circulation et l'activité furent déjà plus importantes. La couleur, les néons, les gens, la musique... Il se sentit renaître. Il était tout d'un coup vif et éveillé, l'œil plus précis et les muscles prêts. Suivant les indications des données transmises sur son téléphone portable, il se rendit au bar où se trouvait à priori Álvarez. Arrivé à destination, il attendit au coin de la rue pour faire le guet.

— Montre-toi, montre-toi ou c'est la fessée... chantonna-t-il, amusé.

Phileas adressa quelques sourires aux gens passant à côté de lui, regarda les voitures garées dans le coin pour s'occuper, s'acheta un hot-dog, et attendit au final plus de deux autres heures que le trafiquant veuille bien montrer le bout de son nez à l'extérieur du bar. Car vu qu'il s'agissait d'une filature Phileas ne voulait pas que son visage puisse être familier à Álvarez. Il tenait à rester discret pour pouvoir réapparaître plus tard plus près du but si le besoin s'en faisait ressentir. C'était pour cela qu'il n'entrait pas. En admettant cela dit que la cible se trouvait effectivement dans ce bar, ce qui n'était pas certain. Les joies du travail bien fait dira-t-on.

Il était vers cinq heures moins le quart lorsque l'homme du club fut enfin le témoin d'une activité intéressante. Regardant de loin, il vit en effet les sbires d'Álvarez sortir du bar, bien beurrés et mal rhabillés, pour aller plein Sud. Il les avait reconnus facilement à un teint de peau typiquement équatorial mais surtout à une allure de tueur et des tatouages de prisonniers faits dans la prison où Álvarez avait été enfermé… Du moins, Phileas espérait qu'il s'agissait bien de ses sbires, car il n'avait pas toutes les informations concernant cette affaire, et ils changeaient aussi vite qu'il devait changer les couches de Jean et Adrien. Bon sang, c'était quoi son problème avec les couches ? Ce n'était pas l'odeur ni le contenu… pourquoi détestait-il autant la simple idée de devoir changer ces maudites couches ?
Phileas se racla le fond de la gorge, comme pour se rappeler à lui-même de se concentrer, et observa les quatre hommes ricaner et parler avec un manque de respect aux passantes. Il les suivit discrètement et à bonne distance. Álvarez ne se salirait pas les mains ce soir mais ses hommes de mains peut-être, alors mieux valait les avoir à l'œil. En espérant que c'était eux encore une fois. Phileas regretta un instant encore en soupirant de déception de ne pas être au lit bien au chaud en train de faire de jolis rêves, puis revint définitivement à sa mission. Les quatre hommes semblaient rire aux éclats d'une sorte d'orgie à laquelle ils avaient participé. Rien de bien ragoutant, pensa-t-il. Ils tournèrent dans la rue menant à Greene Street, parallèle à celle du bar, et continuèrent à chatoyer des refrains paillards, l'homme du club sur leurs talons. Il y avait à peu près une cinquantaine de mètres entre eux. C'était une bonne distance, pas assez pour les perdre mais bien assez pour ne pas donner l'impression de les suivre… Phileas arriva au

bout de la rue, dans Greene Street, et suivit des yeux les quatre hommes continuant toujours vers le Sud. Dans un souci de discrétion, il regarda à droite et à gauche pour vérifier que la voie était libre.

C'est alors qu'il vit son visage…

Phileas l'aurait reconnu entre mille. Un magnifique hâle bronzé, des yeux bruns pétillants, un nez finement dessiné, une bouche exquise, et des cheveux châtains avec des mèches blondes… Alessandra Ambrosio, c'était Alessandra Ambrosio ! Le cœur de Phileas battit à tout rompre. Il se sentit avoir un coup de chaud et rougir de timidité… Elle était là, sur le trottoir d'en face, venant du Nord à une vingtaine de mètres seulement de lui, sortant d'il ne savait où main dans la main avec son mari Jamie Mazur. Même s'il n'allait plus sur son forum, Phileas se tenait toujours au courant, et fondait toujours autant pour elle… Que faisait-elle ici ? Ils n'étaient pas auprès d'Anja et de Noah ? C'était étrange… Non ! Phileas secoua la tête et détourna le regard pour se reconcentrer sur les quatre cavaliers de l'apocalypse. Il fallait qu'il se concentre, il fallait qu'il garde les idées claires. Pourquoi faisait-il si chaud tout d'un coup ? Bon Dieu, il aurait mieux fait de rester chez lui…

L'homme du club respira un grand coup et se persuada de ne plus regarder à sa droite. Il espionna du regard les quatre hommes, inquisiteur, et s'annonça décidé à poursuivre sa mission… quand il remarqua que deux d'entre eux s'enfonçaient dans une ruelle à une cinquantaine de mètres en avant du couple, disparaissant dans l'ombre tels deux comploteurs.

— Non, ne faites pas ça… murmura Phileas inquiet.

Il regarda les deux autres hommes filer en rigolant comme des enfants vers la gauche, au bout de Greene Street, et tenta de percer l'obscurité de la ruelle en face.

— Bon sang, non…

Le maître des Reines regarda à sa droite. Alessandra Ambrosio et M. Mazur approchaient…

— Je ne dois pas m'en mêler, je ne dois pas m'en mêler. Cela nuirait à ma mission…

Phileas se colla contre le mur et se tapit dans l'ombre pour rester invisible. Il espérait qu'ils ne le feraient pas, que ce fantastique couple continuerait tout droit… Les deux acolytes qui s'étaient enfoncés dans la ruelle s'étaient échangés un sourire et des paroles avant de disparaître ce qui n'augurait rien de bon... Phileas souffla, les yeux au sol, comme si c'était une illusion, et regarda de nouveau dans la direction de la ruelle. Il fut rattrapé par la situation, Alessandra Ambrosio et Jamie Mazur y entrèrent.

— Et merde ! vociféra-t-il.

Il attendit quelques secondes qu'ils mettent de la distance, et discrètement, traversa la chaussée pour aller se positionner près de la ruelle. Le cœur battant, certain que les deux racailles parties plus loin ne pouvaient pas le voir caché dans l'ombre à plus de cent mètres, il prêta alors l'oreille pour entendre ce qui se passait à l'intérieur. Il ne devait pas intervenir, il ne fallait pas qu'il risque de se compromettre. Ce ne serait pas la mort, bien sûr, mais il était quasi vital pour la mission que ce soit lui qui fasse cette filature. Il fallait qu'il remonte la filière, il était le seul assez polyvalent pour pouvoir réussir…

Miss Ambrosio et M. Mazur furent accostés. Soi-disant pour une cigarette… Fumait-elle encore ? Non, il ne devait pas… Phileas tourna les talons et s'éloigna de la ruelle. Il ne devait pas s'en mêler, il ne devait pas la rencontrer… Sa voix s'éleva. Elle trahit de la peur et de l'inquiétude, elle était affolée. Ils allaient se faire agresser… Phileas ferma les yeux et continua à avancer… il ne devait pas intervenir.

— Je vais me payer une chatte à plus de 40 millions de dollars ! prononça fortement une voix à l'accent mexicain. Phileas ferma les yeux.

— Okaaaaay…

Il fit demi-tour et revint vers la ruelle. Il allait y avoir du sport… Silencieusement, il pénétra dans l'ombre vers les voix.

— Non, arrêtez ! s'écria la voix brésilienne et paniquée du modèle.

Un bruit de gifle se fit entendre, puis un ricanement. Ils avaient levé la main sur elle… Phileas entendit la voix de M. Mazur se dresser pour protester, mais elle se mua immédiatement en souffle coupé. Il venait de recevoir un coup au ventre. Phileas ne les distinguait pas encore.

— Arrêtez ! Pitié ! supplia miss Ambrosio.

— T'entends ça Dante ? Elle miaule son dû ! s'extasia l'un des deux hommes.

— Ouais, la pétasse est chaude ce soir ! On va la bouffer toute crue ! ricana l'autre.

Phileas entendit miss Ambrosio crier de peur une nouvelle fois. Elle venait d'être touchée, et visiblement à un endroit où une femme ne doit pas être touchée… Malheureusement pour ses agresseurs cela dit, l'agent *Six* savait dorénavant où tous étaient. Il ne leur laissa pas de répit et cela commença tout en finesse, comme à son accoutumée. Il déboula et frappa le premier du poing en remontant. On put même clairement entendre le bruit sec et net d'une langue coupée entre deux rangées de dents parmi les autres perturbations sonores… puis un autre coup, cette fois à la tempe, l'endormit.

— Que… ? fit la voix étonnée du second homme en se retournant vers là où était son complice.

Phileas resta baissé, tapi dans l'ombre. Il fallait être les derniers des cons pour commettre une agression dans la quasi-obscurité… En plus on ne voyait même pas le corps de la personne qu'on violait… Enfin, Phileas pensait ça, il ne pensait rien… Peut-être après tout que ces deux flèches mexicaines avaient dans l'idée de laisser le corps dépouillé et sans vie de M. Mazur dans la ruelle et de repartir avec leur trophée de rêve ailleurs ?

— Dante ? T'es là mec ?

Phileas aperçut le très bref reflet d'un réverbère de la rue au loin dans la lame du couteau de Monsieur 40 millions. C'était le détail qu'il lui fallait. D'un bref retournement, il attrapa le bras du mexicain, le tendit en tournant sur lui-même puis tapa dedans en remontant son bras droit plié. L'homme lâcha prise sur son arme et poussa un cri de surprise. Phileas l'attrapa alors par la tête et l'amena gentiment rencontrer son genou. Le mexicain ne demanda plus où étaient ses 40 millions de dollars.

— Je… je…, souffla encore sous le choc miss Ambrosio.

— Ne vous en faites pas, vous n'avez plus rien à craindre.

Phileas sortit une mini-lampe torche de sa poche et l'alluma pour rassurer le couple. Dans le faisceau de lumière, il vit une main de femme braquer une bombonne d'autodéfense sur ses yeux. Phileas ne sourcilla pas. La respiration paniquée et sur le qui-vive de la demoiselle trahissait ses intentions de défense et non d'attaque, il ne craignait donc rien. Pour néanmoins lui indiquer de lui faire confiance, Phileas éclaira son propre visage, et révéla ensuite les deux hommes étalés au sol. La bombonne s'abaissa alors d'un geste calme et confiant.

— Merci, s'exclama la voix de la jeune femme.

— De rien.

Souriant, l'homme du club éclaira et aida M. Mazur à se relever, vérifia qu'il n'avait rien de grave, puis pointa le magnifique visage de son modèle préféré avec sa torche.

— Merci, formula M. Mazur. Merci beaucoup. Vous nous avez sauvé la vie.

— Ce n'était rien, mais d'un, on ne sort pas sans protection seuls dans les petites rues, même de New York, surtout de New York en fait, et de deux, on évite surtout les endroits non éclairés, et de trois...

— Merci beaucoup, reprit une nouvelle fois miss Ambrosio en le coupant, reconnaissante, embarrassée de ce qu'il venait de se passer.

Phileas ne termina pas sa phrase. Il était sous le charme. Ses yeux, son expression, nom de Dieu... Il fallait qu'elle se fasse agresser plus souvent à sa proximité. Elle était si magnifique... Esquissant un sourire, il acquiesça simplement de la tête et les invita à sortir de la ruelle.

— Ce n'est rien. Je passais dans le coin. Mais vous devriez être plus prudents... Les rues ne sont pas sûres la nuit, surtout quand on a un visage connu et, excusez-moi de le dire, un corps que beaucoup aimeraient...

Phileas ne termina une nouvelle fois pas sa phrase, ce n'était pas la peine... Et c'était une belle boulette. Par il ne savait quel miracle, il eut toutefois l'impression que son visage ne rougit pas d'embarras et se pencha vers les deux malfaiteurs pour éviter un malaise.

— Oui, bon... vous m'avez compris, se reprit-il, se trouvant ridicule.

Il vérifia que les deux brigands étaient bien knock-out et regarda leur identité dans leur portefeuille.

— Je vais prévenir les autorités, annonça-t-il ensuite pour calmer le jeu.

Phileas se sentait un peu honteux de sa remarque, et souffla dépité. Ce n'était pas très subtil. Mais comme s'il s'était agi de l'apparition du Christ lui-même en compagnie d'Elvis, des Beatles manquants, d'Abraham Lincoln et du Yeti, en relevant la tête il vit avec joie le magnifique sourire un peu gêné que fit miss Ambrosio en passant une mèche de cheveux derrière l'oreille. Elle souriait timidement, comme perdant ses moyens devant un beau garçon... Du moins c'est comme ça que Phileas le prit ct rclativcmcnt soulagé, il se redressa le baume au cœur.

— Non, plus sérieusement, vous devriez faire attention vous savez, déclara-t-il franchement.

— Je... nous voulions marcher un peu, commença miss Ambrosio en désignant l'entrée de la rue d'où ils venaient. On n'a pas du tout fait attention.

— On aurait dû, fit Mr Mazur. Mais nous étions confiants on va dire... On n'imagine jamais qu'on se ferait agresser. En tout cas je vous remercie encore !

— C'est toujours comme ça...

— Oui, merci beaucoup monsieur !

Un petit blanc s'installa, et les trois protagonistes se regardèrent, un peu mal à l'aise. La politesse incitait le couple à ne pas partir ainsi et à le remercier mais ils étaient assez embarrassés, et Phileas lui ne savait pas trop quoi dire.

— Je... vous êtes de la police ou quelque chose comme ça ? demanda alors miss Ambrosio, qui elle semblait visiblement vouloir engager la conversation pour faire durer la rencontre.

— Ale… la rappela M. Mazur qui lui voulait rentrer, un peu impatient.

— Oui, en quelque sorte, répondit Phileas.

L'homme du club sourit, et regardant une nouvelle fois à qui il avait à faire, il ne put s'empêcher de se faire mousser.

— Dans l'Intelligence Service, ajouta-t-il ensuite.

— Ah, je me disais bien… la façon dont vous les avez mis KO… Vos méthodes ne sont pas courantes.

Phileas acquiesça en souriant, et sentant le malaise perdurer, surtout chez M. Mazur, prit les devants.

— Bon, je vais vous laisser, je vais prévenir la police au sujet de ces deux-là. Alors bonne soirée à vous, et rentrez bien.

— Merci bien, vous aussi, s'exclama M. Mazur.

— Vous de même, formula miss Ambrosio.

Phileas serra la main des deux tourtereaux et sortant enfin son téléphone, appela la police alors qu'ils s'en allaient.

— Merci encore, lança miss Ambrosio en se retournant vers lui.

Phileas lui fit un signe de la main en souriant, et tandis que le couple s'enfonçait dans la nuit, il s'agenouilla près des deux lascars.

— Oui… c'est moi… j'ai besoin d'aide… Une longue histoire…

Phileas commença à expliquer ce qu'il venait de se passer, mais avant même qu'il n'ait pu répondre à une question de son interlocuteur, il reçut un puissant coup à la tête. Poussant un cri de douleur il tomba au sol. Le cuir chevelu ensanglanté, il perdit connaissance.

Chapitre III

Réveil aux anges

Phileas ouvrit les yeux, incroyablement fatigué et pris de douleur. Il se redressa tant bien que mal et se massa la tête. Elle lui faisait aussi mal que lors de sa cuite à Stalingrad… Recouvrant peu à peu les esprits et sa sensibilité, il dénota qu'une migraine carabinée lui martelait le crâne, qu'une immense douleur le démangeait à l'arrière, et enfin que sa vue était trouble.

— … ça fait mal, souffla-t-il entre ses lèvres avec peine en approchant des doigts le bandage qui recouvrait sa blessure. Phileas souffrait tellement que de simplement l'effleurer lui donna les larmes aux yeux. C'était horrible.

— Vous allez bien ? demanda soudainement une voix féminine.

Phileas tourna la tête vers l'endroit d'où il crut entendre la voix.

— J'ai dormi longtemps ? interrogea-t-il.

— Cela fait 11 heures.

Phileas appuya de toutes ses forces avec ses mains sur les côtés de sa tête comme s'il s'agissait d'un citron. Cela faisait mal et lui arracha un cri mais ça le soulagea. L'adrénaline qui se déversait à présent dans son cerveau l'apaisa et il put reprendre pleinement conscience et se réveiller. Il était sous des draps dans un grand lit double, nu. Phileas collecta les dernières informations mémorielles et sensitives qui lui manquaient, pour replacer son contexte, et posa alors sa seconde question.

— Aux dernières nouvelles, vous ne parlez pas français, non ? s'étonna-t-il.

— Si, répondit la voix.

— Great, but sorry, I will not speak Portuguese, if you want, English, but not…

— Do you know my language? le coupa-t-elle, surprise.

— Off course, I'm a fan… mais parlons français si vous le voulez bien.

— Je suis impressionnée, avoua alors la jeune femme dans la langue de Molière.

Phileas leva les yeux et regarda miss Ambrosio. Elle était assise sur une chaise devant le lit, telle une infirmière dévouée attendant que son patient aille mieux.

— Pourquoi m'avoir récupéré ? demanda-t-il.

— Vous m'avez sauvé la vie. À moi et à…

— Votre mari, la coupa Phileas.

— C'est exact. Ces types allaient vous battre à mort, alors je me suis servi de ma bombe lacrymogène. Heureusement, des gens sont passés par là et nous ont aidés à effrayer vos agresseurs. Pris de panique ils se sont enfuis avec leurs camarades à terre et voilà…

— Pourquoi ne pas m'avoir emmené à l'hôpital ? s'étonna Phileas, menant un véritable interrogatoire, surpris de tant d'attention.

— Vous êtes de l'Intelligence Service… Je pensais que vous auriez voulu de la discrétion.

Phileas souffla et fit oui de la tête, gratifiant. Oui, cela avait du sens.

— En tout cas merci, je me doute que cela ne fut pas évident pour vous.

Miss Ambrosio se leva et vint s'asseoir près de Phileas. Elle inspecta du regard sa blessure, s'excusant lorsqu'elle lui fit mal, et lorsque ce fut fait lui adressa un sourire réconfortant.

— Pas évident ? reprit-elle.

Phileas la regarda dans les yeux, bien que de les tourner lui faisait très mal.

— Accueillir chez soi un inconnu qui s'est fait agresser sous vos yeux, et lui offrir l'hospitalité… Très peu de personnes le font, alors merci. D'autant que votre mari ne semblait pas trop m'apprécier hier soir…

— Je… oui, s'excusa miss Ambrosio.

— Il ne faut pas… C'est normal d'être méfiant.

Phileas remonta un peu le drap sur lui. Il ne prononça rien d'autre. M. Mazur avait dû remarquer son regard pétillant en la voyant. La façon qu'il avait de sourire en face d'elle en disait long…

— Vous vous sentez mieux ? demanda la jeune Brésilienne pour rompre le silence assez déplaisant.

— Je… oui, fit Phileas en sortant de ses rêveries. J'ai l'impression que le coup a décollé ma cervelle pour l'écraser sur mon os frontal mais ça va…

Miss Ambrosio sourit et se leva pour aller chercher un verre d'eau pour son malade. Phileas ne put s'empêcher de la regarder… Elle avait une taille de rêve, un débardeur assez prêt du buste et un jeans moulant… Elle était très belle.

— Ah, excusez-moi, ma fille me demande.

— Allez-y, faites, la convia Phileas.

Miss Ambrosio lui donna son verre et sortit de la chambre. Phileas avala l'eau d'une traite et regarda autour de lui. Il devait être dans sa maison, à New York, et plus précisément dans sa propre chambre. Il y avait quelques-uns de ses vêtements sur une chaise, les siens sur une autre, et des photos de sa famille un peu partout. C'était assez sobre, il manquait de la couleur, mais c'était bien. C'était un chez-soi agréable, et elle ne devait pas avoir fini de s'installer vraiment.

Phileas leva le drap et vérifia sa tenue. Il était bien nu. Repérant une nouvelle fois où étaient ses vêtements, il se redressa, prêt à rejeter les draps pour aller les chercher lorsque miss Ambrosio entra de nouveau dans la pièce. Timide, il se remit immédiatement sous le coton blanc et la regarda comme si de rien n'était.

— Désolée, fit la jeune Brésilienne, un peu gênée en remarquant cela.

— Ce n'est pas grave.

Elle le regarda, embarrassée, et constatant qu'il regardait ses vêtements, elle les lui apporta.

— Mais ils sont couverts de sang et de l'eau et de la saleté qu'il y avait dans la ruelle, vous ne devriez pas les porter, fit-elle, maternelle.

— Je n'en ai pas d'autres, sourit Phileas.

— Je peux vous prêter les habits de Jamie ? Je suis sûr qu'il n'y verra pas d'inconvénient…

Phileas gêné et ne se souciant guère d'avoir des vêtements propres ou sales se permit toutefois de faire une remarque.

— Je mesure trois centimètres de plus que votre mari et je suis un peu plus large.

— Ah, fit miss Ambrosio embarrassée.

Il y eut un silence pesant. Phileas était fatigué et blessé, nu sous les draps, mais surtout il se sentait en position de faiblesse, et miss Ambrosio ne voulait pas qu'il se rhabille… ou plutôt elle ne voulait pas qu'il parte si vite, il avait l'impression. Elle semblait vouloir être vraiment sûre que tout aille bien avant.

— Ce n'est pas grave, je me contenterai de ceux-là, s'exclama-t-il en tendant la main.

— Non, j'insiste, je préfère que vous preniez d'autres vêtements, même s'ils sont un peu petits. Ou bien je peux aller vous en acheter ? Je savais que j'aurais dû les laver…

Phileas regarda miss Ambrosio. L'expression de son visage était dévouée et chargée de bonnes intentions. Elle tenait absolument à l'aider et à ce qu'il se sente le mieux possible.

— Écoutez, j'ai un appartement en ville, ne vous en faites pas, je…

— Je vais aller vous chercher des vêtements alors ! fit miss Ambrosio.

— Non, ce n'est pas nécessaire mademoiselle.

— Je vous en prie, appelez-moi Alessandra !

Phileas ne répondit plus. Miss Ambrosio était déjà en train de mettre ses chaussures, assise sur le bord du lit.

— Je… merci, abandonna-t-il.

Miss Ambrosio lui adressa un sourire. Elle voulait vraiment être aux petits soins pour lui.

— Vous habitez où ? demanda-t-elle.

— En face de Central Park. À côté du planétarium.

— D'accord.

— Les clés sont dans ma poche.

Miss Ambrosio fouilla dans ses poches, fit comme si de rien n'était en revoyant son révolver entre ses vêtements et lui adressa un sourire avant de sortir de la pièce.

— Faites comme chez vous, il y a de quoi boire et manger dans le frigo.

Phileas la vit dans le living-room habiller sa petite fille et le jeune Noah et préparer la poussette avant de partir.

— Je…

Phileas ne termina pas sa phrase. Il se rallongea pour essayer de s'endormir, épuisé. Il n'avait pas envie de manger de toute façon.

Près d'une heure plus tard, miss Ambrosio et Anja revinrent main dans la main tandis que Noah dormait dans sa poussette. Alerté, Phileas sortit de la salle de bain une serviette autour de la taille pour venir à leur rencontre, frais comme un gardon.

— Mais qu'est-ce que vous faites debout ? Vous auriez dû rester au lit ! rouspéta miss Ambrosio en le voyant sur ses jambes.

Phileas termina de s'essuyer la tête avec une autre serviette et répondit avec humour.

— Il fallait que je nettoie ça… Et je déteste rester inactif.

Miss Ambrosio lui adressa un sourire, et après avoir pris son fils dans ses bras, rangea la poussette. Puis elle déballa son sachet sur la table, dénotant au passage qu'il avait une meilleure voix.

— Je vous ai pris une paire de chaussettes neuve dans votre tiroir du bas. Et j'ai préféré prendre un de vos costumes avec une chemise, annonça-t-elle.

Phileas approcha d'elle en souriant et regarda ce qu'elle lui avait amené. Elle voulait qu'il soit bien habillé pour sortir… En y réfléchissant bien, il avait l'impression d'être le gamin de la voisine et qu'elle ne pouvait concevoir l'idée de le rendre à sa mère sale et le ventre vide. C'était attendrissant… Et cela en disait long sur une certaine solitude sociale qu'éprouvaient les célébrités.

Phileas prit le boxer blanc qu'elle lui avait apporté et étira l'élastique, incertain qu'il fût à sa taille.

— Merci, fit-il en prenant les autres affaires pour aller se changer dans la chambre.

— De rien.

L'homme du club entra dans la pièce, ne referma pas complètement, et se changea. Miss Ambrosio remarquant cela engagea alors la conversation.

— Vous avez mangé ? demanda-t-elle.

— Non, je n'avais pas très faim.

— Bon, vous mangerez avec nous alors !

Phileas sourit. Avait-il le choix ?

— Merci, répondit-il juste.

— De rien. Au fait, je ne connais même pas votre pré…

Miss Ambrosio en se retournant ne termina pas sa phrase, bouche bée. Même s'il avait une belle musculature, de le voir entrer dans le salon torse nu ne l'avait pas trop surprise, car elle voyait régulièrement des modèles en boxer ou même nus pour les photos. Mais par contre là, de le voir arriver habillé de son costume, c'était autre chose. Il dégageait une aura, une certaine allure, une classe… Elle fut figée, presque en épectase.

— Je m'appelle Phileas, fit-il un peu gêné.

— Je… je… je vais vous préparer quelque chose à manger.

Miss Ambrosio s'éclipsa dans la cuisine, honteuse. Phileas crut même un instant la voir rougir. Il fallait dire que cela changeait sûrement du tout au tout de le voir en sang et sale puis propre et bien habillé. La laissant se ressaisir de ses émotions, Phileas rangea ses affaires sales dans le sachet et alla voir la petite Anja en train de jouer devant le canapé devant la télé.

— Bonjour, fit-il mielleux.

— Bon'our monsieur le policier, sourit la jeune enfant en le regardant de ses yeux bruns.

Phileas sourit.

— Je m'appelle Phileas. Et toi ?

— Anja. Tu es le monsieur qui a sauvé ma maman et mon papa ?

— Oui, c'est ça... Tu joues à quoi ?

— Je joue avec mes poupées... Elles font le même métier que maman... elles dansent, répondit Anja en les faisant défiler comme de petites princesses.

— Ouah... elles sont belles.

— Oui, comme maman.

Phileas sourit, passa une main dans les cheveux de la jeune enfant pour la caresser affectueusement, puis se releva. Il se dirigea alors vers la cuisine pour aider miss Ambrosio.

— Avez-vous besoin d'aide ? demanda-t-il.

— Non ça ira, fit miss Ambrosio en coupant des carottes sur une planche.

L'homme du club s'approcha et sourit.

— Je vous dédommagerai pour tout. Je vous remercie d'avoir veillé sur ma carcasse.

— Je vous défends de le faire ! Vous êtes mon hôte, rétorqua miss Ambrosio.

— J'insiste, s'exclama Phileas.

— Et moi aussi j'insiste ! Vous ne nous devez rien. Et de toute façon, je n'ai pas besoin d'être dédommagée.

— Oui, ça je me doute, annonça Phileas en s'adossant à la cuisine américaine.

— Vous par contre, si vous avez besoin d'aide, vous savez où me trouver, annonça gentiment la belle Brésilienne.

Phileas esquissa un sourire en jouant un instant avec Noah dans sa chaise haute.

— Quoi ? rigola miss Ambrosio.

—Rien...

— Quoi ? Dites !

— Je suis moins nécessiteux qu'il n'y paraît, loin de là, sourit l'homme du club.

Miss Ambrosio répondit une nouvelle fois à son sourire.

— Ah ?

Phileas ne rajouta rien. Ce n'était pas nécessaire de s'épancher là-dessus.

— Alors vous êtes français ? Ou bien canadien ? continua la jeune femme qui voulait en savoir un peu plus.

— Je suis français, avec des racines un peu partout, révéla Phileas.

— D'accord. J'adore la France… c'est un pays magnifique.

— Et moi le Brésil, je suis tombé amoureux il y a longtemps.

Miss Ambrosio le regarda dans les yeux et lui sourit. Ils ne faisaient que de se sourire et de se regarder dans les yeux. Le courant passait bien entre eux…

— Vous avez quelqu'un ? demanda-t-elle en le regardant du coin des yeux. J'ai remarqué que vous ne portiez pas d'alliance mais vous êtes en couple ? Ou bien peut-être fiancé ?

— Oui, j'ai quelqu'un, avoua Phileas. Mais étant donné mon métier, je ne l'affiche pas.

— Ah… d'accord.

Lorsque ses carottes furent finies d'être tranchées, miss Ambrosio les mit dans un plat et s'attela à continuer la préparation de son repas. Bien sûr malgré ses ordres Phileas tint à l'aider. Il lui était impensable de laisser ces jolies mains travailler sans y mettre du sien.

— Vous resterez à New York longtemps ? demanda quelques instants plus tard miss Ambrosio alors qu'ils s'installaient pour manger.

— Non, je vais rentrer en France, mais je reviendrai dans les jours qui viennent, je pense, fit Phileas en terminant de les servir en boisson.

— N'hésitez pas à passer nous voir, annonça-t-elle alors, enjouée.

— Ce sera avec plaisir.

Les deux jeunes gens se sourirent et attablés avec Anja et son petit frère qui racontait des histoires de bébé, ils commencèrent à manger. Lorsque la fin du repas survint, l'homme du club remerciant son hôte décida qu'il était toutefois temps pour lui de partir. Être ici avec elle ne le déplaisait pas, loin de là, mais il était temps de retourner dans son monde et de prévenir Adélaïde de la situation. Il quitta donc la belle jeune femme et sa famille pour rentrer chez lui avec son sac de linge sale.

Chapitre IV

Nouvelles perspectives

Phileas ouvrit la porte de son appartement new-yorkais et entra. Il jeta ses clés dans la soucoupe prévue à cet effet, déposa sa veste de costume sur le portemanteau, et claqua derrière lui pour refermer. Fatigué il lâcha ensuite son sac à terre, et après s'être servi un diabolo kiwi, se jeta dans le canapé installé en face de l'immense baie vitrée. Il avait vue sur Central Park et regarda les feuilles des arbres bouger sous les effets du vent. On avait beau être la nuit, l'éclairage de la ville permettait d'admirer la nature dans toute sa splendeur. On pouvait contempler un univers d'un instant…

Bien que cela soit relaxant, Phileas était cependant épuisé et exténué, et n'en ressentit donc aucun effet. Il avait passé deux jours assez éprouvants nerveusement et avait la tête ailleurs.

— Adélaïde, marmonna-t-il soudain en repensant à sa compagne.

L'homme du club attrapa le combiné de téléphone sur la petite table à côté de lui et composa le numéro de leur maison. Il balança alors la tête en arrière et regarda le plafond, à bout. Il fallait qu'il la rassure, elle devait être morte d'inquiétude. Cela faisait plus de dix-sept heures qu'il avait manqué le rappel et même venant de lui, c'était beaucoup trop.

Il se frotta les yeux et attendit donc qu'Adélaïde décroche pour pouvoir la réconforter. Ce ne fut toutefois pas long, car comme il aurait pu l'imaginer elle répondit à la première sonnerie.

— « *Allo ?* » demanda-t-elle inquiète.

— C'est moi, répondit Phileas. C'est moi…

— « *Mon Dieu Phileas ! Je suis si contente de t'entendre. J'étais morte d'inquiétude si tu savais ! Tu vas bien ?* » souffla de soulagement Adélaïde.

— Je sais. Je suis désolé ma chérie. Mais je vais bien ne t'inquiète pas.

— « *D'accord. En tout cas tu me rassures, j'avais peur que tu ne sois…* »

— Ne t'inquiète pas, reprit Phileas, souriant de sa peur panique. Tout va bien.

— « *Tu es où ?* »

— Je suis à mon appartement de New York. Je prendrai un vol demain pour rentrer.

— « *D'accord.* »

— Et essaye de dormir ma chérie. Te connaissant tu as veillé depuis hier soir.

— « *Tu es sûr que ça va ?* »

— Oui oui, ne t'inquiète pas. Mais il est tard en France alors repose-toi ! rigola une nouvelle fois Phileas, qui savait pertinemment que sa douce se rongeait les sangs depuis sa disparition.

— « *Qu'est-ce qui t'est arrivé alors ?* »

— C'est une longue histoire, mais je vais bien, je suis juste KO… Écoute, demain on en parlera d'accord !

— « *Mais…* »

— Adélaïde chérie, je suis H.S. J'ai besoin de me reposer, la coupa-t-il gentiment.

— *« D'accord. Tu me diras tout demain alors... »* abandonna la Reine de Sang, déçue.

— Oui.

— *« Bon, ben je te laisse alors... »*

— Oui.

— *« Bonne nuit chéri. »*

— Toi aussi. Oh, et Adélaïde... ?

— *« Oui ? »* reprit la jeune femme.

— Je t'aime.

— *« Moi aussi Phileas. Dors bien trésor. »* annonça avec amour la jeune mère.

Phileas raccrocha et, affamé malgré le repas que lui avait préparé la belle Alessandra, se leva pour aller dans la cuisine se concocter un encas. Il alluma ensuite la télévision et regarda ce qu'il y avait de bien pour meubler la soirée. Mais comme malheureusement rien ne lui plut, l'homme du club étant devenu très exigeant en matière d'émissions et de séries télévisées, après avoir mangé il décida de rédiger son rapport sur le site Internet du *Service*. Cela occuperait son temps jusqu'à ce que le sommeil vienne, et cela serait toujours ça de fait.

Phileas parla de l'attente à la W 9th, de la filature dans la rue, du combat, et finalement du réveil chez le super-modèle. En avalant une gorgée de son chocolat chaud, il repensa d'ailleurs à ce visage angélique qui avait égayé cette éprouvante journée. Ce sourire qu'il avait vu tellement de fois sur des photos ou dans des vidéos lui avait été donné de voir en vrai et ce fut un beau cadeau de la vie. Il était des plus heureux...

Terminant donc son rapport sur une note rassurante et joyeuse, pleine d'optimisme, Phileas écrivant qu'il avait au moins réalisé un vieux rêve, il confirma que les informations sur Álvarez étaient bonnes et que l'enquête reprendrait. Lorsque ce fut fait, il partit alors se coucher pour jouir d'une nuit sans rêves. Il dormit comme un ours, il était temps qu'il prenne ces vacances qu'il avait envisagées.

Phileas se réveilla aux alentours de dix heures du matin par une magnifique journée sans nuages. Il se retourna, seul dans son lit double, et apprécia le contact des rayons du soleil sur sa peau à travers la baie vitrée de la chambre. Les draps de coton blancs étaient frais, l'oreiller douillet, et la lumière qui baignait la pièce était enivrante d'excitation… Il savoura donc avec malice et malgré ses blessures cet instant de repos, puis se leva pour manger rapidement des céréales avec du lait. Il avait beau adorer la solitude, sa femme et ses enfants lui manquaient. Il désirait partir au plus vite. Il avait besoin de border Jean et Adrien, de les serrer dans ses bras… Et il voulait faire l'amour à Adélaïde. Redevenant le conte italien Valentin D'Allegra à la sortie de sa douche, Phileas enfila un costume trois-pièces hors de prix, prit les bons papiers dans sa valise pour les échanger avec ceux de son portefeuille, et sortit de chez lui en mangeant une pomme. Appelant un taxi d'un sifflement aigu et puissant, il se rendit ensuite à l'aéroport pour se présenter à un point de vente.

— Bonjour, je voudrais une place sur le prochain vol en direction de Paris, annonça-t-il enjoué à la charmante hôtesse du comptoir d'Air France.

— Bien sûr, répondit-elle d'un sourire.

La jeune demoiselle regarda sur son ordinateur et commença à enregistrer le départ.

— Ce sera à 12h45.

— Parfait, s'exclama Phileas satisfait.

— Quelle classe souhaitez-vous ?

— En première, s'il vous plait, j'ai besoin de repos.

La jeune femme lui adressa un sourire et Phileas en fit de même tout en lui tendant sa carte de paiement.

— C'est à quel nom ?

— Valentin D'Allegra.

— Bien.

Quelques minutes plus tard, son billet en poche, Phileas se rendit à un point presse pour acheter et feuilleter des revues, puis s'installa sur un fauteuil en attendant son vol. Lorsqu'enfin ce fut le moment, il se présenta à la porte d'embarquement et rentra dans son avion. Ils décollèrent moins d'une heure plus tard, et la France approcha à grands pas. L'homme du club enfin soulagé se mit alors à son aise. Il défit sa cravate et la retira, déboutonna le col de sa chemise puis leva l'index pour appeler l'hôtesse. La jeune femme aux petits soins de la première classe arriva rapidement et le sourire commercial aux lèvres, elle se pencha vers lui.

— Oui comte ? demanda-t-elle.

— Bonjour mademoiselle, je voudrais une vodka martini s'il vous plait.

— Au shaker ?

— Non, à la cuillère.

— Bien monsieur. Tout de suite.

Phileas regarda la jeune femme et surtout ses courbes s'éloigner, et s'enfonça dans son fauteuil. Alors qu'il prit un de ses magazines pour s'occuper en attendant son retour,

une femme assise trois rangs derrière lui se leva de son
siège, et contre toute attente se présenta à lui.

— Bonjour, monsieur Queneau, annonça-t-elle, très bien
renseignée.

Phileas releva les yeux de son magazine, pris de court, et
regarda la femme qui vint s'asseoir à côté de lui. Il était
surpris mais il tâcha de ne pas le montrer. L'analysant de
haut en bas, il sut cependant tout de suite à l'inverse à qui il
avait à faire. Elle était brune, bien dessinée, trentenaire,
sûrement très intelligente, mais surtout déterminée et
légèrement impertinente. Il devinait qu'il fallait en prendre
garde, et replongeant dans sa revue, il ne fit volontairement
pas état de la nomination de son identité pour ne pas
paraître dominé.

— Je viens de la part d'un ami commun, ajouta-t-elle en
s'installant confortablement.

— Ah ? répondit Phileas plongé dans la lecture de son
article, satisfait qu'elle n'ait au moins pas perdu leur temps
en fausses formalités.

— Oui… un homme qui m'envoie auprès de vous pour
vous remercier de vos nombreuses attentions à son égard,
sourit-elle l'air de rien alors qu'un passager passait à côté
d'eux.

Phileas sut immédiatement de qui elle parlait. Et cette
confirmation lui fit avoir un frisson dans le bas du dos.
Cette femme semblait de l'autre côté malgré son charme.
Son allure indiquait une belle femme indépendante et
intelligente, mais ses yeux et son regard, sa façon de lui
parler, tout explicitait que c'était en secret une
conspiratrice, une femme tout aussi officieuse que lui, et il
en avait maintenant la preuve. C'était bien une méchante, il
ne s'était pas trompé. Mais indépendamment de cela, ses

mots et son attitude en disaient plus encore. Elle était de ces machiavels de la plus belle mais de la pire espèce… et travaillant pour lui, ce qui ne le rassurait pas du tout.

— Oh, mais ce fut avec plaisir. A-t-il apprécié la note que j'ai laissée dans l'entrepôt d'Albanie ? annonça Phileas sarcastique.

— Il ne l'a pas prise avec humour, annonça froide et irritée l'inconnue.

— Oh, fit plaintif Phileas, quel dommage. Moi qui pensais que cela lui ferait plaisir.

La femme voulut répondre, le regard noir, le sang-froid perdu, mais l'hôtesse arriva à ce moment-là et servit à Phileas sa vodka martini.

— Voilà votre boisson, monsieur.

— Bien, merci, sourit Phileas.

Il avala une gorgée de sa boisson et annonça d'un délicieux sourire à la charmante demoiselle qu'elle pouvait disposer. Il reprit alors la lecture de son journal, comme si l'inconnue n'existait pas.

— Vous avez beaucoup de chance monsieur, reprit-elle cependant, redevenue calme.

— Allons donc, et pourquoi cela ?

— Vous avez eu Thanos et Kristan… mais ils n'étaient rien.

— Ils sont en tout cas le mieux que vous m'ayez montré jusqu'à présent.

La jeune femme marqua une pause et s'installa plus confortablement.

— Je vous mets en garde monsieur. Vous nous irritez de plus en plus, et cela aurait au final des conséquences fâcheuses. Je vous prierais de stopper vos activités.

Tout au long de l'entretien, les deux agents ennemis s'étaient parlé avec calme et détachement. Ils étaient en public, donc prouvant leur professionnalisme, ils agissaient comme s'ils n'étaient pas opposés. Mais on sentait bien, en y prêtant attention, que la tension était à son comble. C'était un échange de force, une démonstration de caractère qui annonçait déjà que la prochaine entrevue, si elle n'était pas publique, se solderait par une mort.

— Dites à votre employeur que ce n'est que le début, miss… miss ?

— Madame. Mais mon nom n'a pas d'importance, répondit la femme, qui se doutait qu'il détournait volontairement le sujet de sa mise en garde pour montrer du dédain.

— Vous connaissez le mien, laissez-moi le plaisir de la réciprocité, agrémenta son parlé Phileas en tournant une page. Ce serait dommage de rajouter un nom anonyme sur la liste que le chef de votre organisation tient.

— Vous comptez me tuer dans cet avion ? demanda la trentenaire en regardant les autres passagers, agissant comme si cette menace n'était rien d'autre qu'une invitation à se détendre.

— Ce ne serait pas un problème, souffla Phileas.

— Qui vous dit que nous ne sommes pas plusieurs ?

— Qui ne vous dit que moi je suis seul ?

— Bien… En tout cas, prenez note de ce que je viens de vous dire. Vos actions nous irritent de plus en plus, et nous prendrons des mesures.

La femme se leva et sans un autre mot retourna à son siège. La comédie était finie. Phileas lâcha alors son journal et termina son verre, songeur. Ainsi l'*Organisation* était revenue sur le devant de la scène. Il touchait au but. Ses actions avaient fait mouche et les avaient forcés à sortir de leur cachette, c'était parfait.

S'installant le plus confortablement possible, certain qu'il était en sécurité malgré la présence de la dame dans l'avion, Phileas s'endormit. Le seul problème dans tout ça était que son identité et son visage étaient compromis. Cela changeait tout.

Chapitre V

Petit déjeuner

Phileas atterrit en France sans incident. Tout fut très calme et ordinaire, absolument identique à ses précédents voyages. Il ne revit même pas l'énigmatique messagère, que ce soit à la sortie de l'avion, à la douane, ou à la réception des bagages. C'était étrange, comme si elle avait disparu durant le vol, mais bien que cela n'avait rien d'inquiétant en soi au vu du monde, il préféra rester sur ses gardes. Sait-on jamais ? Ses affaires récupérées, Phileas prit donc un taxi et se rendit sans s'éterniser à la gare de l'Est. Une fois là-bas, convenant tout de même de se déplacer avec prudence, il réserva une place sur un TGV en direction de Nancy, et changeant son apparence physique à l'aide de déguisements, disparut avant la montée dans le train pour partir prendre un autre taxi. Après une heure de détour et un pourboire généreux, celui-ci l'amena alors dans un petit lotissement de la banlieue. Là, Phileas descendit un large sourire aux lèvres. Confiant dans son petit stratagème et dorénavant certain de ne pas être suivi, il prit sa nouvelle Aston Martin DBS 12 pour rentrer chez lui en toute sécurité.

Le voyage entre Paris et Metz dura cinq heures, mais cela fut plus dû à un excès de prudence qu'à un concours de mauvaises circonstances. Phileas s'arrêta pour se reposer, il perdit du temps à faire quelques détours et il changea même régulièrement ses plaques minéralogiques. Oh, ce n'était pas réellement de la paranoïa, mais plutôt une forme aiguë de conscience professionnelle. Une sorte de satisfaction personnelle à bien faire les choses, de la même façon que l'on met tout en œuvre pour qu'une nuit soit inoubliable. Quoi qu'il en soit, il arriva finalement en ville tôt dans la matinée et se gara au garage entre la BMW Z4 d'Adélaïde et le 4X4 X5. Faisant à partir de cet instant le moins de bruit possible, il monta directement à l'étage, laissant ses affaires dans le salon, et rentra dans sa chambre pour s'allonger aux côtés de sa douce encore endormie. Étonnamment, Adélaïde dormait d'un sommeil profond. C'était surprenant, car elle était d'ordinaire tellement préoccupée par le monde et était tellement sur le qui-vive pour être aux petits soins des enfants qu'elle dormait d'un sommeil extrêmement léger… Mais il est vrai qu'elle avait accumulé beaucoup de fatigue depuis qu'elle était la directrice et mère de deux nourrissons à la fois, et comme elle s'était fait du souci ces trois derniers jours, elle devait s'être laissée aller à Morphée avec plaisir pour une fois. Qui l'en blâmerait d'ailleurs ? Elle avait énormément de responsabilités tant dans le privé que dans le professionnel, mais elle avait le même droit que tout à chacun de souffler.

Phileas amena un oreiller sous sa tête et s'installa confortablement. Il passa ensuite ses doigts le long du flanc d'Adélaïde. Elle dormait nue et sa peau était très douce, elle était comme une friandise qu'on savoure autant du regard qu'à la mise en bouche. Elle était délicieuse, exquise… S'approchant d'elle, il passa ses lèvres contre son épaule et sentit son odeur encore imprégnée de la fragrance d'un parfum à la pêche. Comme rassasié, il s'endormit alors à son tour d'un sommeil de plomb.

*

Trois heures plus tard, Phileas fut réveillé par une douce chaleur dans le bas-ventre, occasionnée par des délicatesses de la langue et des lèvres d'Adélaïde. Savourant ce plaisir, il ne protesta bien entendu pas et continua de faire semblant de subir un rêve ardent volé. C'était un excellent moyen de se réveiller, pensa-t-il. Très en douceur et très exaltant, comme on aimerait en vivre plus souvent... Malheureusement, tout prit fin quand le premier cri matinal se fit entendre, et redevenant deux parents, les deux amants redressèrent la tête en direction de la porte.

— Adrien, souffla la jeune femme.

— Adrien, reprit Phileas.

Adélaïde se résigna. Elle déposa un baiser sur les lèvres de son conjoint, se leva, et enfila une de ses chemises. Adélaïde adorait s'habiller avec les chemises de Phileas. Elles étaient trop grandes mais elles étaient douces et fraîches et portaient son odeur... La boutonnant en deux points, elle sortit de la chambre pour aller donner le sein à leur fils. Phileas, consciencieux, la suivit de peu. Les cris d'Adrien ne tarderaient pas à exciter Jean, et elle avait l'habitude d'être bercée à ce moment-là.

Phileas adorait ses enfants. Que ce soit les jumeaux ou Wanda, il les aimait tous les trois d'un amour égal. Ils étaient sa raison d'être, ce pour quoi il se battait. Adélaïde avait d'ailleurs la même façon de voir les choses et ne vivait elle aussi que pour eux. Les deux parents avaient beau s'aimer à la folie, les enfants comptaient tellement pour eux qu'ils avaient même convenu que si la situation se présentait, leur vie passerait avant celle du conjoint. C'était dire !

Phileas ouvrit les volets de la chambre pour aérer. Il faisait magnifique. Le temps était un peu frisquet, mais le ciel était dégagé et le soleil resplendissant. Cela promettait d'être une belle journée. Peut-être même une journée à jouer dehors et à pique-niquer.

Prenant Jean dans ses bras, Phileas vint s'asseoir en face d'Adélaïde. C'était devenu un rituel familial, exécuté chaque matin chaque fois qu'ils étaient tous les deux présents. Adrien criait famine et Adélaïde le nourrissait tandis que lui dorlotait Jean, beaucoup plus calme que son frère, et qui réveillée par ses cris arrivait tout de même à se rendormir quelque peu dans ses bras avant qu'ils ne la fassent téter. Phileas jouait alors avec son fils jusqu'à ce que leurs deux enfants soient parfaitement réveillés et rassasiés.

Adélaïde adressa un sourire à son époux. Elle passa affectueusement une main sur sa joue, joua un peu dans la petite masse de cheveux de leur fille puis se reconcentra sur la tétée d'Adrien. Elle essaya de calmer le petit affamé qui coinçait fortement son mamelon entre ses gencives sans dents.

— Tu as bien dormi ? demanda-t-elle.

— Pas assez. Toi par contre j'ai vu que oui, s'exclama Phileas.

— Oui, je ne sais pas pourquoi mais j'ai dormi comme une masse, avoua la demoiselle.

L'homme du Club esquissa un sourire et gazouilla avec Jean.

— Alors, raconte ? Qu'est-ce qui t'est arrivé ?

— Tu n'as pas lu mon rapport ? s'étonna-t-il.

— Non, je n'ai pas eu le temps. Hier j'étais très occupée. Je suis allé chez maman et papa, j'ai eu des réunions avec *Double Zéro Dix-Sept, Double Zéro Trois* et *Double Zéro Quinze,* et on a décidé du budget alloué à la section recherche ainsi que des fournitures de *Global Tech.*

— D'accord. Ben je suivais les sbires d'Álvarez et il se trouve que par hasard Alessandra Ambrosio et son mari se sont retrouvés au même endroit.

— Houla, ton rêve ça, venir en détresse de la belle Alessandra ! plaisanta Adélaïde.

— C'est ça, rigola Phileas. Et en définitive j'ai dû jouer des poings et j'ai été assommé.

— Et tu t'es réveillé chez elle ?

— Oui, c'est ça, c'est tout à fait ça, confirma-t-il.

— Le pied… alors, elle est comment en vrai ? Aussi belle que tu te l'imaginais ? Elle est sympa ?

— Plus belle encore, et elle a une odeur de pêche…

Adélaïde lui adressa un autre sourire tout en jouant avec la main d'Adrien.

— Je vais toutefois demander à Lagarde de t'ausculter, annonça-t-elle plus sérieusement. Si tu es tombé dans les pommes, le choc a dû être particulièrement violent.

— Oui, j'irai le voir. J'ai encore des douleurs à l'arrière du crâ…

— Ah, vous êtes déjà levés ? demanda soudainement la voix de Wanda.

Phileas et Adélaïde tournèrent la tête vers la porte et regardèrent la grande fille de Phileas entrer. Elle portait un débardeur et un caleçon d'homme et semblait encore endormie.

— Tu as fait la java hier ? demanda son père.

— Non… Tu es rentré quand ? interrogea la fille.

— Tôt ce matin.

— Ah…

Wanda fit un bisou sur la joue de son père, sa belle-mère et ses petits frères et sœur, puis se gratta le cuir chevelu, encore somnolente.

— Je ne sais pas pourquoi, j'ai très mal dormi, annonça-t-elle.

— Bah, ça arrive, fit Phileas amusé. Bon, je vais aller préparer le petit déjeuner moi ! À tout de suite les filles.

Confiant Jean à sa grande sœur, qu'il taquina un peu, Phileas déposa un baiser sur les lèvres de sa femme puis descendit dans la cuisine. C'était une de ces matinées où il avait une faim de loup et dévorerait n'importe quoi. Phileas était affamé. Il mit donc le café en route, pressa des oranges pour servir un jus, sortit les bocaux de confiture puis partit rapidement acheter du pain et des croissants à la boulangerie. Comme souvent, il prit une baguette normale, une au beurre et une viennoise. Concernant les viennoiseries, il prit des croissants au chocolat, à la framboise, et des Oranais aux abricots, met dont il raffolait. Revenant chez lui, Phileas prit au passage le journal dans la boîte aux lettres. Rentrant ensuite à l'intérieur chargé des victuailles pour ces jolies dames, il s'installa à table, prêt à en découdre personnellement avec toute cette nourriture.

Wanda et Adélaïde étaient déjà attablées, buvant leur café et tartinant de beurre et de confiture leurs tranches de pain de mie dorées au grille-pain. Phileas constata d'ailleurs à leur discussion qu'elles s'émerveillaient encore de leur goodie *Hello Kitty*[1] toastant la tête du petit chat sur chaque

---

[1] —Hello Kitty ©1976 SANRIO CO., LTD.

tranche… Cela semblait les fasciner… C'est pourquoi lui-même avait demandé à la section d'équipement et de technologie d'en fabriquer un qui ferait apparaître un *Punisher*[2] avec un fusil à pompe pointé sur la tête du petit chat, et qu'il ne se gêna pas pour le sortir du placard et l'installer devant lui. Chaque matin depuis qu'il l'avait il s'amusait ainsi à tartiner son beurre en faisant un bruit de fusil à pompe ou de mitraillette, selon son humeur. C'était sa façon de défendre la seule part masculine de la famille devant toutes ces mielleuseries.
Et puis surtout ça détournait leur attention des Ornais aux abricots.

Lorsque le petit déjeuner fut fini, Phileas monta nonchalamment prendre une douche et se changer. Alors qu'il faisait machinalement son nœud Windsor, il fut attiré par des bruits venant de l'extérieur et regarda curieux par la fenêtre. C'était Wanda, elle jouait dans le jardin avec leur chien Cerebro. Elle courait et s'amusait avec lui comme une enfant. Phileas ne put s'empêcher d'apprécier de la voir jouer et profiter de la vie simple, elle semblait heureuse. Même Adélaïde semblait heureuse de cette vie-là en fait. Assise sur un transat non loin, elle lisait un livre au soleil sans se soucier du lendemain. Elle était épanouie, comblée, radieuse. Phileas fit la moue et baissa les yeux. Il avait le sentiment de leur avoir volé leur vie en leur imposant la sienne… Ces deux femmes étaient en danger constant à cause de ses propres choix, et il ne le leur avait même pas laissé. Sur ce point, il avait été égoïste, et même si ses

---

justifications et les circonstances lui donnaient raison à 100 %, cela lui restait en travers de la gorge. Il regarda de nouveau Adélaïde. Habillée d'une petite robe rouge et d'un chapeau crème, elle levait de temps en temps les yeux sur sa belle-fille, veillant sur elle comme si elle était encore une enfant et non pas la femme qu'elle était. Il ne savait pas pourquoi, mais elles avaient toutes deux une affection très forte l'une pour l'autre, un lien qu'il ne connaissait pas mais qui les unissait d'une amitié complice et complexe. Au moins elles n'étaient pas seules dans son monde, c'était déjà ça.

Phileas lorgna sa femme. Il regretta qu'elle ne soit pas mieux installée pour pouvoir plonger allégrement dans son décolleté. Elle était si belle, c'était dommage de ne pas en profiter...

Terminant son nœud, revenant à la réalité, Phileas enfila son gilet, le ferma, et passa la veste de son costume sur ses épaules. Il serait bien descendu profiter du semi-congé de sa femme et des vacances de sa fille avec elles dans le jardin, mais il avait à faire. C'était d'autant plus frustrant qu'il faisait beau et qu'il passerait la journée dans un lieu sans fenêtres.

Chapitre VI

Sport

— Vous auriez dû aller à l'hôpital, s'exclama Lagarde mécontent.

Phileas ne répondit pas tout de suite. Il desserra d'abord le garrot autour de son bras et releva sa chemise sur son épaule.

— Ce n'est pas moi qui ai décidé, s'exclama-t-il honnête.

Le médecin-chef fit une moue contrariée. Il posa sa seringue sur l'établi et palpa une nouvelle fois l'arrière du crâne de l'agent.

— Vous avez certainement un traumatisme en tout cas, même si vous n'en ressentez pas les effets, annonça-t-il en tentant de lui faire le moins de mal possible.

Comme pour étayer ses dires, il prit la radio du crâne qu'on lui avait apportée et s'éloignant de son patient, la fixa sur l'écran lumineux pour la regarder.

— Il y a une belle petite fracture et une commotion, fit-il, un peu inquiet. On les voit très clairement.

Phileas s'approcha du docteur, et ayant un savoir médical presque égal à celui d'un généraliste, confirma son diagnostic d'un acquiescement.

— Elle a l'air nette toutefois, ajouta-t-il en montrant les délimitations de la fissure. Je pense qu'avec beaucoup de calcium cela se rétablira bien. Mais je resterai fragilisé.

— Comme pour votre cœur, désapprouva Lagarde. Et le cerveau a dû prendre un coup lui aussi.

Phileas se tourna vers le médecin. Fidèle à lui-même, il ne put s'empêcher de réagir avec humour et afficha un sourire presque insouciant.

— En effet je dénote le sans réponse de 200 millions de neurones, lança-t-il.

Lagarde croisa les bras et lui fit un regard noir.

— Oh, si vous continuez à ce train-là, un jour c'est l'absence de cervelle que vous serez amené à constater, continua sur sa voie le médecin.

Phileas approuva, redevenu sérieux, et but son verre d'eau. C'était vrai… vu les dangers qu'il prenait, il risquait chaque fois plus gros. Il y a neuf mois il avait reçu une balle qui avait manqué de réduire son cœur en charpie et là il avait reçu un coup à l'arrière de la tête qui avait manqué de faire ressortir son cerveau par ses orbites. Ce serait quoi ensuite ? Une grenade dans l'estomac ? Une neurocysticercose préméditée par ses ennemis ? Combien de fois s'était-il déjà retrouvé dans cette pièce ? Même s'ils avaient changé de locaux il y a seulement quelques mois, il avait l'impression d'avoir déjà passé des heures et des heures dans cette infirmerie lumineuse et aseptisée… Phileas ne prenait pas de risques inutiles pourtant, tout le monde le savait. Il avait même l'art d'éviter les conflits quand il les cherchait. Mais quand il prenait un coup, c'était un vrai. Il savait se battre, il avait une force brute qu'il savait employer de manière pesée, rapide et esthétique, alors les coups de pieds, les coups de poing et les couteaux, il les évitait sans problèmes, mais quand il ne voyait pas venir, c'était du gros…

— Je vais vous prescrire de quoi passer la douleur, souffla Lagarde, soucieux pour son patient.

Phileas le remercia. C'est ce dont il avait le plus besoin, de quoi être insensible à la douleur le temps que l'os se répare.

— Je ferai encore plus attention dorénavant, annonça-t-il très sérieux, se voulant à la fois rassurant pour son médecin et pour lui-même. J'avais déjà dans l'idée de prendre du recul, mais je vais tâcher cette fois de le faire vraiment quand cette dernière mission sera finie.

Lagarde approuva cette décision d'un signe de tête, puis prenant son temps il rebouchonna son stylo et éteignit l'écran lumineux. L'examen médical et l'entretien professionnel étant finis, il regardait dès lors son collègue de longue date d'un œil amical et humain. Il ne s'adressait plus au patient mais à l'homme, à l'agent… et surtout au père de famille.

— Phileas, ce n'est pas à moi de dire ce que vous avez à faire, commença-t-il à dire, mais vous aviez déjà un souffle au cœur après avoir reçu une balle qui a failli vous tuer. Maintenant, vous avez en plus une fracture du crâne… Alors, oui, j'ai bien peur qu'il ne faille réellement envisager de réduire vos exploits. Il en va de votre vie, sincèrement. Vous êtes peut-être anormalement fort et intelligent et vous avez un système de guérison des plus impressionnants, mais vous n'êtes pas pour autant un demi-dieu. Et vous n'êtes pas non plus sans savoir qu'en plus de la fragilité de votre crâne vous risquez des pertes de mémoire, une diminution de votre faculté intellectuelle et des troubles d'autres ordres. … C'est à prendre très au sérieux croyez-moi.

Phileas ne répondit pas tout de suite. Il ferma les yeux pour prendre le temps de bien peser ses mots et de réfléchir à sa situation. Il savait qu'il avait raison, il le savait pertinemment. Mais même s'il ne prenait pas ses avertissements à la légère, il se voulait plus optimiste.

— Je ne ressens pour l'instant aucun changement, avoua-t-il, sincère et confiant en rouvrant les yeux. Ma mémoire me semble bonne, toujours excellente, je n'ai pas de saute d'humeur, je perçois tous mes sens, et mon niveau d'intelligence semble au top.

— Vous êtes sûr ? Tests auditifs ? Tests visuels ? Les autres sens ? La mémoire à court et long terme ? La résolution de problème ? demanda Lagarde.

— Oui, mais on peut les refaire si vous voulez.

— Oui, je préfèrerais…

Phileas se rassit, un peu exaspéré. Il avait beau savoir cela nécessaire, cela le contrariait. Cette batterie de tests mentaux s'ajouterait à celle des tests physiques, ce qui lui prendrait au final un jour entier par semaine... C'était agaçant d'être ainsi bridé dans sa vie de tous les jours. Et il ne manquerait plus que ce soit pour une durée d'un an et ce serait le bouquet, il n'aurait plus de vie… Mais après tout s'il fallait cela pour rassurer son médecin… et puis au moins il aura une preuve tangible de son état de santé.

— Bien, on va faire les tests complets une fois par semaine pour un an, annonça Lagarde en sortant le dossier *Phileas Queneau* de ses registres avant de s'asseoir à son bureau.

— Ah ? s'effondra Phileas, abattu de voir ses prédictions se réaliser.

— Oui, tous les sens et questionnaires de culture générale, de langue, et de mémoire.

— On en aura pour trois à cinq heures ! s'effraya l'homme du club.

— Allons, ce n'est rien pour vous, ricana le médecin… vous faites tellement de choses à la fois.

Phileas ne répondit pas… il mit la tête entre les mains et vociféra intérieurement. Quelle vie de me…

Quatre bonnes heures plus tard, Phileas tapa de toutes ses forces dans le sac de boxe sur une musique rock. Son besoin de se défouler était étrangement très important... Animé d'une frénésie enragée, il frappait donc sans retenue et sans remords. Ses coups étaient violents et emplis d'une force foudroyante, d'une précision et d'une puissance qu'on lui prêtait rarement... il se déchainait.

— Oh, oh, du calme ! s'écria Adélaïde, qui tenait le sac par-derrière.

Phileas arrêta son matraquage intensif, et tout en continuant de sauter sur place pour rester échauffé, reprit sa respiration.

— Désolé chérie, mais j'ai besoin de frapper quelque chose !

Adélaïde encaissa le choc d'un nouveau grand coup dans le sac et prit appui avec plus d'entrain.

— C'est à cause de Lagarde ? demanda-t-elle.

— Non, pas du tout... C'est un ras-le-bol général ! fit Phileas en frappant de nouveau.

— Tu devrais faire attention à ta tête, à cogner et à sautiller comme ça tu te secoues le bocal ! s'exclama Scott protecteur.

Phileas s'arrêta une nouvelle fois de cogner et regarda son meilleur ami.

— Au lieu de te soucier de mon bocal, change de partenaire, Bella est trop forte pour toi gamin !

Scott ne répondit pas à cette attaque. Heurté par les propos de son vieil ami, il se reconcentra sur son combat, salua l'agent *Double Zéro Quatre* en face de lui sur le tatami... et fut projeté au sol en moins de cinq secondes par un surprenant *tobi-mae-geri*[3] accompagné d'un cri puissant.

— Je te l'avais dit ! ricana Phileas, moqueur.

— T'as perdu, renchérit Bella.

Scott ne dit rien. Il se releva en se massant la mâchoire, furieux, et reprit sa garde. Il ne se laisserait plus faire.

— T'en reveux Playboy ? demanda l'agent.

— À la fin de cette journée, tu auras la bouche en sang, les fesses en feu et le corps tuméfié.

— Ah ouais boy ? J'attends ! s'impatienta Bella.

Scott ne se fit pas prier. Il avait été formé par six des plus grands champions du monde. Il commença par lui donner un coup de poing au visage qu'elle évita sans mal. Mais ce n'était que pour l'amener à le frapper, et lorsqu'elle brandit son poing pour le faire à son tour, il lui fit un *arm triangle choke*[4] pour la déséquilibrer et la mettre à terre... Sans remords, il lui fit alors une descente du coude qui lui arracha un cri de douleur horrifiant, puis se releva.

— Déjà à terre chééérie ? rigola-t-il en sautillant.

Bella, bafouée et endolorie se releva, furieuse.

— Je ne suis pas ta chérie gamin ! siffla-t-elle. Je vais te faire pleur...

Scott ne lui laissa pas le temps de finir sa phrase ni même simplement de reprendre son souffle. Il exécuta un magnifique *Jumping side-kick*[5] qui l'envoya au sol. Le coup était tellement puissant qu'on put voir le sang voler de la bouche de Bella, tachant largement le tatami. La jeune

---

[3] —Tobi—mae—geri : coup de pied tendu sauté.

[4] —Arm triangle choke : étranglement sanguin en serrant entre ses deux bras le cou et un des bras de l'adversaire.

[5] —Jumping side—kick : Coup de pied de côté sauté.

femme avait mal. Elle souffrait, ses forces l'abandonnaient… elle était humiliée et vaincue. Tentant de se relever, les yeux rouges et prêts à pleurer, Bella se redressa sur ses mains, presque knockdown, mais Scott lui fit alors une dernière prise qui se termina par un *North South*, où il bloqua sa tête entre ses jambes et où sa propre tête reposait sur sa poitrine. Exerçant ainsi une pression sur elle, il la contrôlait totalement… et l'étouffait.

— Je t'en prie… j'te pris, je… arrête… souffla Bella en pleurs. Pitié…

Scott en entendant sa voix la libéra immédiatement. On y ressentait une telle peine que même furieux il ne pouvait se résoudre à la faire plus encore souffrir. Il se dégagea de sur elle et l'aida à s'asseoir pour qu'elle puisse reprendre sa respiration. Bien qu'il soit responsable de son état, Bella ne le repoussa pas. Elle se laissa aller à pleurer dans ses bras comme une enfant. Elle ne lui en voulait pas, c'était un entrainement, mais elle avait très mal, elle avait du sang dans la bouche et elle suffoquait… C'était très douloureux. Peut-être était-ce dû à sa bravoure ou à sa faiblesse, mais Scott la regarda de ce fait dans les yeux, incroyablement compréhensif. Elle semblait terrifiée. Pas par lui, mais par ce qui venait de lui arriver. Elle était sous le choc. Stupéfiant ceux qui le regardaient, à cet instant il s'approcha d'elle et lui déposa un baiser sur les lèvres pour la réconforter. Bella n'était pas une fille facile, mais elle fut tellement prise au dépourvue par cette démonstration d'affection qu'elle ne fit rien pour l'empêcher. C'était si surprenant, surtout venant d'un simple collègue… Mais en même temps c'était si beau… Quelques secondes plus tard, lorsqu'il fut certain que la chaleur illuminait de nouveau le visage de sa collègue après qu'il eut éloigné ses lèvres, Scott se releva et regarda Phileas, ferme.

— Ne m'appelle plus gamin.

Sans rien ajouter, il s'en alla alors boire un coup dans le vestiaire et Adélaïde et Phileas, tous les deux témoins de la longue scène, se regardèrent bouches bées.

— De Dieu… prononça la jeune femme.

— Là, je ne sais pas quoi dire, s'exclama Phileas étonné.

Les deux époux encore surpris et ne sachant comment réagir se retournèrent vers Bella. Ils tentèrent de lui parler pour savoir comment elle se sentait, mais la jeune femme ne leur répondit pas et se levant, prit la direction du vestiaire pour hommes. C'était si… surprenant, que dès que la porte se fut refermée derrière elle, Phileas regarda Adélaïde d'un air omniscient et déductif.

— Elle vient de tomber amoureuse de lui. Je te parie ce que tu veux qu'elle est en train de lui grimper dessus sauvagement pour se faire chavirer…

— Je ne parie rien, répondit Adélaïde en revenant à leurs occupations. Parier avec toi c'est jouer contre un Ouragan avec une ombrelle.

Phileas ricana de cette réponse qui lui signifiait avec regret qu'il ne pourrait plus mettre sa femme au défi, et refroidit par ce spectacle de force brute, abandonna la boxe. Il préféra plutôt se concentrer sur Wanda de l'autre côté du gymnase. Sa jeune femme de fille s'entraînait à frapper des cibles que tenaient son instructeur, le même que celui d'Adélaïde autrefois, et d'autres *Doubles Zéro*, plus précisément les nouveaux *Deux*, *Trois*, *Douze* et *Quinze*. Scrutant ses mouvements et ses gestes de loin, Phileas analysa sa façon de se déplacer et de donner des coups. Elle tapait du pied et des poings avec efficacité et énergie, frappant à chaque fois avec précision... Il fallait le reconnaître, elle était douée.

— Ta fille s'en sort plutôt bien, avoua Adélaïde qui suivant son regard et lâchant le sac de boxe, observa également la jeune italienne.

— Elle ne sera pas agente *Double Zéro*, s'exclama Phileas, soudain ferme.

— Je n'ai rien dit.

— Elle s'entraîne, c'est tout, elle fera avocate ou commerciale, mais pas agent.

— Phileas, je n'ai rien dit !

L'homme du club souffla. Il défit les bandages de ses mains et se retournant vers sa femme, décida d'un nouvel entrainement.

— Basket ? proposa-t-il.

Adélaïde surprise le regarda, fit la moue, mais accepta quand même d'un signe de tête.

— Si tu ne veux pas, on n'en fait pas, lui concéda-t-il alors, voyant que cela semblait l'embêter.

— Si, c'est bon.

— Mais...

— Phileas j'ai dit si ! le coupa Adélaïde. Seulement c'est toujours toi qui choisis, ça m'énerve ! Pour une fois on ne pourrait pas jouer à quelque chose où...

— Où ? reprit Phileas.

— Un jeu où tu ne gagnes pas forcément, s'exclama la jeune mère.

Phileas regarda sa femme, surpris. Il esquissa un sourire amusé mais compréhensif l'embrassa.

— Qu'est-ce que tu veux faire alors... ? demanda-t-il en l'enlaçant dans ses bras.

— Ben j'aime bien jouer au basket… mais je veux que tu aies un désavantage ! Pour que je puisse gagner.

— Mouais, ou alors pour que je puisse montrer que je suis vraiment meilleur que toi…

Adélaïde le frappa du coude au flanc, taquine, et tout en allant chercher le ballon sur le banc, invita ceux qui le désiraient à les joindre.

— Match de Basket ! On a besoin de joueurs ! s'écria-t-elle haut et fort.

Les équipes furent constituées d'Adélaïde, *Deux*, *Douze*, Wanda, Scott et Bella et de *Trois*, l'entraineur Hisk, *Quinze* et Phileas. C'est cette seconde équipe, qui bien que désavantagée en nombre, marqua le plus de points. Oh, ils étaient tous les dix de bons joueurs ayant un jeu soudé et une excellente dynamique, mais l'équipe de Phileas avait un atout important… Phileas. Son habileté à marquer de loin, à feinter ou à subtiliser rendait le jeu sans surprise et le pronostic du score des plus prévisibles, et ce malgré la présence en face de Wanda, dotée des mêmes qualités. Cette supériorité technique était telle que le jeu ne fut rapidement même plus un match opposant deux équipes mais une simple partie d'échauffement servant de fond à une vive discussion.

— Tu vas faire quoi alors Phileas ? S'ils savent ton identité, vous risquez tous les cinq des problèmes. C'est une situation très dangereuse pour les jumeaux, parla Scott en envoyant le ballon de Basket à Wanda.

— Oui, on va devoir changer d'identité ! s'exclama Adélaïde, attristée.

— Non, car j'ai créé mille cent quinze Phileas Queneau dans le monde, répondit Phileas, rassuré en attrapant le ballon au passage puis en dribblant. Ils savent peut-être que je suis un Phileas Queneau, mais je ne suis inscrit nulle part, moi-même, en tant que tel. Et ils ont vu mon visage, mais je me déguise régulièrement et aucun registre, quel qu'il soit ne possède de photographie de moi. Il n'y a de photos de moi que sur mes passeports, visas et cartes d'identité.

— Plus permis et autres… souligna Scott.

— Quand bien même, ils n'y ont pas accès. Je n'ai de photographies que sur mes papiers. Les registres des ministères n'ont rien, quel que soit le pays.

— Votre maison ? fit *Double Zéro Trois* en attrapant le ballon.

— Au nom de Charles Tallus !

— Ils ne risquent pas de retomber tout de même sur vous ? Ils savent que vous êtes ici, continua *Double Zéro Douze* en tentant d'intercepter *Double Zéro Trois*.

— Ils m'ont vu ici, c'est tout. Cela ne signifie pas forcément que j'y habite. Je suis un agent secret pour eux.

— Comment ça ?

— Ils ne sont pas stupides non plus, tu sais ! répondit toutefois Adélaïde qui réussit à prendre le ballon des mains de l'agent *Double Zéro Trois* pour le passer à Wanda.

— Écoutez, Kristan et Thanos travaillaient en free-lance. Je sais qu'ils n'ont pas donné toutes les informations qu'ils possédaient sur moi, car ils ne le pensaient pas utile. À l'époque nous n'étions pas une grande menace souvenez-vous, ils ne faisaient donc pas un rapport ponctuel, rétorqua Phileas en suivant les joueurs en duels.

— Comment peux-tu en être si sûr ? demanda Bella, qui reprit le ballon pour se rapprocher de son panier avant de le renvoyer à Wanda.

— J'ai vérifié leurs dossiers, j'ai fouillé chez eux…

— Ah ?

— Oui, répondit Phileas.

— Ils savent qu'on est installé ici. Ils ont tué *D*. Il a tué *D* à votre lieu de réunion ! s'exclama *Double Zéro Deux*.

— Ils connaissaient son identité, rappela Phileas.

— Moi je trouve quand même surprenant qu'on n'ait pas eu de problème, s'exclama Adélaïde, qui rattrapa le ballon pour essayer de marquer.

— Bah on ne va pas s'en plaindre, fit Wanda.

— Oui, mais si c'est le calme avant la tempête, on risque très gros !

— Le seul dont l'existence semble compromise, c'est moi, ou encore à la rigueur Bella, fit Phileas, récapitulatif en interceptant le ballon et en le jetant dans son panier, dix mètres en avant.

Les différents joueurs firent une pause le temps que l'un d'entre eux aille récupérer le ballon.

— Pourquoi moi ? s'étonna Bella.

— Mais tu entraînes ta famille avec toi, rétorqua *Double Zéro Quinze*.

— S'ils nous voient ensemble… mais je vous rappelle qu'on est agents secrets, qu'on a choisi cette vie.

— Mais vos enfants non, reprit l'agent.

— Mes enfants sont protégés, crois-moi…

— Mouais… répondit peu convaincu Bella. Alors ? Pourquoi moi ?

— Ils te connaissent aussi… Vous savez, ils ne peuvent pas s'en prendre à ma famille, même s'ils ont refusé mes accords, s'exclama Phileas. Il sait qu'il ne peut pas les toucher, sinon ce sera pire… je lui ai fait comprendre, c'est pour ça qu'ils sont venus me rencontrer. Pour résoudre le problème sans que ça dérape.

Wanda partit chercher la balle et la partie recommença. Elle passa à Scott.

— Ils peuvent te retrouver… savoir où tu habites…

Phileas resta insensible au jeu et regarda tout le monde, cette fois ferme et catégorique.

— Quand Thanos est venu ici, c'était pour enquêter sur l'origine des intrusions de Jean dans leurs affaires, la sachant liée au Club des Damnés, car certains de leurs agents étaient de mes membres. Quand il m'a vu et reconnu, il a su que cela signifiait que le *Service* était à l'origine de tout ça, car il savait qu'un type se faisant appeler *Toucan* était chef du *Service* un peu avant qu'ils ne le fassent couler en 1967. Il savait aussi qu'un des leurs avait vu ensemble sur les docks un *Toucan*, une *D,* un Phileas et toi Bella, qui le suivaient pour l'abattre. Et la coïncidence du surnom était trop grosse, ce ne pouvait être que le même, et donc signifier que le *Service* existait toujours. C'est là que Thanos a compris que le Phileas du Club des Damnés et le nommé Phileas du *Service* aperçu en 2004 et entendu plusieurs fois au cours de désagréments n'étaient qu'une seule et même personne.

— Oui. Et ?

— Et c'est tout ! Quand Thanos est mort, Kristan a été envoyé à sa dernière position connue, Metz, pour enquêter. Mais il ne savait rien de plus sur moi. Par contre, comme ils savaient que j'étais le directeur du Club des Damnés et supposaient que je l'avais reconstruit, ils ont enquêté à partir de là. En voyant par hasard Édouard faire ses courses, ils l'ont alors suivi et c'est comme ça que Kristan m'a retrouvé. Mais lui-même est mort avant d'avoir transmis ses informations. Et c'est là que tout se résume. Ils n'ont en définitive que mon visage pour les conduire au *Service* ou au Club des Damnés et ne peuvent me nuire personnellement que s'ils me voient dans la rue. Et toi Bella, s'ils ont gardé trace de ton visage.

— Mais…

— Il n'y a pas de mais. Les deux seuls mystères c'est qu'ils ont découvert je ne sais comment mon nom de famille et où on discutait avec *D*, c'est tout. C'est la seule chose qui me laisse perplexe et qui me triture, sinon je ne m'inquiète pas. Mais cela n'est pas un problème comme je vous l'ai dit, car mon nom et moi sommes différents pour tous, civilement je suis Valentin D'Allegra, et il existe très peu de photographies de moi. En plus ma maison est à un autre nom.

— Ils suivaient Jarod non ? Ils l'ont vu à Metz. Ils savent que tu as une Aston Martin ! annonça Adélaïde en dribblant, suivie par son ancien instructeur et *Trois*.

— Adélaïde, ils suivaient Jarod sur le train allant à Nancy ! Pas Metz, fit Phileas en lui volant le ballon. Ils ne l'ont jamais vu avec nous. Et même en supposant que les agents qui m'ont vu au volant d'une Aston Martin avec lui à mes côtés savaient que j'étais Phileas, sans photographie de moi, quand Jarod est mort, c'était dans l'Aston Martin, dont les plaques ne sont pas répertoriées ! Donc si ces gens que j'ai aperçus au moment de l'explosion étaient bien de l'*Organisation*, ils ont vu l'Aston Martin exploser. Et ils ne sont pas censés savoir que j'en ai racheté une autre identique…

— Mouais… tout ça pour dire que sauf s'ils te voient dans la rue, tu es tranquille. Seulement ça peut arriver, Metz n'est pas une ville si grande, résuma Wanda qui lui prit le ballon et s'éloigna en faisant une passe à *Douze*.

— En même temps on n'est pas certains qu'ils pensent que tu habites ici ! Ni même qu'ils pensent que le *Service* est installé ici, rappela à tous celui-ci.

— Exactement.

— Mais ils savent que le Club était ici. Et même s'ils ne savent pas forcément que tu en as bâti un autre, cela leur suggérera à presque 100 % que tu vis ici ! prononça Adélaïde.

L'instructeur Hisk, formateur chevronné mais peu bercé dans tous ces secrets fit une pause alors que Phileas marqua une nouvelle fois après avoir de nouveau repris le ballon. Tout cela l'embrouillait. Il avait besoin de faire le point.

— Résumons, demanda-t-il gentiment. En gros l'*Organisation* sait que vous vous appelez Phileas Queneau mais ils ne peuvent pas lier votre nom à votre personne physique, car vous avez brouillé les pistes. On est en droit de supposer qu'ils savent que vous habitez Metz, mais vous n'êtes pas en danger, car ils ne peuvent savoir où vous habitez précisément.

— C'est ça, confirma Phileas.

— Alors en quoi est-ce un problème ?

— Le problème c'est s'ils s'en prennent à lui, s'ils découvrent où il habite ! fit *Quinze*. Car cela mettrait sa famille en danger.

— Oui, mais le danger sera le même, quelle que soit la ville où vous habitez non ? Personne n'est à l'abri, à moins de vivre continuellement ici sous terre ! s'exclama Hisk.

— Il marque un point ! fit Scott à Adélaïde.

Wanda profita du relâchement pour marquer un panier, puis un autre.

— Oui mais je ne suis pas rassurée pour autant, car ils se doutent qu'il habite Metz, avoua Adélaïde.

— Vous ferez plus attention, c'est tout. Et de toute façon qu'est-ce qu'ils peuvent faire ? Votre maison est protégée et surveillée !

— Ils peuvent s'attaquer à nous en ville.

— Phileas se déguisera lorsqu'il ira en ville… De toute façon de ce que j'ai compris ils n'ont jamais pu faire de photographies de vous Phileas, exact ?

— En effet.

— Donc au mieux, ils ont un portrait-robot fait par ceux qui vous ont vus. Une bonne partie est morte, il ne reste donc que les membres de cette *Organisation* qui ont été à votre club il y a des années comme client, l'homme qui a tué *D*, et cette femme qui vous a accosté dans l'avion. Je me trompe ?

— Et je sais qui étaient ces clients qui faisaient partie de l'*Organisation*.

— Faisaient ? demanda *Deux*.

Wanda marqua un autre panier.

— Oui. Quand j'ai supposé qu'il y avait des gens à eux parmi les clients, j'ai remonté tous mes membres, et j'ai pu isoler les six. Je n'ai pas réussi à remonter au-dessus d'eux mais je les ai éliminés.

— Bon, nous voilà tous rassurés non ? s'exclama Hisk.

— Un peu mais bon, je ne suis pas tranquille, avoua Adélaïde. D'autant que Kristan savait mon nom et mon prénom !

— Il vous avait suivies avec Chloé ! On en a eu la preuve. C'était quand vous faisiez du shopping. C'est là qu'il a entendu ton nom, lui rappela Phileas.

— Oui, mais cela ne me rassure pas…

— Yes ! s'écria soudain Wanda.

— Quoi ? demanda Adélaïde.

Les agents du *Service*, directrice, formateurs, simple ou *Double Zéro* se tournèrent vers la jeune Italienne, étrangement joyeuse.

— On a gagné… pendant que vous parliez, j'ai marqué les points manquants.

— Quoi ? Mais c'est de la triche ! fit Hisk.

— Non… on a gagné, affirma Wanda.

Les agents se regardèrent, et ils se rendirent tous aux vestiaires. La partie était finie et ils étaient tous bien fatigués.

— Ces jeunes… vociféra *Quinze*.

— Pathétiques…

— Oh, allez, vous êtes dégoutés parce que l'équipe des filles a gagné c'est tout !

— Scott n'est pas une fille !

*

Une vingtaine de minutes plus tard.
Scott était assis sur le banc devant le vestiaire. Les yeux dans le vide, il regardait en face de lui comme perdu. Phileas remarquant son absence s'était mis à sa recherche.

— Alors ? demanda celui-ci en le retrouvant.

— Alors quoi ? répondit Scott sans même lever les yeux.

— Avec Bella ? Raconte.

Phileas s'assit sur le banc aux côtés de son vieux camarade et regarda comme lui vers les murs d'escalade installés en face. Scott n'était pas du genre à avoir des problèmes, il menait une vie presque parfaite. Qu'il s'isole pour méditer était donc étrange.

— Il n'y a rien à raconter, annonça Scott.

— Écoute, commença mal à l'aise Phileas.

— … Oui ?

— Je m'excuse pour tout à l'heure, tu sais…

— Oh, t'inquiètes, je ne t'en veux pas… je sais que tu n'es pas arrogant, alors même si parfois t'es chiant, je ne t'en tiens pas rigueur. Ta vie n'est pas facile, je me doute que tu n'as pas besoin qu'on te dise en plus ce que tu as à faire.

Phileas acquiesça d'un signe de tête sans rien dire puis but une gorgée dans sa bouteille d'eau.

— Ce n'est pas pour autant que je dois te manquer de respect, annonça-t-il en la rebouchonnant.

— Je l'ai mal pris sur le coup… mais ce n'était rien.

Phileas tourna la tête vers son ami. Ce sujet étant clos, il revint sur celui qui semblait le tracasser.

— Tu penses à elle n'est-ce pas ?

Scott souffla, dépité. En parler à son meilleur ami lui ferait du bien. Il avait besoin de se confier... mais il n'aimait pas cette situation et l'évoquer le rendait malheureux.

— Bella est une très belle fille, très gentille… Mais pour moi ce n'était qu'une marque de réconfort, un signe d'affection fort mais pas amoureux. J'ai quelqu'un dans ma vie, tu le sais.

— Moi oui.

Scott souffla une nouvelle fois.

— J'ai bien peur qu'elle ne pleure encore en fait…

— Certainement, et cette blessure est plus douloureuse que celles que tu lui avais faites juste avant.

— Oh, je ne parle pas de ça… Je parle des pleurs qu'elle a déjà eus d'aimer un homme déjà pris… toi.

Phileas ne répondit pas. Il préférait ne pas y penser.

— Quel dommage pour une fille aussi belle et intelligente qu'elle ne tombe que sur des hommes déjà pris, répondit-il juste.

— Tu l'as dit… Et cela m'a fait de la peine de devoir lui dire non alors qu'elle voulait m'embrasser.

— Surtout que tu l'as amochée juste avant, souligna avec un peu d'humour Phileas.

— C'était un entrainement. On se battait, je suis plus fort, c'est tout.

— Tu m'as surpris… avoua impressionné l'agent *Double Zéro*.

— Ne fais pas confiance à l'eau qui dort.

— Je prends note… comme de tes proverbes débiles.

— Bon, alors, on se fait une revanche ce week-end ? lança Scott en se levant en se frottant les mains pour changer de sujet. Que j'allonge ta fille au Basket ?

— Désolé vieux, mais ça ne va pas être possible ! J'emmène ma petite famille se reposer dans les Vosges ! Faut que je prenne des vacances !

Phileas se leva, taquina son ami en lui tapotant sur l'épaule et partit prendre sa douche.

— Attends tu déconnes ? Qui va la corriger cette petite chipie ! s'exclama Scott.

— Aaaah, surtout pas toi…

Chapitre VII

Vacances en famille

Phileas avait acheté un 4X4 peu après la naissance des jumeaux. Un magnifique modèle X5 gris de BMW. Ce véhicule disait-il, avait l'élégance, l'agressivité et la performance qui leur manquait. Mais pour être exact, il avait surtout sept places, ce qui leur était bien utile. Conduisant sur l'autoroute, Adélaïde assise devant à ses côtés, Chloé, Wanda, le chien et les enfants à l'arrière, l'homme du club afficha un large sourire béat. Des vacances, enfin…

— Où est-ce qu'on va ? demanda Wanda.

— Les Vosges ! annonça Phileas enthousiaste.

— Quoi ? fit Chloé.

— Papa ! Y aura pas Internet !

— Bien sûr que si ma chérie, s'exclama Adélaïde, ce n'est pas le moyen âge les Vosges.

— Ben tient, s'il y a la fin du monde c'est là qu'il faudra aller, ils ont toujours cent ans de retard…

— Ah non, ça c'est la Meuse, ricana Phileas.

— Nan, sérieux, les Vosges, ça craint !

— Meuh non, tu verras… Rien de tel pour te ressourcer. Tiens, on va mettre un peu de musique…

Phileas tendit le bras vers l'autoradio et lança la lecture aléatoire de sa clé USB pour égayer leur sortie d'une musique pop rock et dynamique... Malencontreusement cela tomba par un coup du sort sur « *Bring it all back* ». Un certain rictus crispé aux lèvres, Phileas regarda alors rapidement la route pour se reconcentrer sur sa conduite comme si de rien n'était.

— Tu peux m'expliquer pourquoi tu écoutes *S Club 7*[6] ? s'effara immédiatement Adélaïde. Bon sang, on m'a menti sur la marchandise !

— Moi j'aime bien, s'exclama Phileas amusé.

Bon Dieu… Adélaïde pesta un peu et regarda par la fenêtre les monticules de neige défiler le long de la chaussée. Elle était abasourdie... Chloé à l'inverse enjouée s'avança toutefois entre leurs deux sièges et augmenta le son.

— Moi j'adore ! rigola-t-elle, heureuse.

Wanda la regarda se rasseoir et la fixa comme abasourdie.

— Quoi ? s'étonna la Reine d'Or.

— Ben tient, ne m'étonne pas de toi ça... T'es restée adolescente à quel âge ?

— Quand t'auras mes seins, tu viendras me reparler, répondit-elle.

— Tes… ? Papa ! s'indigna Wanda.

Phileas rigola nerveusement. Si seulement il était sourd… le voyage sera long.

Le voyage dura cinq heures. Avec les nombreux arrêts pipi, presque sur chaque aire de repos, les filles ayant tour à tour une envie pressante, sans parler du chien, puis en comptant la pause déjeuner, les batailles de cartes à l'arrière ou

---

encore Adélaïde qui changea de place pour allaiter, Phileas se demanda même comment ils avaient pu être aussi rapides, c'était un miracle. Quoi qu'il en soit ils arrivèrent malgré tout au bout du compte à destination, et l'agent *Double Zéro* garant la voiture devant le chalet, ils sortirent enfin respirer le bon air.

— Je vais aller voir le gardien, annonça Adélaïde en se rendant vers la petite maison non loin. Tu viens Cerebro ? Allez viens mon chien !

— Parfait, nous on va déjà décharger les bagages du coffre. Adélaïde fit un signe de la main et les laissa.

— Alors boss, quel est le programme ? s'exclama Chloé.

— Bah, quelques jours de repos, des baignades, des promenades, des barbecues, du sexe… suggéra Phileas en s'étirant.

— Mmmh… intéressant.

— Hé, les cochons, vous pourriez m'aider non ? fit Wanda. La Reine d'Or et le maître des Reines se retournèrent vers la jeune Italienne et la regardèrent en souriant.

— Moi je prends ton petit frère et ta petite sœur ! répondit Chloé en se dirigeant vers la banquette arrière.

— Ouais… la facilité.

— Laissez, prenez les enfants je m'occupe des bagages, proposa Phileas.

Se dirigeant vers l'arrière du 4X4 où se trouvait Wanda, il attrapa le maximum d'affaires tandis que les filles prirent dans leurs bras les deux nourrissons.

— Gazou, gazou ! fit Chloé en jouant du doigt avec Adrien.

— Agha ? répondit spontanément l'enfant.

— Hé, il m'a parlé ! s'exclama-t-elle.

— Nan, je pense plutôt qu'il s'esclaffait de ta bêtise, s'amusa Wanda, Jean dans les bras.

— Banane ! lui rétorqua Chloé.

— Pastèque melba !

— Brocoli cosmique !

— Courgette !

— Salade de doigts !

— Bon, vous y allez oui les filles ? s'impatienta Phileas.

— Entrez déjà, le chalet est ouvert ! s'écria le gardien depuis sa maison avant de reprendre sa conversation avec Adélaïde.

— Parfait merci, le remercia-t-il.

Les filles entrèrent à l'intérieur du chalet et Phileas chargé comme une bourrique effectua un premier puis un second voyage pour décharger les bagages. Quand ce fut fait, il verrouilla alors le 4X4 et rejoignit les deux terribles.

Le chalet Saint Miremont était un magnifique cottage en bois et pierre datant du début du XXe siècle. Situé un peu à l'extérieur de la ville, à l'entrée de la forêt, il était juste assez isolé pour qu'on puisse jouir d'une tranquillité salvatrice sans pour autant être coupé du monde. Le cadre y était agréable et verdoyant, il y avait des tables et un barbecue à l'extérieur pour le pique-nique, il y avait des sentiers balisés pour faire de longues promenades, et l'étang juste à côté promettait de belles baignades. C'était l'endroit rêvé pour se ressourcer… La seule chose qui pourrait être considérée comme un problème étant donné qu'ils étaient quatre adultes, c'était qu'il n'y avait qu'une seule salle de bain. Mais vu qu'il y avait quatre chambres et un salon équipé d'une cheminée, cela compensait largement ce petit tracas.

— Le concierge vient de partir, il passera voir demain si tout se passe bien, annonça Adélaïde en les rejoignant à l'intérieur et en refermant derrière elle.

— Parfait… alors les filles ? Comment trouvez-vous l'endroit ?

— Bien, bien… mais j'espère qu'il y a du monde en ville, répondit Wanda.

— Oui, t'inquiète tu trouveras ton bonheur.

— Ah ouais ? Des jolis mecs et tout ? s'émerveilla Chloé en arrivant vers eux.

Phileas s'exaspéra en rigolant… ces deux-là, vivement qu'elles se trouvent de la compagnie.

Bon, je ne sais pas pour vous mais moi j'ai faim ! s'exclama Adélaïde en se frottant les mains.

Prenant les courses, elle sortit alors dehors pour commencer à préparer le barbecue et faire cuire la viande. Wanda et Chloé laissant les enfants s'amuser un peu avec leur père dans le salon profitèrent de ce temps pour répartir les affaires dans les chambres, puis, lorsque ce fut fait, pour mettre la table.

— C'est prêt, s'exclama vingt minutes plus tard Adélaïde en ramenant le plat à l'intérieur.

— Ah parfait ! fit Chloé en se levant.

— J'ai une faim de loup ! répondit Wanda.

Phileas déposa la salade de tomates qu'il avait préparée sur la table, s'installa et servit les côtelettes.

— Bon appétit.

— Bon appétit !

— Idem…

— Mazel Tov.

— Wanda, Cerebro n'a pas le droit de manger de saucisse ! rouspéta Adélaïde.

— Juste une !

— Pourquoi avoir pris le chien ? demanda Chloé en avalant une bouchée de sa côtelette.

— Pour qu'il se dégourdisse… Et Blanche n'en sera que plus contente d'avoir quelques jours de paix loin des enfants, du bruit et d'un chien qui adore venir la réveiller quand elle dort.

— Mouais… ça se tient.

Le repas se termina une demi-heure plus tard. Les côtelettes et les saucisses furent toutes mangées, et il ne resta de la salade que son jus, que Phileas sauça avec du pain. Puis lorsque le dessert fut pris, Adélaïde fatiguée partit se coucher avec les bébés. Saluant son compagnon, sa belle-fille et son amie, elle se brossa alors les dents et disparut dans leur chambre.

Phileas resta un peu devant la cheminée pour lire mais il s'endormit rapidement, encore épuisé des derniers jours et de la route, si bien qu'il ne resta finalement d'éveillées que Wanda et Chloé.

Vêtues légèrement, ces dernières quittèrent toutefois discrètement le chalet pour aller à la chasse…

La nuit était très belle ce soir-là. La lune était pleine et les étoiles étaient brillantes. Une légère brise adoucissait un peu l'atmosphère mais cela ajoutait au contraire à la beauté de cette soirée. C'était une nuit parfaite… Peut-être en était-ce la raison ? Toujours est-il que Phileas, assoupi devant le feu de la cheminée, se réveilla soudainement. Ses yeux s'ouvrirent d'abord tout doucement, comme s'il prenait peu à peu connaissance de sa vie et de sa capacité à voir, avant de s'écarquiller pleinement. Mais ses traits semblaient tirés différemment. Il semblait autre… et comme animé d'une envie incontrôlable, une de ces pulsions soudaines et violentes qui pouvaient détruire une vie ou une carrière, d'un pas lent et presque mécanique il monta à l'étage en direction de sa chambre. Adélaïde était dans son lit et les enfants dans le berceau. Ils étaient profondément endormis et semblaient paisibles… Phileas les regarda d'un œil sombre. Son visage semblait plus dur, comme s'il s'agissait vraiment d'une autre personne. Puis pour une obscure raison, il ressortit de la pièce et quitta le chalet en direction de la ville. Son allure, ses mouvements, son comportement… tout en faisait un autre homme. Ce n'était plus Phileas, il était moins décontracté dans sa démarche, plus machiste et plus mauvais, c'était une bête humaine assoiffée.

Cinq minutes plus tard alors qu'il arrivait vers la ville, Phileas entendit des bruits à l'orée d'un bois. En quête d'expériences dans ce Nouveau Monde qui s'ouvrait à lui, curieux et insatiable de découvertes, il se rapprocha discrètement et tendit l'oreille. Les ricanements provenaient de deux jeunes femmes qui discutaient et fumaient avec un groupe de garçons derrière un bar. Discret, scrutant à travers l'obscurité, Phileas s'intéressa aux deux jeunes filles. L'une d'elles, brune aux cheveux frisés ou bouclés portait une courte jupe et un petit haut blanc sans manches. L'ensemble lui donnait des allures de jeune fille simple. En tout cas elle semblait bien faite. La seconde avait les cheveux châtain blond et était habillée d'un tee-shirt bleu et d'un jeans moulant. Elle aussi était très attirante… pile ce qu'il lui fallait. Phileas en était d'ailleurs tellement fasciné qu'il décida de rester aux aguets pour attendre son heure, tel un prédateur. Il semblait qu'une petite virée nocturne se négociait entre les deux jeunes filles et les garçons. Les yeux semblant presque entièrement noirs, il les observa alors pour voir ce qu'ils allaient faire. Effectivement au bout d'une dizaine de minutes et de quelques joints, les filles proposèrent aux garçons un jeu. Elles prirent de quoi se bander les yeux, et sans ne rien faire d'autre, partirent dans le bois à l'aveuglette. Les garçons devraient de ce qu'il comprit partir en chasse un quart d'heure plus tard... Phileas entra dans le bois au bout de sept.

Cherchant la blonde, se fiant à son instinct, aux odeurs suspectes et aux traces au sol, il s'enfonça discrètement parmi les arbres. Cette petite chasse l'excitait. Devenu bestial, il parcourait le bois aux aguets tel un animal en quête de nourriture. Phileas avait rarement le loisir de pleinement utiliser ses capacités sensorielles, pourtant sa vue, même scotopique, son ouïe et son odorat étaient excellents... C'était un plaisir de jouer avec elles, pensa-t-il. Elles lui offraient un entrainement et une récompense à la clé. Ces deux petites chipies étaient vraiment un gibier fantastique...

Il fallut six minutes à Phileas pour repérer où les deux jeunes femmes s'étaient cachées. Elles étaient bien enfoncées dans la forêt, mais non loin l'une de l'autre, certainement pour pouvoir entendre leurs gémissements et se stimuler pendant leur assaut sauvage. Il les avait repérées à un parfum très prononcé et à des traces de pas dans la terre molle. Un sourire narquois aux lèvres, il se dirigea victorieux vers sa proie. Mais il s'alarma soudain. Son oreille tintait, les garçons étaient visiblement indiqués sur la direction qu'elles avaient prise, et ils avaient triché sur l'heure. Phileas le cœur battant comprit qu'il n'avait pas beaucoup de temps. Comme un prédateur dont la vie et le repas étaient menacés, il choisit la sécurité avant tout. Il opta pour violer la brune, installée sur un tronc renversé plus loin dans le bois. Ce sera parfait, car lorsqu'il aura fini il pourra disparaître sans mal… Avançant sans faire de bruit, il se rendit jusqu'à elle et se positionna. Elle était penchée et prenait appui sur la mousse d'un arbre tombé, attendant qu'on la trouve, s'offrant pleinement. Phileas releva sa jupe. La jeune femme ne dit rien, mais elle poussa un souffle mélangé d'excitation, de peur et de crainte. Sa peau fut parcourue d'un frisson. Elle ne savait pas trop à quelle sauce elle allait être mangée il fallait dire…

Phileas regarda ses fesses en savourant sa prise. Fermes et rebondies, il les caressa un peu et baissa son string jusqu'à ses genoux. Elle avait les yeux bandés et ne verrait rien, mais il souhaitait qu'elle entende. Abaissant sa braguette dans un bruit caractéristique et audible pour sa proie, il saisit son sexe déjà bandé et présenta son gland à ses lèvres. Elle retint sa respiration, dans l'attente… Puis d'un coup sec en la bloquant aux hanches, il s'enfonça sans ménagement en elle et lui arracha un cri. Elle n'était pas préparée, c'était douloureux, mais il adora, sentant son conduit étriqué serrer sa verge comme un étau ! Et malgré ses plaintes, elle finit par apprécier. De toute façon elle n'avait pas le choix, lorsqu'on sortait avec une amie pour trouver le loup, il ne fallait pas se plaindre quand il arrivait…

Le viol dura plusieurs minutes, période où la petite brune s'abandonna complètement dans la douleur et le plaisir… puis ils jouirent tous les deux, la jeune femme poussant un râle de jubilation jusqu'à ce qu'elle ne sente son sperme couler en elle.

— Putain, tu te fous de moi ? Tu m'as éjaculé dans la chatte ! Je ne te connais même pas !

Phileas satisfait et rassasié sans l'écouter l'attrapa rapidement par les cheveux pour l'amener à s'agenouiller et essuya son gland sur son visage. Il apprécia de voir rapidement quelques gouttes de sperme perler sur ses joues et sa bouche, puis s'éclipsa aussi furtivement qu'il était arrivé. Il lui laissait l'horreur quand leur jeu serait fini de découvrir qu'aucun des garçons ne l'avait prise...

L'agent *Double Zéro Six* rentra se coucher auprès de sa femme et s'endormit immédiatement. Pour lui, il s'était assoupi devant la cheminée puis était directement monté se coucher. Il était redevenu lui-même...

Il se souvint juste en dehors de ça qu'il avait pris une décision ; il fallait qu'il termine cette affaire à New York. En ce qui concernait son excursion dans les bois à la suite de deux jeunes femmes, il n'avait cependant aucun souvenir, car cela ne lui était pas arrivé. Il ne lui vint d'ailleurs même pas à l'esprit qu'il ait pu sortir de la maison pour une quelconque raison.

Il avait simplement dormi, puis, après s'être réveillé, était monté se coucher pour dormir profondément, si profondément qu'il n'entendit même pas Chloé et Wanda rentrer et monter dans leur chambre couvertes de mousse, et pour sa fille, du sperme séché sur les cuisses et le visage.

Chapitre VIII

Double pour double

Phileas arriva au *Service* aux alentours de neuf heures du matin. Il avait besoin de finir quelques paperasses avant d'aller prendre l'avion pour New York. Quelques formalités en tant qu'agent mais aussi en tant que *PDG* de ses entreprises ; des affaires à consulter, des rapports d'agents à lire et des ordres à passer. Parcourant les couloirs et descendant les étages, il atteignit le niveau exécutif tout en lisant un compte-rendu de mission et ouvrit absorbé la porte du bureau de son assistante pour entrer dans son propre office.

— Bonjour monsieur, s'exclama Corie en levant les yeux vers lui, le visage enjoué d'un sourire rafraichissant.

— Bonjour Corie, répondit Phileas.

Corie était une agente de secrétariat. Elle faisait partie de cette catégorie de personnes qui ont un travail ingrat en apparence, mais vital en réalité. Car le secrétariat était un des piliers nerveux du *Service*, plus encore que tout le reste. C'était sur eux que l'on comptait le plus. Certains étaient chargés de diriger et de donner les ordres, d'autres d'exécuter ces ordres, mais tout ce qu'il y avait entre, quelqu'un de compétant devait le faire, et vite. Et c'est là qu'ils intervenaient. La direction ne peut pas s'occuper des paperasses, des rapports, et de leur transmission, mais les agents non plus. Non, pour tout cela, il fallait une personne qualifiée, et ce n'était pas du tout pour signifier qu'il y avait ces gens-là pour faire le sale travail, mais plutôt pour répartir les responsabilités et surtout rendre la machine efficace en répartissant la force sur les rouages faits pour. Corie était donc une secrétaire, poste clé de communication, et ce bureau était son territoire. Rectangulaire, celui-ci était d'une dimension de douze mètres sur huit. Il y avait des casiers de rangements à droite, une large bibliothèque de dossiers à gauche, plusieurs cadres et quelques plantes vertes. À côté de la porte d'entrée trônait enfin un portemanteau où reposait un trench au parfum enivrant... C'était petit mais chaleureux, pour qu'elle se sente à son aise et ait tout le nécessaire à portée de main.

Phileas enleva son manteau et le déposa d'un geste maladroit à côté de sa veste. Il s'avança ensuite vers elle, installée à côté de la porte d'accès à son propre bureau, et lui adressa un sourire.

— New York la nuit est mouvementée j'ai cru comprendre, sourit la jeune femme en pianotant un rapport sur son clavier.

— Tout à fait, vous n'avez pas idée... Quelque chose pour moi ?

— Une note interne du chef de la section *Équipement & développement technologique*, deux rapports de missions liées à l'*Organisation*, trois appels de votre père et de votre beau-père, un message de l'agent Stendler et une missive de *Quatorze*.

— Ouhou...

— J'ai tout mis sur votre bureau monsieur.

Phileas acquiesça, très peu réjoui de toute cette paperasse, et engagea plus en avant la conversation pour repousser le moment où il devrait s'y atteler.

— Comment allez-vous ? Des choses intéressantes ? demanda-t-il, intéressé.

— Bien, répondit Corie. J'ai passé la soirée avec un agent et ce fut des plus sympas.

— Ah ? fit Phileas, une pointe de curiosité et de jalousie dans la voix.

— Oh non, rien de cela, il m'a juste invité et on a pris un verre avant que je n'aille au restaurant avec des amis.

Phileas regarda la jolie jeune femme, soulagé. Elle avait des cheveux blond châtain coiffés en une queue de cheval et portait un tailleur beige. Son maquillage était léger mais des plus valorisants, et son parfum... un pur régal. Quand elle se retourna sur sa chaise pour vérifier quelque chose dans un livre, non loin, la jarretière de son bas et l'attache de son porte-jarretelles apparurent entre les deux pans de sa jupe, donnant une touche de beauté sensuelle à son charme.

— Bien…

Phileas attrapa un dossier sur son bureau, plongea un instant dans son décolleté des plus délicats et rentra dans son bureau sans rien ajouter. Cette fille était magnifique. Phileas adorait embêter Adélaïde à son propos, mais cela n'était malheureusement pas que des paroles en l'air. Seulement, au-delà de sa relation avec Adélaïde, Corie était de ce genre de filles belles, intelligentes, énormément désirables, mais inaccessibles. Elle s'habillait comme cela lui allait, elle se mettait en valeur, mais ce n'était nullement pour montrer qu'elle souffrait d'une attirance pour lui ou un autre, c'était simplement parce qu'elle était superbe, quelle que soit sa tenue. Elle était intouchable… Phileas la chassa de son esprit, certain que la jeune femme avait déjà une foule de prétendants et s'occupa de ses propres démons. Entre Alessandra, Adélaïde et l'*Organisation*, il avait déjà assez de choses en tête... Alessandra, bon Dieu, pourquoi l'avait-il rencontrée... ? Pourquoi venait-il même simplement de la citer ? Il n'avait pas besoin de repenser à une femme pour qui il avait des sentiments purement fantaisistes, il était assez occupé. C'est vrai, jusqu'à présent ce n'était que son fantasme, elle n'aurait jamais dû faire partie de sa vie, même un simple instant... Bon sang, il n'avait pas besoin de ça. Voilà qu'elle allait accaparer ses pensées et devenir une obsession...

Phileas s'installa à son bureau et commença à lire les rapports de missions pour occuper son esprit. Cela lui prit deux heures à tout lire. C'était écrit de façon monotone et explicative, clairement, mais inutilement, et cela l'embêtait au plus haut point. Il demanda donc à Corie de lui amener un chocolat si elle le voulait bien, pour faire une pause avant de reprendre. La jeune femme s'obtempéra avec dévouement, n'ayant rien d'autre à faire que de la mise à jour informatique, et en profita pour prendre un de ses dossiers de missions dans ses armoires de rangements. Elle portait un soutien-gorge sous son chemisier de soie... Phileas le devina, car les bretelles se dessinaient dans son dos. Et ce fessier... Lorsqu'elle se baissa pour regarder à la lettre « N », il put constater à son moulage qu'elle portait un string, ses fesses étant modelées sans entraves, bien rondes. Phileas tenta de ne pas regarder mais il ne put s'empêcher de l'admirer. Et elle était tellement absorbée qu'elle ne le remarqua pas. Elle cherchait des dossiers sans même se soucier de lui, acharnée dans sa tâche, s'occupant de mettre à jour les rapports informatiques et les bases de données concernant son supérieur. Corie était si belle, même de dos… Phileas décrocha les yeux d'elle avec conviction. Il était temps d'arrêter de fantasmer.

Cessant d'importuner son assistante qui méritait un minimum de respect, il alluma son ordinateur pour rédiger quelques notes. Avec embarras, il constata malheureusement que son mot de passe était erroné.

— Ah oui, pardon, c'est moi, fit Corie en voyant son tracas. J'ai changé votre mot de passe.

— Vous avez changé mon mot de passe sans mon autorisation ? s'exclama Phileas en se retournant vers elle interrogateur.

— Il était trop facile, ajouta l'assistante en se penchant sur lui pour taper le nouveau code.

— Et je peux savoir pourquoi ? s'étonna Phileas qui tenta sans grande volonté de se retenir de regarder son chemisier en soie déformé par son soutien-gorge.

— J'ai réussi à le trouver, cela prouve bien son inutilité ?

— Oui… et il est vrai que dans le Q.G. même, il vaut mieux se parer à toute tentative d'intrusion dans ses affaires. On est entouré de crapules, c'est net !

Corie tourna la tête vers lui en fronçant les sourcils, le sourire aux lèvres, titillée par son ironie.

— Le nom de votre compagne n'est pas un bon mot de passe.

— Ce n'est pas mon mot de passe ! s'étonna Phileas, surpris.

— Si.

— Non !

— Si… alors je l'ai changé, parla Corie.

Phileas baissa les yeux. Adélaïde n'a jamais été son mot de passe… ? Son mot de passe était 97339-339Evertgreenussnautilusfamily… c'était bizarre.

— Comment c'est possible… s'étonna-t-il.

— En tout cas, je l'ai remplacé par le nom de votre fille suivi de sa date de naissance, puis de la même chose pour la cheffe et vous.

— D'accord, accepta Phileas.

— D'ailleurs, votre fille a comme arme de prédilection le saï.

— Charmant.

— Elle s'entraîne dans le gymnase, elle est très douée… Elle a un dossier prometteur.

— Ouah…

La jeune blonde se redressa et regarda Phileas, encore une fois un peu piquée.

— Seriez-vous en train de vous foutre de moi, monsieur ? demanda-t-elle en mettant les mains sur les hanches, quelque peu gênée et amusée à la fois.

— Vous voulez une réponse franche ?

— Bien sûr, je suis votre secrétaire et assistante. Si vous ne m'appréciez pas, dites-le.

— Ce n'est pas ça, fit la moue Phileas, un peu embarrassé.

— Alors qu'est-ce que c'est ? interrogea la jeune femme.

— Disons que j'ai beau être en couple, vous êtes une femme incroyablement belle. Et c'est parfois frustrant.

Corie sourit un peu, flattée. Elle ne s'attendait pas vraiment à cette réponse de sa part.

— Donc je vous gêne à cause de mon physique ? demanda-t-elle en se mordillant la lèvre.

— Non, disons juste qu'une fille superbe qui a un ensemble noir en dentelle sous un chemisier de soie, un porte-jarretelles, et un corps de rêve cela dérange un peu pour se concentrer, voilà tout.

Corie rougit en baissant la tête, mais en le regardant tout de même dans les yeux.

— Je suis désolée de vous importuner…

— Oh, cela n'est pas bien grave, c'est même agréable je dois dire. Mais bon, vous êtes ce qu'on appelle une fille inaccessible, ce qui n'est pas pour aider au malheur des mâles sensibles aux charmes d'un beau corps. Mais en tout cas, ne vous en gênez pas ! C'est moi au contraire qui devrais demander pardon.

— Pardon pour ?

— Vous avez le droit de vous habiller comme bon vous semble, et c'est moi qui vous importune de façon déplacée.

— Ce n'est pas grave, vous n'êtes pas le seul.

— J'aime à croire que je ne suis pas un simple mâle primaire, répondit Phileas en baissant les yeux, affligé.

— Oh, je n'ai pas dit ça monsieur ! Je ne sous-entends pas que vous êtes un de ces grossiers garçons, mais j'y suis habituée. Et honnêtement je sais que vous, vous êtes quelqu'un de bien, alors cela me gêne nettement moins que les types dans la rue.

— Mouais…

Corie sourit et s'avança vers lui.

— Je vais vous laisser maintenant monsieur.

— C'est une bonne idée, je crois, oui.

Corie sourit encore, amusée de son humilité et de sa façon de se rabaisser lui-même, et s'avança cette fois vers lui de façon plus invasive. Elle prit appui sur son torse de ses mains et se pencha à son oreille.

— Je suis votre assistante et secrétaire… je ferais tout pour vous même si j'ai un copain.

Elle lui déposa alors un bisou sur la joue et sortit de son bureau comme un éclair. Phileas, un peu surpris de ses paroles tenta de remettre ses idées en place mais la dernière vision de la jeune fille, son fessier, n'aida pas à son salut... Oh et puis après tout, Adélaïde avait des rapports avec d'autres Reines... et elle n'en saurait absolument rien.

Phileas accéda au système de communication interne du réseau informatique et contacta Corie pour en savoir plus.

— « *Dites-moi en plus... ?* », tapa-t-il.

L'homme du club but une gorgée de son chocolat et attendit quelques secondes avant de recevoir une réponse.

— « *N'était-ce pas assez clair ?* » envoya Corie, en ajoutant un smiley.

— « *Vous avez un copain ?* » interrogea Phileas, qui se sentait déjà bouillir rien que de discuter avec elle.

— « *J'ai une vie, oui... mais j'aime mon boulot, j'aime travailler pour vous. Je ferai n'importe quoi pour vous prouver mon dévouement.* »

— « *C'est à dire ? Dites-le. Nous sommes entre adultes.* »

— « *Quand on a affecté aux Double Zéro des assistants, vous avez spécifié que vous désiriez quelqu'un qui aime prendre des initiatives, ouvert, et possédant une touche personnelle.* »

— « *C'est exact. Et ?* » pianota Phileas qui sentait déjà une érection monter dans son pantalon.

— « *Je ne fais jamais mon boulot à moitié.* »

— « *Donc, si je désirais me détendre... ?* » s'empressa d'écrire l'homme du Club en mettant trois petits points pour sous-entendre la chose.

— « *Je ferai n'importe quoi pour votre confort et pour vous prouver que je veux garder ce job...* » répondit Corie.

— « *Sérieusement ?* » s'étonna un peu Phileas, tout de même surpris.

— « *Je finis à 16h45… »*

Le message était clair. Phileas s'enfonça dans son fauteuil, échauffé par la discussion. La fraîcheur d'esprit de la jeune femme, sa façon de dire cela… Il était en transe et transpirait. Il se redressa et, rapprochant son clavier de lui, écrivit.

— « *C'est intéressant… »*

— « *Vous ne me croyez pas, j'imagine ? »* répondit la jeune assistante.

— « *Pas vraiment, tout ça c'est une belle fumisterie. »* annonça Phileas, sincère sur son avis, mais aussi désireux de la pousser un peu plus.

— « *Je vois, vous avez besoin d'une preuve… »*

Phileas sourcilla intrigué et attendit. La jeune femme allait-elle entrer pour le lui prouver ? Allait-elle mettre sa webcam ?

— « *Voilà. »* reprit-elle juste.

Phileas se pencha vers son écran.

— « *Voilà quoi ? »*

— « *J'ai retiré mes sous-vêtements. Je les ai mis dans le tiroir du bas de mon bureau. Je dois aller voir le chef du service comptable pour régler vos notes de déplacements, alors je vous laisse. Mais si vous voulez les voir… vous savez où ils sont. »*

Corie se déconnecta sans rien ajouter, ni même laisser à Phileas le temps de répondre. L'homme du club s'en retrouva immédiatement déçu, tristement laissé en plan en pleine excitation. Il se déconnecta lui-même et se leva pour se changer les idées en se massant la bouche, perplexe. Il était dans un état indescriptible, mélangé… Écœuré par la chute de cette histoire il sortit pour aller dans le vestiaire prendre une douche. Il fallait qu'il oublie tout ça...

Lorsque sa douche fut finie, une bonne demi-heure plus tard, Phileas partit courir à l'extérieur. Cela lui changea pleinement les idées mais sa jeune secrétaire lui resta tout de même à l'esprit. Son image restait présente comme une fixation maladive... Un quart d'heure plus tard, il rentra au *Service* pour manger comme un goinfre à la cafétéria et finalement se décida à retourner travailler. Il faudrait qu'il fasse avec...

Phileas revint dans le bureau de son assistante une heure et quart après en être parti. Corie n'était toutefois toujours pas là... Phileas s'avança vers la porte de son bureau, l'ouvrit pour entrer, lorsque ne pouvant résister, il se dirigea vers le bureau de la jeune femme pour en avoir le cœur net après pas mal d'interrogations. Il regarda les trois tiroirs et prenant une petite inspiration, ouvrit celui du bas. Le cœur soudain retourné, il constata avec euphorie qu'elle avait dit vrai. Sur la pile de dossiers et de notes reposaient un soutien-gorge noir et un string assorti, posés maladroitement. Phileas eut une nouvelle érection mais qui cette fois lui fit horriblement mal. En plus elle se serrait avec force contre la boucle de sa ceinture... Pour adoucir ses maux, il attrapa les sous-vêtements et les sentit à plein nez. Le dessous de son assistante avait un enivrant arôme de femme, et son soutien-gorge était imprégné de l'odeur de son parfum et peut-être même de la senteur de ses seins... Phileas emporta le présent dans son office, excité au possible, les plaça soigneusement dans son propre bureau, et s'installant sur sa chaise, envoya un SMS à la jeune femme.

— « *J'aimerais que vous veniez au travail sans culotte dorénavant. Porter une culotte signifierait que vous êtes indisponible à votre boulot, et c'est intolérable.* » demanda-t-il euphorique, joueur.

La réponse arriva moins d'une minute plus tard, pianotée en un temps record, obéissante.

— « *Bien monsieur... Chaque matin je viendrai la déposer sur votre bureau. Mais je ne peux pas trop parler là... et tout le monde regarde ma poitrine... * »

— « *Bien, et j'espère pour toi que tu avales !* » renvoya alors Phileas, qui ne put s'empêcher de tomber cette fois dans le jeu du patron dominateur.

— « *Oui monsieur, sans problème... Cela signifie-t-il que mon repas de midi est tout trouvé ?* »

— « *Cela signifie que tu viendras chaque matin une demi-heure plus tôt pour faire ce que tu es faite pour faire si tu veux garder ta place.* »

Phileas effaça l'accusé de réception et se renfonça dans son siège. Ce qu'il faisait le répugnait un peu, mais cela avait quelque chose d'incroyablement d'excitant, et puis elle savait que c'était pour le jeu... C'est d'ailleurs pour cela qu'il se laissa aller à continuer lorsqu'une nouvelle réponse de son employée, bien docile, arriva.

— « *Bien monsieur... autant que vous le voudrez.* »

— « *Je t'attends dès que tu as fini ce que tu fais !* »

Phileas sourit et sortit du bureau pour aller voir *Gadget*. Elle serait encore occupée pour un moment, il avait donc le temps d'aller embêter le vieux monsieur pour se détendre. L'homme du club descendit à l'étage du service

Équipement & développement technologique, entra dans le bureau de l'homme aux mille ressources et s'installa donc.

— Alors *MacGyver*[7] ? Ça va bien ? demanda-t-il, tout souriant.

Wallace Temple, chef de la section fournissant les agents du *Service* en outils et accessoires, ne tourna même pas la tête vers Phileas. Il continua à regarder son écran d'ordinateur en pianotant un compte-rendu sur une nouvelle arme.

— Chaque fois que vous venez ici, vous m'affublez d'un nouveau nom… lâcha-t-il, évasif.

— C'est exact ! s'exclama enjoué Phileas.

— Mais vous ne faites pas vraiment preuve d'invention, *Q*[8], *MacGyver*, *Fido*…

— Oh, vous oubliez *Barracuda*, *p'tit génie*, *Doc* et *Data*, le coupa-t-il.

— Je n'avais pas fini…

— Ah ! Désolé, sourit Phileas.

— Qu'est-ce qui vous met ainsi de si bonne humeur ? s'étonna *Gadget* en se tournant cette fois vers lui pour le regarder dans les yeux.

— Rien de spécial, l'envie de vous taquiner.

— Je mettrais cela sur le compte du surmenage, fit le vieil homme en se retournant vers son ordinateur pour écrire.

— Mouais, moi aussi…

Phileas se leva et remonta. Il retourna à son bureau… avec un peu de chance, son assistante serait revenue. Ce fut avec joie qu'il constata qu'il avait vu juste. Corie était assise à son bureau, écrivant sur son ordinateur. Tout de même un

---

[7] —MacGyver © Paramount Pictures Corporation.

[8] —James Bond 007, Q and Other Bond—related trademarks TM Danjaq, LLC and United Artists Corp. Tous droits réservés.

peu gênée d'être devenue la petite « pute » de son patron, elle ne prononça rien. Mais Phileas apprécia avec plaisir de voir qu'elle ne portait effectivement rien sous ses vêtements. Un bouton en moins et deux pointes dans la soie révélaient clairement sa petite mais sublime poitrine. Elle devait faire du B ou du C... Phileas apprécia la vue, sans ménagement, et se rendit vers son bureau.

— Le bureau de la directrice vous informe que votre dîner est à 20h ce soir, annonça-t-elle tout en s'installant de façon à lui permettre d'encore mieux voir.

— Bien, merci, sourit Phileas.

— Vous ne me croyez pas, n'est-ce pas ? fit alors Corie, audacieuse.

Phileas esquissa un sourire. C'est vrai qu'elle en donnait beaucoup, mais de là à aller plus loin.

— J'attends de voir pour croire.

— Je vois...

Corie se leva et s'avança vers Phileas. L'homme du club, pris d'une nouvelle raideur s'attendit à ce qu'elle se dévêtît, se mette à genoux pour défaire sa braguette, mais à sa grande surprise, elle passa juste derrière lui pour accéder à la porte. Elle saisit la clé pour fermer, quand malheureusement, ou heureusement comme le constatera Phileas, son autre assistante entra.

— Bonjour monsieur, fit Lena en refermant derrière elle, interrompant un moment des plus fantastiques.

Phileas la regarda, surpris. Lena Brand était son assistante officielle. Corie était sa secrétaire personnelle au *Service*, pour lui faciliter la vie en tant que *Double Zéro*, régler la paperasse, prendre les appels, interagir avec les autres bureaux, mais Lena était son assistante à l'extérieur, sous son identité civile. Comme il était un homme d'affaire et conte, le bureau de la direction lui avait assigné une seconde secrétaire, elle chargée de tout régler quand il n'était pas présent. Gérer ses entreprises, prendre les bonnes décisions à sa place, couvrir ses activités… Et elle était là, au lieu d'être à l'extérieur.

— Bonjour, mademoiselle, répondit Phileas.

Désappointé, il eut la déception de voir ses plans de bon temps tomber à l'eau, lorsque la jeune femme, elle brune et portant des lunettes, les cheveux plus longs, annonça la couleur.

— Je suis, plus encore que Mlle Fender, chargée de tout savoir pour anticiper les besoins, c'est mon métier.

— Oui ? Et ? demanda Phileas, qui ne voyait pas pourquoi elle débarquait à son bureau pour dire cela.

— Eh bien, tout savoir pour anticiper les besoins consiste entre autres à suivre en temps réel vos conversations, quelles qu'elles soient, SMS, téléphoniques, ou informatiques.

Phileas comprenant de quoi elle voulait parler ne sut ce qu'il fallait en penser…

— Je vois, fit-il.

Il regarda Corie, elle aussi surprise de cette venue et de ces propos, et se grattant le menton, perplexe, se risqua à affronter cette belle femme indépendante et d'un caractère bien trempé.

— Que dois-je en déduire de votre part ?

— Je suis votre attachée de presse, votre publicitaire, votre assistante et votre secrétaire.

— Ça, je le sais, s'exclama Phileas.

— Et j'ai cru comprendre que vous aviez besoin qu'on vous montre notre dévouement…

Phileas s'excita. La suite des événements se dessinait déjà dans sa tête. Et comme pour confirmer ses pensées, Lena s'avança alors vers lui pour l'embrasser langoureusement. L'agent se laissa faire, bien évidemment, et apprécia l'initiative de la belle femme de glisser sans gêne sa langue dans sa bouche pour caresser la sienne. Phileas, prêt à lui faire l'amour, passa alors ses bras autour d'elle et pressa avec force ses fesses en relevant sa jupe pour être directement en contact avec sa peau.

— N'est-ce pas Corie ? ajouta Lena en retirant sa langue de la bouche de son patron pour regarder son homologue.

— Tout à fait, répondit la jeune blonde, qui elle aussi ferait tout pour lui montrer son ouverture.

— Ah ? Vraiment mesdemoiselles ? fit Phileas.

— Oui.

L'homme du club tout en continuant de peloter avec avidité les fesses de la belle brune de sa main droite, attrapa sa seconde secrétaire avec l'autre et la ramena auprès d'eux avant de saisir leurs deux têtes pour les rapprocher.

— Alors, embrassez-vous ! annonça-t-il.

Acceptant volontiers les rapports avec une autre, les deux femmes se laissèrent calmement guidées, et lorsqu'elles furent assez proches l'une de l'autre, s'embrassèrent avec érotisme, se donnant en spectacle pour le plus grand plaisir de Phileas. Elles s'enlacèrent avec dévotion et de façon très impliquée, Lena passant ses mains sous la jupe de sa partenaire, révélant ses fesses pour les malaxer, et Corie saisissant son homologue aux hanches avant de l'embrasser dans le cou. Puis finalement, estimant qu'elles en avaient fait assez, elles se dégagèrent l'une de l'autre.

— Satisfait ? demanda Lena.

— Assez, répondit Phileas.

— J'espère que vous savez désormais que nous sommes toutes deux prêtes à tout pour satisfaire les besoins de notre patron, annonça-t-elle alors.

Phileas sourit, et comme elles tenaient à montrer leur ouverture, leur esprit d'équipe et leur diligence, il ne se gêna pas pour pousser plus loin encore leur relation professionnelle. Il embrassa Corie, qu'il n'avait pas encore goûté, et pelotant sans retenue ses seins à travers son chemisier, l'ouvrit ensuite pour révéler sa poitrine. Ses auréoles étaient brunes et enivrantes, et ses tétons pointaient fièrement... L'agent les frictionna avec attention tout en la pressant avec force contre lui, pour lui faire sentir son phallus qui ne demandait qu'à sortir. Il crut d'ailleurs comprendre à ses agitations qu'elle en était bouillonnante et n'attendait que cela. Mais ce n'était pas encore l'heure.

— Lena, occupe-toi de ses seins...

Corie s'étonna en se mordillant les lèvres. Elle n'avait certainement jamais été aussi loin avec une femme, mais elle ne protesta pas. Lena, elle, semblait encore plus ouverte et sans la plus petite hésitation, à ses ordres, saisit alors ses deux petites merveilles pour les mettre en bouche. La belle blonde en fut électrisée. Lena l'embrassa, pétrit sa chair, mordilla ses tétons... Corie poussa même un hurlement lorsque les dents de sa collègue pincèrent trop fort ses mamelons. Phileas non content de ce seul spectacle passa derrière la brune. Elle portait un haut avec un large décolleté. Saisissant ses deux attributs, nettement plus gros que ceux qu'elle embrassait, il les pressa avec force, passant même en dessous du vêtement pour saisir les deux bonnets rouges et rembourrés d'un wonderbra, et les malaxa. Phileas devinait que ses seins étaient bien ronds, et ses tétons beaucoup plus gros que ceux de sa partenaire. Presque comme ceux d'une nouvelle mère, et il aimait ça. Phileas embrassa Corie en pelotant la belle brune, mais il n'avait plus réellement la patience de faire durer le plaisir. Elles non plus visiblement. Lena passa une main derrière elle, défit sa braguette, et lorsque ses doigts touchèrent sa verge, Phileas en fut soulagé et gémit. Il fut immédiatement aux anges, euphorisé. Son assistante se retourna alors et l'enfonça en entier dans sa bouche pour commencer une belle et savoureuse fellation. Phileas saisit sa tête et la fit aller et venir plus rapidement, mais comme elle avait pris une initiative, la punit rapidement en l'écartant. Il invita alors Corie à venir lui manger le membre, tout en obligeant la petite indisciplinée à regarder. La blonde, les seins humides et dévêtus, une tâche grandissante sur la jupe, prouvant qu'elle mouillait comme une petite folle, s'agenouilla pour sucer son patron.

Corie avala son sexe avec dévouement et brio, exécutant sa fellation en lui léchant le gland, en le masturbant avec sa main, en la mettant au maximum en bouche... Elle accomplissait son travail en le regardant dans les yeux, en les fermant pour savourer, ou simplement en ayant un regard détaché, les codes de son visage et les expressions de ses gestes donnant toute la beauté au moment intime qu'ils vivaient. Tout du long, Lena fut, elle, jalouse, rageuse de sa punition. Mais soumise, non pas comme une petite secrétaire, mais parce qu'elle n'arrivait pas à désobéir à cet homme, incapable de lui refuser quoi que ce soit, elle resta à sa place. Elle regarda donc l'autre profiter du sexe de leur patron. Phileas l'autorisa toutefois à se doigter pour se soulager, ce qu'elle fit en les regardant, voyeuse.

Quand elle sentit le moment venir, la jeune blonde gardant la bouche ouverte s'écarta quelque peu du pénis de Phileas, et tout en le regardant dans les yeux tout du long, elle termina son œuvre en le masturbant. La scène, pleine de charme, restera gravée dans la mémoire de Phileas et Lena. Le jet de sperme jaillit de son gland pour se déposer sur sa langue, à l'intérieur de sa bouche. C'était excitant, magnifique. Pas le fait de le faire entre patron et assistantes, mais simplement cela, cette jouissance qui remplit sa bouche... Phileas aida Corie à se relever et le temps qu'il retrouve son énergie, l'approcha de Lena pour qu'elles s'embrassent. Les deux femmes s'adonnèrent alors au lesbianisme qui excitait tant leur boss. Lena défit la jupe de son amie et la fit glisser au sol, caressa son duvet blond, puis ses lèvres trempées et enfin s'introduisit. Corie, pas gênée de ce qu'elle acceptait pour Phileas souleva alors le haut de son aînée. Elle pelota ses seins à travers son soutien-gorge, se glissa en dessous pour saisir et pincer avec force ses tétons, et lui mordilla farouchement la lèvre inférieure pour l'entendre gémir de douleur et de plaisir... Phileas regagna ses forces en moins d'une minute, électrisé par ses deux marionnettes bien dociles. Excité par les gémissements de la belle brune, il s'approcha derrière elle et lui caressa l'anus et le vagin pour voir leur dilatation. Avec joie, il constata qu'en plus de mouiller follement, Lena était bien ouverte. Saisissant sa verge juste en dessous de son gland, Phileas l'avança alors vers l'orifice de son assistante et sans vergogne, l'enfonça d'un coup sec. Lena hurla de douleur et s'agrippa aux fesses de Corie, lui grippant dessus pour avoir un semblant de position assise pour ménager sa peine. Mais elle ne refusa pas la pénétration et se laissa sodomiser... Phileas la soutint par les cuisses et commença ses allées et venues en la soulevant. Intérieurement, il se demanda si elle s'attendait à ça quand elle avait décidé de s'offrir en gage de soumission… Mais à dire vrai il s'en moquait. Il la força à embrasser Corie, puis invita avec vigueur celle-ci à s'agenouiller pour lui pratiquer un cunnilingus, léchant son clitoris tout en la doigtant.

— Corie, j'aimerais que tu ailles tourner la webcam et que tu enregistres ce que vous faites pour moi.

La jeune femme quitta le sexe de son homologue, monta sur son ventre en la léchant, déposa des baisers sur ses seins, et l'embrassa avant d'aller vers le bureau pour activer l'outil. Ensuite, sans qu'ils ne se souviennent vraiment comment, Lena se retrouva contre le bureau pour se faire sodomiser devant la caméra. Puis ce fut le tour de Corie, prise elle sur le dos… Ce fut sans fin. Alors qu'il les forçait à avoir des rapports entre elles, il les pénétra toutes les deux, les sodomisa… Au final, il éjacula aussi bien entre leurs petites fesses que dans leur vulve, et Lena, et encore une fois Corie, eurent le plaisir de recueillir son sperme en bouche après une fellation. Cela se termina en milieu d'après-midi, où Phileas eut le plaisir d'éjaculer sur les seins de Corie et de voir Lena lécher sa chair avec passion pour recueillir sa semence. Les deux jeunes femmes s'embrassèrent ensuite et il s'extasia de voir leur langue se caresser en s'échangeant le sperme dont elles raffolaient tant. Elles se firent ensuite une dernière fois l'amour comme deux parfaites petites lesbiennes et atteignirent l'orgasme en frottant leurs intimités l'une à l'autre. Ils s'endormirent alors enfin sur la moquette neuve dans un coin de la pièce, tous les trois épuisés.

Deux heures plus tard quand ils se réveillèrent en début de soirée, Phileas se rhabilla pour partir à New York.

La paperasse attendra…

— Que dira votre femme ? fit Corie assise en se recroquevillant nue sur elle-même.

— Adélaïde n'a pas à savoir ça, répondit simplement Phileas. Elle ne sait même pas qu'on a formé une milice secrète pour exécuter les derniers criminels de guerre encore en liberté. Ratko Mladic, Vincent Otti, Joseph Koni, Omar el-Béchir, Bosco Ntaganda, Aribert Heim, Aloïs Brunner et tant d'autres. L'O.N.U. et le Tribunal pénal international seraient d'ailleurs heureux de le savoir eux aussi… Mais bon, Adélaïde ne sait pas tout.

— Cela ne vous fait rien ? s'étonna Lena.

— Non…

Phileas remit sa veste et sortit de la pièce. Il fallait impérativement qu'il retourne à New York.

Chapitre IX

Propos d'enquêtes

Phileas était quelqu'un de bien mais il n'était pas parfait, et Adélaïde devra se faire à l'idée qu'elle n'était pas sa seule partenaire… si toutefois elle apprenait cela un jour. Cette pensée en tête, ferme, l'agent *Double Zéro Six* sortit de l'aéroport et héla un taxi pour se rendre à son appartement. D'après les nouvelles informations récoltées par le F.B.I, Álvarez posséderait un entrepôt sur les docks, il irait donc là-bas dès le lendemain dans la matinée. Cela ferait un bon point de départ pour reprendre l'enquête. D'ici là, allongé dans son lit après s'être brossé les dents, l'homme du club réfléchit à son véritable souci, l'*Organisation*. Là-dessus il avait toute sa tête, et là-dessus il savait qu'il ne fallait pas plaisanter. Des informations qu'ils avaient glanées, soutirées, entendues par ouïe dire, déduites ou reçues de manière indirecte, ils en avaient dressé un portrait des plus terrifiants qui ne le rassurait guère.

Beaucoup trop de personnes chez les forces de l'ordre ou dans la justice étaient encore encrées dans un vieux mode de pensée, obtus d'une mentalité simpliste et superficielle, mais ils avaient tort, la criminalité peut se targuer de posséder en ses rangs certains des cerveaux les plus brillants du millénaire. Ils peuvent faire preuve d'ingéniosité, d'intelligence et de réflexion, et croire que ce n'est pas le cas est un réel aveuglement. Les criminels ne sont pas tous stupides, superstitieux ou réductibles à une simple case dans un tableau de comportements ou de forfaits. Au contraire, ceux qu'on pourrait nommer déviants judiciaires ou moraux sont bien souvent de véritables génies du crime. Car le terme n'est pas qu'un titre racoleur utilisé par les grands méchants du cinéma, non, malheureusement c'est même plutôt une caste conséquente de ces déviants. Et cette *Organisation* était certainement la bande criminelle la plus puissante, intelligente et réfléchie qu'il n'ait jamais été donné à Phileas d'entendre parler. Et le pire dans tout cela, c'est que seuls eux en avaient conscience ! Oh, la C.I.A. avait bien un dossier sur elle mais il était assez maigre et surtout très en dessous de la réalité et de la menace. Quant aux autres services secrets du monde, ils savaient de par leurs sources qu'ils n'en connaissaient même pas l'existence. Et c'était déjà là l'un des attraits, l'un des signes de génie de cette organisation, c'est qu'elle n'existait pas. Quelle est la plus grande prouesse du Diable ? Faire croire qu'il n'existe pas. Convaincre même qu'il n'existe pas…

Phileas expira de lassitude et se retourna pour se mettre sur le côté. Tout cela le tracassait extrêmement. Cette organisation était si… dangereuse. Comment lui faire front ? Il fallait trouver un point d'attaque, élaborer un plan… qu'ils ne pourraient concevoir que si l'*Organisation* se perce elle-même à jour ou s'ils arrivaient à en coincer un petit maillon. Ce n'était pas évident, c'était affaire de stratégie… L'homme du club attrapa le second oreiller et le plaça sous sa tête. Avec les deux il dormirait confortablement peut-être. Sa tête lui faisait mal…

Rassemblant en son esprit toutes les informations qu'il avait collectées dans sa mémoire à travers ses enquêtes et ses lectures, Phileas revisualisa ce schéma de ce qu'il pensait être le plus gros danger pour l'homme depuis la Seconde Guerre mondiale. Car Phileas en avait bien peur, cette fratrie-là était bien capable d'ordonner des génocides sans précédent. Terroriser un pays, propager un idéal religieux perverti, menacer d'une bombe nucléaire… tout cela semblait bien petit face à cette menace planétaire, il en était convaincu. De ce qu'ils savaient, ou plutôt pensaient, cette *Organisation* avait un leader, un cerveau semblable aux plus grands esprits criminels, qu'ils soient fictionnels ou réels, machiavéliques ou redoutablement ingénieux. Cet homme ou cette femme était à la tête de ce qu'il appellerait un conseil d'administration semblable à un gouvernement. Une tête pour chaque domaine, une personne pour chaque type de méfait, tâche ou travail. Ensuite, sous ces hommes se trouveraient d'autres hommes, eux équivalents à des meneurs, à des contremaîtres. Encore en dessous il y aurait les sbires, le menu fretin et la chair à canon.

Mais là où était aussi l'un des attraits de cette intelligence hors norme, c'était qu'il y avait aussi des gens qui travaillaient pour eux, mais sans le savoir. Des fripouilles et des policiers voire des politiciens ou des terroristes, mais aussi des gens ordinaires, quel que soit le domaine. N'importe qui au bout du compte travaillait peut-être pour eux sans le savoir… Et ça, c'était la seule chose de vraiment sûre sur leur organisation, c'était qu'ils pouvaient être derrière n'importe qui. Et c'était une menace sans limites… Ils menacent peut-être le chauffeur de bus scolaire de vos enfants, ils font peut-être pression sur le garde d'un dépôt d'armes, ou même ont remplacé l'un des techniciens de la centrale nucléaire la plus proche… Personne n'est à l'abri, et tout ce que l'on sait avec certitude, c'est qu'ils n'ont pas de bonnes intentions.

Phileas avait supposé un schéma de conduite, celui qui lui semblait le plus cohérent. Une personne intelligente ne peut vouloir contrôler le monde et le dominer sous forme de dictature. Cela n'a aucun intérêt, car menacer la planète, ne plus avoir d'opposant… si l'on fait ça l'économie s'effondrera et irrémédiablement au final on ne régnera que sur des lopins de terre désolée. Ce qu'on aura acquis ou ce qu'on aimerait acquérir, ce que l'on peut désirer ou attendre n'aurait plus qu'une valeur monétaire dans un monde en sursis, et surtout, à quoi bon régner et avoir du pouvoir si on dirige une population qui deviendra inévitablement pauvre ou grégaire ? Sans nouveaux films ? Sans nouvelles technologies ? En bref, à quoi bon régner si on est le seul à pouvoir en profiter, s'il n'y a pas d'indépendance innovante, s'il n'y a pas d'autre pensée ? Les richesses ne sont rien si on est le seul à en posséder… De ce fait, l'*Organisation* étant très intelligente, en toute logique elle ne cherche pas le contrôle du monde, du moins pas dans l'objectif de le contrôler autrement qu'en tirant les ficelles. Sauf si elle était dirigée par un mégalomane de type *Norman Osborn* qui ferait passer son règne pour une démocratie. Mais non. Son objectif serait plutôt l'obtention par ses méfaits d'un train de vie oisif et aisé, d'une immunité politique et judiciaire et d'une satisfaction personnelle, car quand on veut contrôler le monde tel qu'il est, en le faisant de façon totalitaire on finit par le détruire et dès lors il n'a plus d'intérêt… Enfin, c'était l'avis de Phileas et son schéma de conduite était peut-être aussi erroné que la théorie du Big-bang.

Toujours est-il que cette *Organisation* était bien plus qu'une épine dans son pied. Elle ne reculait pas devant le meurtre, le génocide, le viol ou le vol. Au-delà d'être insondable, ses motifs et sa constitution étant obscurs, elle était une menace grave, dangereuse, et qu'il fallait détruire. C'était bien plus qu'un empire du crime, c'était une masse de gens tapis dans le noir, cachée dans l'ombre de chaque personne, de chaque société et de chaque gouvernement. Nul ne serait à l'abri quand elle déciderait de sortir au grand jour pour prendre le pouvoir ou l'imposer... Il fallait réellement l'annihiler. Mais comme cela revenait à l'esprit de Phileas, à chaque fois avec peur, elle était la plus discrète et la plus tentaculaire de toutes les organisations criminelles qu'il ait connues... Certains rares membres pouvaient être identifiés par un tatouage spécifique, un dragon orangé sur le côté intérieur du bras gauche, mais sinon il n'y avait aucun moyen de la trouver, et elle ne semblait pas à l'inverse des autres groupes ou menaces, s'arrêter à une couleur, une religion ou une frontière. Non, dans chaque pays, dans chaque religion et dans chaque ethnie pouvait, se cachait sûrement même, un de leurs membres. Cela ne faisait pas froid dans le dos ? Oh que si, c'était terrifiant, horriblement terrifiant. Et c'était Phileas qui avait la tâche d'en faire son pain quotidien, de réunir les faits et gestes afin de mener à son démantèlement dans un avenir aussi proche que possible... Quand on pense que si ça se trouve le chef de cette organisation malveillante était peut-être en secret un membre du gouvernement ? Ou le chef d'un parti politique ? Ou un président élu, un PDG ou un simple père de famille... ? Il y a de quoi faire des cauchemars non ?

Phileas bailla et s'endormant presque, relativisa tout de même. Même s'il leur faudrait sûrement des années voire des décennies pour les battre, ils y arriveraient. Il avait confiance. Alors peut-être que de son vivant il ne le verrait pas, car vu la vie qu'il menait en tant qu'agent il ne vivrait pas plus de quelques années encore, mais il avait la foi. Il visait sur le long terme, et le bien triomphe toujours du mal, car des deux il est le seul qui ait la ténacité de vaincre l'autre…

*

Il était dix heures quarante-trois, heure locale. Terminant de repérer les lieux, Phileas aspergea sur son ensemble un des carreaux avec une colle spéciale.

Rangeant ensuite son spray, il donna un grand coup dedans pour le déloger sans casser le verre selon la forme de l'encadrement. Le laissant tomber au sol à l'intérieur, il guetta de nouveau pour s'assurer qu'il n'avait pas été repéré. Voyant que ce n'était pas le cas, il passa un bras à l'intérieur pour déverrouiller le loquet, ouvrir la fenêtre, et pénétrer dans l'entrepôt avant de refermer derrière lui.

Cet endroit était censé appartenir à Álvarez… voyons ce qu'il cachait dans ses placards.

Phileas repositionna le carreau sur la vitre et sans faire de bruit commença à fouiller la pièce dans laquelle il était. Il semblait s'agir d'un bureau de contremaître laissé à l'abandon où la poussière, les araignées, et les documents jaunis composaient la majeure partie du décor. Cela s'expliquait par le fait que l'entrepôt était autrefois une fabrique de chaussures qui avait essuyé une faillite, et le site était resté inoccupé et sans propriétaire durant plus de trente ans jusqu'à ce que visiblement Álvarez récupère l'endroit… mais le laisse en état.

114

Épluchant les papiers, inspectant les tiroirs du bureau et des rangements, Phileas chercha la moindre preuve, le moindre papier suspect. Il n'y avait malheureusement rien, même pas une facture intéressante. L'homme du Club décida donc de sortir de là et d'explorer les lieux. Il se doutait bien qu'Álvarez n'aurait rien caché de compromettant dans ce dépotoir de cochonneries mais il aurait été irréfléchi de ne pas vérifier. Discrètement il ouvrit la porte, regarda à droite et à gauche s'il n'y avait personne, puis quitta la pièce. Le gros de la surface de l'entrepôt était de plain-pied. Il y avait de vieilles palettes, des chaînes de montage désaffectées, des barils qui trainaient à droite à gauche, d'immenses caisses… rien de bien intéressant, il regarderait après. Phileas se dirigea vers la porte de la pièce la plus proche. C'était fermé à clé… intéressant. Mais il décida toutefois de s'en occuper également en dernier. Évitons de laisser des traces d'entrée de jeu, c'était plus prudent.

Phileas regarda les autres portes. Des bureaux vides, des toilettes, des salles de stockages… Prenant son mal en patience, il fouilla à l'intérieur mais il ne trouva rien non plus. Il monta alors au premier étage, où les recherches furent enfin fructueuses. Il y avait une machette pleine de sang dans le tiroir d'un bureau, des instruments de torture assez impressionnants rangés dans l'armoire d'une autre pièce, mais surtout il y avait un calepin rendant compte de transactions avec la mairie et le Cartel Don Valenti caché dans un magnifique coffre-fort tout neuf dissimulé dans le bureau principal. Satisfait, et sa précieuse acquisition en poche, Phileas redescendit alors pour forcer la porte fermée à clé. Ce qu'il y avait dedans devrait être intéressant.

Personne n'était censé savoir qu'Álvarez possède cet endroit, c'est pourquoi il ne le faisait pas surveiller. Les agents du F.B.I. n'avaient d'ailleurs appris cette affiliation que la veille, et n'en possédant aucune preuve, ils n'avaient aucun mandat pour intervenir. Pourquoi Phileas se sentait-il en danger alors ? Comme s'il n'était pas seul... Enfin, il était là et il avait fait main basse sur l'un des objets personnels du caïd, c'était le plus important. Cette preuve envoyée aux fédéraux permettrait sûrement de faire avancer les choses... D'après ce qu'il savait, Álvarez était encore au Mexique à l'heure qu'il est... Pourquoi diable ce sentiment d'insécurité alors qu'il ne risquait rien ? Phileas avait l'impression que sa vie était en danger, qu'il était cerné. C'était un mauvais feeling qu'il ne ressentait que très peu, et qui à chaque fois s'était avéré exact... L'homme du club arriva devant la fameuse porte fermée à clé. Clarifiant ses esprits il tenta de la déverrouiller avec son kit d'aiguilles mais constata rapidement que la clé était dans la serrure de l'autre côté. C'était étrange. Pourquoi cela serait fermé de l'intérieur alors que visiblement il n'y avait personne ? C'est vrai, avec le bruit qu'il faisait si des hommes d'Álvarez étaient à l'intérieur ils seraient sortis pour savoir ce qu'il se passait... à moins que ce ne soit des squatteurs effrayés par sa venue qui se seraient enfermés ?

Phileas sur le qui-vive sortit son P99 et prit l'une des trois fioles du service d'équipement qu'il y avait dans la doublure en mousse de sa veste. Il s'agissait de celle remplie d'acide, qu'il vida sur le bois tout autour de la serrure. L'arme au poing, il donna alors un grand coup de pied dedans et les restes de la serrure volèrent en éclat.

Phileas entra avec assurance. La pièce était vide et rectangulaire, toute en béton et en poutres apparentes en fer rouillé. La raison de la condamnation de la porte par l'intérieur lui apparut rapidement ; un trou avait été creusé dans le sol, un trou profond d'où sortait une faible lumière et menant certainement à un point stratégique. L'achat de cet entrepôt devenait plus évident. Álvarez et son cartel venaient ici par ce souterrain afin de ne pas se faire remarquer, et ainsi disparaissaient aisément de la circulation. Qui plus est c'était le lieu rêvé pour cacher des objets compromettants et pour torturer des opposants ou des indicateurs. Tout prenait son sens…

Un bruit provenant du passage se fit entendre. Phileas sortit sans faire de bruit de la pièce et se rendit à l'étage. Ce serait intéressant de savoir ce qui allait se dire ici, même s'ils se douteraient que quelqu'un… Phileas perdit connaissance.

Chapitre X

La seconde rencontre

— Oh putain ce n'est pas vrai ! Vous allez arrêter de m'éclater la tête ? vociféra Phileas furieux en s'agitant comme un forcené.

L'homme du club hurla tout en regardant la dizaine de gangsters mexicains rassemblés non loin. Mais ils ne semblèrent pas se préoccuper de lui. En même temps il fallait dire qu'il était ligoté sur une chaise, il ne représentait aucun risque.

— Ohé les connards ! Je vous parle ! s'exclama-t-il de nouveau, rageur.

Il n'y eut encore une fois aucune réponse. Le groupe de malfrats paraissait discuter d'une affaire douteuse et ne prêtait pas attention à ses jérémiades. Ils devaient le considérer comme un détail insignifiant.

— Pinche güey ! Naco ! Pendejo ! Culero !

Phileas obtint leur attention. Une moue perplexe sur le visage, soudain hésitant, il vit l'ensemble de gros bras, de malodorants, et de mâcheurs de cigares s'arrêter de parler et tourner la tête dans sa direction. D'une démarche ferme et décidée, ils vinrent finalement vers lui, semblait-il pour lui formuler une réponse intelligente. Le premier coup à la mâchoire manqua de lui arracher une dent, le second de la lui casser carrément.

— Qui es-tu ? prononça un des hommes avec un exécrable accent mexicain.

Phileas supposa que cet homme, ressemblant à s'y méprendre à Danny Trejo, était la tête à penser autoproclamée de ce petit groupe. Celui qui dirigeait les choses et qui avait la plus grande gueule quand le vrai chef n'était pas là.

— Je suis personne, fils de rien.

Phileas reçut un nouveau coup, cette fois à l'estomac. Cela lui coupa le souffle et lui donna un horrible goût au fond de la gorge. Pourquoi les avait-il provoqués déjà ? Ah oui, pour avoir leur attention. Bon sang, il agissait avec tellement de subtilité parfois.

— Bon les gars je m'excuse, vous n'êtes pas des connards…

— Qui es-tu ? reprit le mexicain.

— Je… je…

— Qui es-tu, petit merdeux ?

Le sosie de Danny Trejo frappa de nouveau Phileas, puis se dirigeant vers une vieille table rouillée s'empara, sans une once d'humanité, d'une machette tâchée de sang.

— Je vais te faire parler, sale fouineur ! annonça-t-il avec un ricanement.

Par réflexe Phileas regarda autour de lui à la recherche d'un outil pour se défendre mais il n'y avait hélas rien à sa portée. De toute façon il était attaché et encerclé alors cela lui serait bien inutile, il fallait se faire une raison.

C'était incroyable de se dire soudain que c'était peut-être la fin. Après avoir vécu et fait toutes ces choses, imaginer que cela pourrait se terminer aussi rapidement, sans que ce soit une suite d'obstacles à surmonter, c'était presque impossible. Comment cela pouvait-il se passer ainsi ? Ce n'était pas comme s'il allait affronter un ennemi qu'il savait dangereux et que des vies étaient en jeu, non, c'était un simple coup de malchance. Il s'était fait attraper et allait finir lacéré par des hommes qui n'avaient rien à voir avec sa mission. D'une certaine façon, même s'ils appartenaient à Álvarez, c'était comme s'il se faisait tuer lors d'un accident de la route ou à cause d'une tumeur. C'était un coup du sort sans rapport avec sa vie d'agent du *Service*.

L'homme approcha sa lame de son bras et commença à l'entailler en appuyant de la pointe sur son premier radial puis en descendant jusqu'à son fléchisseur commun superficiel.

Bizarrement la seule chose qui préoccupa Phileas, c'était que le sang séché sur le tranchant de la lame soit sain.

— Tu ne me fais pas peur… annonça-t-il en regardant son futur bourreau sans sourciller ni même un regard vers sa blessure.

— Tu ne sais pas ce qu'est la peur, répondit le mexicain.

Phileas ne dit plus rien et baissa les yeux… L'humour était une bonne arme mais elle ne protégeait pas des autres armes, même blanches.

— Qui es-tu ? reprit une dernière fois l'homme.

Phileas regarda de nouveau son ennemi, le début d'un rictus mesquin sur les lèvres. Après tout en vérité l'humour était un bon moyen de partir en beauté… Adélaïde serait fière de lui.

— Je suis ton père ! annonça-t-il d'une voix grave.

Le mexicain fulmina et leva sa machette prêt à le décapiter. Se rappelant toutefois soudainement son devoir, il ne le frappa pas avec son arme mais au contraire la reposa, surprenant Phileas. En réalité il avait finalement envie de se servir de ses poings. Cela lui ferait du bien, cet américain

120

l'irritait au plus haut point il en avait assez. Affichant un large sourire sadique sur le visage, il lui assena alors avec énergie et passion un premier coup dans la bouche. Comme on pourrait s'y attendre, il y eut beaucoup de sang.

— Amen mon frère !

Le mexicain donna un nouveau coup, cette fois dans les côtés, puis un second, puis un troisième. Puis ce fut un matraquage intensif sous les plaisanteries de l'agent.

— Allez les gars venez ! s'écria Phileas aux autres bandits. Vous n'allez pas rester là sans rien faire ? Venez vous amuser vous aussi ! On s'éclate, ça va finir en beauté !

Comme il était prévisible de le constater, les autres gangsters perdirent leur sérénité eux aussi. Ce type était vraiment insupportable, et cela faisait déjà dix minutes qu'il jacassait.

Se plaçant en cercle tout autour de lui, ils le frappèrent sans vergogne. Et Phileas continua quand même d'encaisser avec humour.

— Je vous aime ! parla-t-il entre deux crachements de sang.

— Tais-toi ! hurla un des hommes.

— Encore, plus fort !

— La ferme !

— Allez, sérieux, rien de mieux à donner ?

Phileas cracha une dent et reprit.

— Les tacos que j'ai mangés hier m'ont fait plus d'effet ! Faites honneur à votre patrie bon sang ! ricana-t-il.

Phileas fut exaucé. Il reçut un fantastique dernier coup de poing qui le fit saigner à l'arcade. Ce coup était si puissant qu'il lui fallut quelques instants pour reprendre ses esprits. Il lui coupa même l'envie de plaisanter…

Lorsqu'au bout d'une dizaine de secondes il put rouvrir les yeux, il vit une très belle femme en face de lui. Elle lui apparaissait presque comme un ange dans le flou total. C'était biblique… Tout de même un peu nonchalant Phileas leva les yeux vers elle et la regarda dans les yeux, surpris.

— Vous… ?

Phileas reprenant rapidement ses esprits s'étonna. Cette femme avait exactement les mêmes tatouages et les mêmes cicatrices qu'Álvarez. Et elle les avait aux mêmes endroits ! Phileas le savait bien, car il avait vu des photos de lui prises lors de filatures du F.B.I. et de son incarcération. C'était étrange, trop étrange… Elle était comme lui seulement c'était une Portoricaine incroyablement belle. Et pourquoi ne l'avait-il pas vue avant ?

— Alors mon beau, tu fouines un peu trop ? demanda-t-elle.

Phileas esquissa un sourire nerveux. Il ricana de nouveau.

— Je mérite une fessée madame, une grosse, grosse fessée… j'ai été vilain.

La jeune portoricaine aux cheveux bruns et attachés passa à travers la horde de barbares, sans un sourire, et profita de l'accalmie de testostérone pour faire marcher ses talents. Avec une audace déconcertante, elle s'installa à califourchon sur lui, nettoya calmement et avec maîtrise le sang s'écoulant de ses blessures, fit un bandage de ses plaies avec des lambeaux de sa propre chemise, puis passant ses mains dans ses cheveux, l'embrassa. L'agent *Double Zéro* ne s'en gêna pas, et se montra même réceptif. Il y avait certes pour lui du plaisir dans cet échange salivaire, mais aussi une certaine opportunité de calmer le jeu de mains de ses collègues, bien qu'il en soit volontairement à l'origine.

Et puis si elle se montrait aussi épanouie, il pourrait peut-être en soutirer des informations ?

Phileas eut la totale. Mais même s'il n'en éprouva aucune réelle incommodité, c'était un viol, et la beauté de la jeune portoricaine ne compensait pas cet acte odieux qui dura plus d'une heure. Énonçant mentalement ces faits, l'homme du club se sentit donc tout durant comme étranger à lui-même, car il se comportait de façon décalée. D'ordinaire il ne se serait pas laissé faire, bien qu'il n'ait en ce cas précis aucun moyen de l'empêcher, non, il aurait protesté et aurait repoussé ses avances plutôt que d'y prendre un plaisir éhonté. Il aurait tenté de se débattre. Pourquoi agissait-il d'une façon aussi... particulière tout d'un coup ? Il avait l'impression persistante qu'il lui manquait une donnée, une donnée qui pourrait tout expliquer. Phileas se donna un ordre mental. Il classifia ce fait, ces questions et cette persistance comme soixante-dix-sept. Et lorsqu'il aurait la solution, apparemment évidente mais qui lui échappait, il se rappellerait ce chiffre pour se rappeler cet instant qui lui sonnait faux. En attendant, non pas comme spectateur de ses propres faits et gestes ou prisonnier de son propre corps, il prit plaisir au viol. La belle brune savait y faire. Elle lui fit une fellation particulièrement longue, elle le manipula avec ses doigts pour qu'il la pénètre, elle l'embrassa avec furie... Phileas n'en revint pas.

— Tu as été très, très vilain, fit la jeune femme en se relevant finalement de sur lui lorsqu'elle eut fini. Mais tu sais te faire pardonner...

Phileas admira ses seins et ses tatouages. Après l'effort, le réconfort pensa-t-il. Cette maxime prenait tout son sens dans son travail, très dur... La jeune femme avait des seins superbes. Comme il les aimait bien faits et dorés. Ses auréoles et ses tétons étaient d'un brun qui évoquait le sud et la plage… En ce qui concernait ses tatouages, elle avait un serpent vert et orange descendant de l'omoplate sur le bras jusqu'au poignet droit, elle avait une croix et un texte latin dans le dos et le cou et… elle avait un dragon orange sur le bras ! Bon sang, pourquoi ne l'avait-il pas remarqué plus tôt ? Elle faisait partie de l'*Organisation*. Reprenant son sérieux, l'homme du club fit comme s'il ne savait rien de son appartenance et joua le jeu.

— Tu t'appelles comment ma belle ? demanda-t-il pour jouer la carte de l'amouraché.

— Je suis Melinda, répondit la Portoricaine.

La jeune femme remit son marcel blanc, ferma la fermeture éclair de son jeans, puis se rassit à califourchon sur Phileas.

— Bon alors… qui es-tu ? l'interrogea-t-elle sérieuse mais avec une touche d'impatience dans la voix.

— Moi ? Mais je suis ton chevalier servant ma belle, répondit amoureux Phileas.

— Tu fais bien l'amour, t'es bien bâti, mais tu étais ici pour une raison précise.

— Tu couches toujours avant de poser les questions ?

— C'est toujours mieux que de tuer non ?

— C'est à ton avantage, oui.

Phileas regarda à droite et à gauche.

— Au fait, tu veux bien la remettre dans mon boxer et refermer mon pantalon ? S'il te plait ?

La jeune femme embrassa Phileas une nouvelle fois. Visiblement c'était non, pensa-t-il. Bon Dieu, il se faisait choper là où il ne devrait pas être et plutôt que de l'interroger vraiment, elle le violait ? C'était cool… mais étrange. Tout était étrange depuis quelque temps il fallait dire, même lui, il n'arrêtait pas de se le répéter.

— Les flics ! s'écria soudain un des Mexicains en courant vers eux pour la prévenir, rompant leur entretien.

— Évacuez les lieux, vite ! cria Melinda en se redressant et en le quittant.

— Quoi ? s'inquiéta Phileas.

— On a déjà pris les sacs, on vous attend ! s'écria le sosie de Danny Trejo en fonçant vers leur échappatoire.

— Tous au tunnel !

Phileas regarda alerte la jeune femme partir sans un mot vers la pièce d'où partait le passage secret, et un à un, il vit les brigands la suivre comme des rats quittant le navire.

— Hey, vous plaisantez ? Vous n'allez pas me laisser là ? leur hurla dessus Phileas.

— Tu peux crever ! vociféra en ricanant un des hommes au loin.

— Va fon culo !

Plusieurs fenêtres explosèrent et des bombes lacrymogènes tombèrent à l'intérieur de l'entrepôt. Les gaz ne tarderaient pas à arriver jusqu'au visage de Phileas. Réfléchissant rapidement à ses options, il fit tomber au sol la chaise sur laquelle il était assis. S'appuyant de ses pieds sur la barre horizontale reliant les deux pattes avant, il poussa de toutes ses forces. Ce fut douloureux mais cela l'écarta de son assise, jusqu'à ce que le dossier ne sorte finalement de sous les cordes le ligotant — pourquoi « les méchants types » avaient-ils toujours de la corde à ligoter ? — et celles-ci devenant inutiles, il y eut assez de jeu pour qu'il puisse passer ses poignets en dessous de ses jambes et les repasser devant. Il se déferait de ses menottes plus tard…

— Police ! Plus un geste ! hurla une voix.

Phileas regarda en direction de l'entrée. Les forces spéciales de la police étaient entrées dans le bâtiment. Certains venaient à sa rencontre, mais avec étonnement il vit que le premier contingent de policiers arrivé sur les lieux se dirigeait d'un pas ferme et entendu vers la porte donnant accès au tunnel. Phileas s'étonna. Comment pouvaient-ils être au courant de ce passage ? Et ce commando ne respectait pas réellement le protocole… La seconde formation arriva à sa hauteur, cagoulée et équipée pour affronter une émeute.

— Plus un geste ! Allez, à terre ! lui ordonna l'un des hommes.

— Du calme, je suis du F.B.I. ! s'exclama Phileas.

Il baissa les mains vers son pantalon pour remonter son boxer et refermer sa braguette et sortit ses faux papiers de sa poche.

— On va voir ça ! répondit un autre homme en prenant son badge pour le regarder.

— Arrêtez de pointer cette arme sur moi, agent…

Des coups de feu se firent entendre et Phileas sursauta, mais aucun des agents de l'ordre. Ils ne semblèrent même pas inquiets. L'homme du club trouvait cette police de plus en plus singulière… le bruit de fusillade provenait du souterrain, c'était une exécution.

— On va t'emmener au poste pour que tu t'expliques, annonça le policier.

Phileas reporta son attention vers lui.

— Bien.

Il se laissa approcher d'assez près pour se faire embarquer. Ils étaient huit, il ne ferait pas le poids même si ces gens n'étaient pas des policiers. Ou du moins pas d'honnêtes policiers. Ils devaient sûrement être employés par quelqu'un d'autre que le procureur ou leur chef hiérarchique. Une bande rivale de celle d'Álvarez certainement… En tout cas, vu leur niveau de renseignement, ils ne devaient pas s'attendre à beaucoup de résistance, pensa Phileas, il y avait donc une chance de les prendre par surprise...

Lorsque le policier fut à sa hauteur, Phileas le saisit et passa ses bras autour de son cou. Avec la chaîne de ses menottes, il pressa alors sur sa trachée et l'utilisa comme bouclier humain face à ses collègues. C'était risqué mais payant. Ces lâches ne devaient pas s'attendre à devoir tirer sur l'un des leurs.

— Lâche-le ! s'écria paniqué un des policiers en le tenant en joue.

— Qui vous emploie ? demanda Phileas.

— Lâche-le ! reprit l'homme.

Tout cela devenait de plus en plus anormal.

— Je vais le répéter une dernière fois, qui vous emploie ?

— La police de New York ! s'exclama un second policier, l'arme également braquée sur lui.

— Ne me prenez pas pour un idiot, je me doute que vous n'êtes pas ici officiellem...

Phileas ne termina pas sa phrase. Des coups de feu se firent de nouveau entendre et les huit policiers tombèrent à terre, morts. Effrayé pour sa vie, l'agent du *Service* s'agenouilla instantanément et se rendit derrière un container pour se cacher.

— Ce n'est pas vrai, c'est quoi ce merdier... ? marmonna-t-il sur le qui-vive.

Phileas souffla et regarda tout autour de lui aux aguets. Il remarqua les impacts sur une fenêtre... Un sniper. Tout devenait vraiment étrange. D'abord il tombait sur des malfrats dont une qui ressemblait à son suspect mais en femme, ensuite la police débarquait et les tuait, puis ils se faisaient tuer à leur tour. Tout cela ressemblait bien à une

monstrueuse machination dont il ne voyait pas le bout...
Tentait-on de le manipuler ? Peut-être même qu'on l'avait
drogué, ce qui expliquerait son comportement... ? Non,
c'était beaucoup trop tiré par les cheveux...
Phileas attendit quelques minutes puis il se fraya un chemin
à couvert vers le bureau par lequel il était entré. C'était le
côté opposé de celui du sniper... cela lui permettrait de
s'échapper en douce.
Quand il sera sorti de cet endroit de malheur pensa-t-il, il
prendra une bonne douche, brûlera ses vêtements et dormira
durant mille ans !

*

Phileas était rentré chez lui depuis une bonne heure. Il avait
pris une douche, il s'était changé et il avait mangé.
Regardant le petit carnet rouge qu'il avait posé sur le lit, il
prit une enveloppe dans son bureau, marqua l'adresse du
bureau local du F.B.I. dessus et le glissa à l'intérieur.
Prenant ses vrais papiers d'identité il sortit alors dans la rue
pour le poster. Soufflant de soulagement lorsque ce fut fait,
sa mission étant vraisemblablement terminée, il se frotta les
yeux et marcha dans la rue jusqu'à Time Square. Toute
cette histoire était dingue, il avait besoin de se détendre.
— Dingue, dingue, dingue, répétait-il sans cesse.
C'était vrai... cette situation ce matin semblait être un
enchainement d'événements incongrus. Il n'y avait rien de
rationnel là-dedans. Qui était cette fille ? Pourquoi n'avait-
elle jamais été signalée avant ? Qui étaient ces faux
policiers ? Et le sniper qui les avait tués ? C'était une chaîne
alimentaire grotesque... Phileas avait envie de plonger dans
un lac ou un océan pour se remettre les idées en place. Peut-

être qu'il avait des hallucinations en réalité ? Avait-il besoin de voir un psychologue ? À moins que… il avait déjà été empoisonné, peut-être était-ce de nouveau le cas ? Phileas ne savait pas, il ne savait plus. La seule chose qu'il savait, c'est qu'il avait besoin d'une bonne bouffée d'air frais.

L'homme du club entra dans une boutique de chocolat. S'empiffrer un peu de friandises lui ferait du bien.

Il y avait de tout. Des tablettes aux pâtes à tartiner en passant par les paquets cadeaux à offrir pour un événement, toutes les déclinaisons alimentaires issues du chocolat étaient présentes par paquet allant de l'unité à cent pièces. C'était orgiaque, scabreux, écœurant. Effaré devant tout cet amoncèlement de nourriture, Phileas se mit tout de même à chercher parmi les établis un produit pouvant lui convenir.

— Puis-je vous aider ? demanda alors une vendeuse en venant à sa rencontre.

— Euh… oui, volontiers, je vais prendre un petit sachet de praline. N'importe lequel du moment qu'il n'y a pas d'alcool dedans.

La vendeuse sourit aimablement et l'amena directement près de la caisse, où elle lui suggéra un sac contenant une trentaine de petits escargots au chocolat.

— Bien, ce sera parfait merci, confirma l'agent.

— De rien, répondit la vendeuse.

Phileas prit le sachet, satisfait, et se plaça dans la file d'attente pour payer.

— Bonjour, vous sauriez où se trouvent les pralinés ? demanda à cet instant une voix féminine.

Intrigué et trouvant cette voix familière, Phileas se retourna. Il fut alors surpris de constater que non seulement c'était à lui que l'on s'adressait, mais également qu'il s'agissait de mademoiselle Ambrosio.

— Oh, bonjour, parla-t-il, étonné de la voir.

La jolie Brésilienne le regarda et sourit, mal à l'aise.

— Désolée de vous importuner ainsi mais je vous ai vu rentrer ici depuis l'autre côté de la rue et je voulais vous faire un petit coucou.

— Oh... Oh, vous ne me dérangez pas…

Le top-modèle passa une mèche de cheveux derrière son oreille et sa bouche redessina un sourire.

— Alors, vous allez mieux depuis la dernière fois ? demanda-t-elle.

— Oui, oui… Ça va bien. Et vous ?

— Oh, je n'ai pas à me plaindre. Vous êtes… ?

— Je suis de retour en ville pour travailler un peu, la coupa Phileas.

— Ah ?

L'agent esquissa un sourire entendu qui fit un peu rougir miss Ambrosio.

— Écoutez, je dois y aller… mais vous auriez un numéro de téléphone ? demanda-t-elle alors hésitante en réponse à son sourire.

— Mon numéro ? s'étonna Phileas.

— Oui pour… pour garder contact.

Phileas la regarda dans les yeux. Elle semblait mal à l'aise, un peu comme la fille du lycée qui vous demandait si vous vouliez aller au cinéma avec elle. Mais elle était incroyablement charmante, alors pourquoi le lui refuser ? D'autant que cela lui rappela la fois où Adélaïde lui avait demandé s'ils pouvaient sortir ensemble pour boire un verre, ce qui était un merveilleux souvenir.

— Oui, oui bien sûr, évidemment.

Phileas sortit son portefeuille de sa poche et en extirpa une carte de visite qu'il lui tendit.

— Tenez, annonça-t-il.

— Merci.

Alessandra lut ce qu'il y avait d'écrit sur la carte de visite et s'en alla en lui faisant un au revoir de la main. Phileas la regarda partir en fixant son jeans avec distraction. En fait, le plus bizarre dans sa journée ce n'était pas ce qui s'était passé dans l'entrepôt mais le fait qu'un top-modèle multimillionnaire parmi les plus célèbres du monde veuille avoir son numéro.

Chapitre XI

G.A.T.

Phileas mit un gant rempli de glaçons sur sa tête et s'enfonça dans son canapé. Maintenant que l'affaire Álvarez semblait sur le point d'être bouclée, le F.B.I. ne tarderait pas à recevoir son petit carnet et posséderait donc les preuves de ses méfaits, il pouvait se reconsacrer entièrement à l'*Organisation*. Et comme les récents événements le sous-entendaient, elle était mêlée au cartel, ce qui était préoccupant. Était-ce une de ses branches centrées sur la drogue ? Était-ce une alliance ? Ou bien une éviction fomentée ? Si elle avait infiltré pour quelque raison que ce soit le cartel du mexicain via cette Melinda, se pourrait-il que les faux policiers lui appartiennent et aient été engagés pour tuer cette taupe et sa bande ? Mais l'*Organisation* aurait envoyé un sniper ? Ou bien l'inverse, ce serait les hommes de l'*Organisation* qui auraient fait éliminer la taupe et qui se seraient fait exécuter ensuite ? Ou alors, une troisième faction entrait-elle dans l'équation ? Phileas ne savait pas. Il avait besoin de nouveaux éléments pour pouvoir tirer des conclusions. Si ça se trouvait, ce n'était même qu'une coïncidence, ce tatouage n'était pas une carte de visite après tout.

Se redressant, Phileas regarda son ordinateur portable et les dossiers posés sur la table basse. Il y avait étalé ses rapports de missions relatifs à l'affaire, les lettres D.N.C, revenues au cours des enquêtes et griffonnées sur un papier, des notes d'informations récoltées sur Kristan et Thanos, un croquis du fameux dragon orange, et sur l'écran on pouvait apercevoir que la recherche de la dénommée Melinda sur Internet et dans les bases de données des services gouvernementaux et secrets en était à cinquante-quatre pour cent. Mais rien. Malgré toutes ces informations, Phileas n'avait aucune idée d'où et comment reprendre son enquête. C'est en partie pourquoi il avait fait du nettoyage dans les entreprises apparentées à l'*Organisation* dès qu'il avait eu vent de leurs existences. Sur place il n'avait malheureusement rien trouvé permettant de donner suite aux enquêtes mais il avait exécuté tous les malfrats pour faire passer un message, il nettoyait la vermine. Cela allait forcément déboucher sur une prise de contact au vu des indices qu'il laissait volontairement, ce qui s'était finalement produit dans l'avion. Maintenant il fallait juste attendre, les faire mariner… Alors il toucherait au but. À défaut de les trouver, il fallait les amener à venir le trouver.

Phileas attrapa une note interne lui étant destinée. Elle indiquait un résultat nul chez plus de dix miles tatoueurs en ce qui concernait le tatouage du dragon. Encore une impasse…

Le téléphone sonna. Phileas tendit le bras et attrapa le combiné.

— Phileas, annonça-t-il sobrement.

— *« Monsieur, ici le vice-président Johns »*, annonça la voix au téléphone.

— Ah, bonjour Will, comment allez-vous ?

— *« Bien monsieur, très bien… Monsieur nous avons un problème. »*

— Qu'y a-t-il ? s'inquiéta Phileas.

— *« Pourriez-vous passer à Global Advanced Technology ? Je préfère vous en parler de vive voix. »*

— Bien, j'arrive tout de suite.

— *« Merci. »*

Phileas raccrocha sans rien ajouter. Se levant, il jeta son gant rempli de glaçons dans l'évier de la cuisine puis sortit de l'appartement. Prenant ensuite l'ascenseur il se rendit au garage et monta dans sa Porsche Carrera. C'était la seule voiture qu'il conservait sur New York. Il s'en servait pour ses déplacements en tant que PDG de *G.A.T.* Comme les autres il l'avait choisie pour son allure mais surtout pour ses performances, bien utiles, même s'il utilisait régulièrement la GT500 de la planque du New Jersey pour les missions sur le sol américain… Phileas quitta l'immeuble et se rendit dans le quartier des affaires. Les deux Lamborghini étaient en Italie comme véhicules du conte et les Aston Martin et le X5 à Metz pour son identité d'aristocrate. Cela lui permettait d'avoir au moins un véhicule dans chacune de ses destinations les plus courantes… C'était pratique et cela renforçait l'image classique et superficielle de ses riches identités.

Il fallut à l'agent avec la circulation une vingtaine de minutes pour arriver à la tour *G.A.T*, siège de son entreprise. Empruntant le passage réservé à la direction, il stationna dans l'élévateur huit. La tour de *Global Tech.* avait été construite de telle façon que de son parking souterrain, les membres du conseil d'administration puissent par ce monte-charge installé le long de sa structure centrale aller garer leurs voitures sur le toit. C'était une idée de Phileas, excentrique il fallait le reconnaître, mais il fallait également admettre que de voir la ligne de voitures de collections garées à côté de l'hélicoptère et d'un prototype d'avion ADAV en face de jardins surplombant les alentours avait de quoi exciter. Comme Phileas aimait se le rappeler en attendant d'arriver en haut, lorsqu'on reçoit une fille à déjeuner pour le brunch par une journée ensoleillée, être installé sur la terrasse dominant les voitures, les prototypes, le jardin et la fontaine, puis au-delà la ville, cela rendait l'instant merveilleux.

Le monte-charge arriva au dernier niveau. Démarrant la voiture, l'homme du club sortit en trombe de l'élévateur, et projetant des gravats de pierre, partit se garer à côté de l'antique Lorraine Dietrich CR2 de Clarence Dick.

Phileas était fier de sa tour. Construite il y a une quinzaine d'années, elle était gracieuse et toujours novatrice. Elle n'était ni la plus haute de toutes, ni la plus petite, mais certainement la plus élégante. Cernée par des espaces verts, elle était recouverte de verre, le projet actuel était d'ailleurs de tout remplacer par du Bipaview afin d'en faire un immense panneau d'affichage pouvant retranscrire les journaux télévisés du monde entier et promouvoir des produits de conception *G.A.T.* ou écologiques. Elle avait certes une forme phallique aux lignes rondes et épurées, mais son toit était bien entendu une carte de visite unique au monde.

Phileas coupa le moteur et sortit de la voiture. Admirant rapidement la vue d'un tour sur lui-même, il se dirigea sous un soleil de plomb vers la mezzanine. Les parasols, le minibar et la piscine ne furent cependant pas sa destination. Non, avec conviction mais décontraction il se dirigea vers les deux portes blindées permettant l'accès à l'ascenseur menant deux niveaux plus bas à la direction.

— Bonjour monsieur, s'exclama à son approche Allen, le chargé de la sécurité du toit.

Phileas regarda d'un sourire entendu l'homme en costume noir impeccable. Des lunettes de soleil sur le nez, le relax Afro-Américain était assis sur une chaise à côté des portes, un gigantesque verre de boisson fraîche en mains. Visiblement, il avait la belle vie...

— Hey Al, quoi de neuf ?

— Oh, si vous saviez, répondit faussement sérieux l'homme.

— Comment se porte le ciel ? plaisanta alors l'agent secret.

— Oh, à merveille monsieur. Pas un nuage, il a l'air content...

— Veuillez bien à ce qu'aucun malappris ne vienne dérober ma voiture, hein ?

— Ne vous en faites pas, ricana Allen, l'assurance couvre les voitures tombant de quatre-vingt-douze étages.

Phileas acquiesça avec humour, et empruntant l'ascenseur, descendit jusqu'à la direction. Il avait instauré dans sa société des relations décontractées mais sérieuses. *« Un bon salaire, une bonne entente, mais un travail bien fait »*, c'était sa devise de direction, et il fallait avouer que cela marchait. La preuve en était faite avec Allen, bon père de famille qui surveillait le toit avec détente mais efficacité quel que soit le temps et malgré la solitude.

L'ascenseur s'arrêta une quinzaine de mètres sous la toiture et les portes s'ouvrirent sur le vice-président Johns, l'un des quatre hommes disposant du titre, l'auteur de l'appel.

— Bonjour monsieur, je vous attendais, annonça celui-ci avec empressement lorsqu'il vit Phileas.

— Je vois ça, annonça l'homme du club, pris de court.

Le vice-président afficha une moue, conscient de son oppression, et invita Phileas à le suivre dans un couloir, visiblement très embarrassé.

— C'est par ici…

— Alors, que se passe-t-il ? interrogea Phileas en le suivant.

— Nous avons rencontré un problème ce matin. L'un des produits est manquant.

— Lequel ? demanda Phileas.

— Il s'agit du prototype G.A.T. VSP X 101.

Phileas s'arrêta.

— Quoi ? s'inquiéta-t-il.

Johns le regarda, extrêmement gêné de la perte.

— Nous ne comprenons pas nous-mêmes monsieur. Hier soir l'équipe de test a quitté le laboratoire à 19h41, et ce matin lorsqu'ils sont revenus, le véhicule avait disparu du carré d'épreuve.

— Les caméras ? La sécurité ? interrogea Phileas.

— Aucune information.

Phileas passa sa main sur sa bouche, contrarié…

— Elle ne peut pas disparaître ainsi enfin.

Johns entraîna Phileas vers un ascenseur, et une fois à l'intérieur, tapa un code sur un digicode de sécurité. Fait étrange, cela ferma automatiquement les portes et enclencha la descente sans qu'il ait appuyé sur un quelconque bouton d'étage.

— Elle est finie ? demanda alors Phileas à l'abri des regards, beaucoup plus soulagé.

— Pratiquement monsieur, répondit Johns. Les tests sont excellents, elle surpassera le modèle bourrin développé par la section équipement et technologie du *Service*. Elle sera plus performante en tous points.

Phileas sourit. *G.A.T.* et le département de *Gadget* travaillaient rarement de concert. Enfin, il fallait avouer que chez *G.A.T.* seuls John et quelques autres savaient que certains prototypes étaient détournés pour le *Service*, ce qui expliquait cette « concurrence ».

— Officiellement ? demanda confirmation l'homme du club.

— Officiellement on annoncera que par peur d'espionnage industriel nous avons caché la voiture quelques jours et avons prétendu à son vol. Les employés comprendront.

— Bien, je veux que vous commenciez à en faire une copie conforme alors.

— C'est déjà en cours, et nous l'enverrons à Temple dès son achèvement.

— Parfait.

Johns s'essuya le front. Simuler l'ignorance et la bêtise pour les caméras le faisait toujours transpirer plus que de nécessaire, mais il fallait avouer qu'il aimait jouer la comédie. Cela lui donnait l'impression d'être un acteur londonien.

— En tout cas, croyez-moi, je l'ai vue hier soir et elle a de la gueule.

Phileas ne prononça rien… Il préférait la voir avant de s'émerveiller.

— Nous arrivons, reprit Johns.

L'ascenseur s'arrêta au niveau secret situé entre les parkings — 3 et — 4 et les deux hommes en sortirent.

— C'est la pause, il n'y a personne.

Phileas acquiesça et suivit son collègue dans le dédale de couloirs pour arriver jusque devant la pièce intitulée *Cellule 134*. Là, le vice-président entra son passe personnel dans l'encodeur et tapa son code d'accès. Phileas fit de même. Le sol était équipé d'une cellule qui mesurait le poids des personnes présentent et les stockaient dans la matrice. Si le nombre de cartes et de codes entrés n'était pas identique au nombre de personnes, et si le poids total excédait de plus de cinq kilos par personne le total du poids des personnes enregistrées avec cesdites cartes et cesdits codes, la porte ne s'ouvrait pas. C'était un système de sécurité onéreux mais qui avait déjà fait ses preuves.

— J'ai toujours peur après un week-end chez ma mère, s'amusa Johns, en pensant justement au système de sécurité.

Phileas sourit tandis que la porte s'ouvrit.

— Croyez-vous que si ma femme était venue ici alors qu'elle était enceinte, elle aurait pu passer ?

— Si vous lui aviez parlé de cet endroit peut-être ?

Les deux hommes rigolèrent et entrèrent. Les lumières du sol et du plafond s'allumèrent alors, automatiquement, en partant de la porte jusqu'au milieu de la salle.

— La voici, la VSP X 101, déclara Johns, redevenu plus sérieux, en montrant les contours d'une sorte de voiture apparaissant dans l'ombre avant que les lumières autour d'elle ne s'allument et ne l'éclairent intégralement.

Phileas suivant sans mal ses indications regarda alors le nouveau joyau de *G.A.T*. Il s'en trouva immédiatement fasciné.

— Deux moteurs croisés, un à l'avant et un à l'arrière, pneus pleins montés sur vérins hydrauliques, carrosserie composite faite de plusieurs segments emboitables et équipés de chaque côté du moteur de vérins pneumatiques pour encaisser le choc, pleins phares avant sortant des ailes, pare-brise et meurtrières blindés équipés du Bipaview pour la virtualité, et bien sûr, les autres options ; vingt caméras, huile, clous, mitraillettes...

— C'est une batmobile[9], ricana Phileas.

— Disons plutôt un hybride entre la VZX et le Bourrin…

— En tout cas c'est de l'excellent travail.

— Je transmettrai…

— Dites, tant que j'y pense, D.N.C, cela vous dit quelque chose ? demanda Phileas.

— D.N.C ? D.N.C… D.N.C… Dwight Nicolae Cain ?

— Qui ?

— Dwight Nicolae Cain, un industriel énigmatique, arrogant et asocial.

— D'ici ?

— Non, d'Allemagne, répondit Johns.

— Ah… intéressant, s'exclama Phileas.

L'agent s'avança vers la voiture et en caressa la carrosserie. Les lettres D.N.C. étaient revenues au cours de l'enquête précédant la mort de *D*. Elles étaient liées aux comptes que Jarod avait volés, appartenant à l'entreprise effectuant les mouvements de fond officiel de l'*Organisation*… Et elle avait déjà du monde en Allemagne.

— Merci, fit Phileas avant de repartir. On se tient au courant dans la semaine.

— Pas de problème monsieur, lâcha Johns en le regardant s'éclipser.

Comme préoccupé, Phileas rejoignit sa voiture et quitta la tour. Il repensa soudain à rendre visite à sa famille adoptive. Vivant au New Jersey, il venait de réaliser qu'il ne les avait pas revus depuis longtemps.

Chapitre XII

Vidéo familiale

Phileas arrêta le moteur et sortit de la voiture pour se rendre chez ses parents adoptifs. Comme il était à New York, il voulait profiter de l'occasion en attendant d'avoir d'autres informations concernant son enquête. Cela faisait longtemps qu'il n'était pas venu...

Lorsque la porte s'ouvrit, l'homme du club découvrit que ses parents n'étaient pas là, mais ses grandes sœurs si. Elles furent très contentes qu'il leur rende visite.

— Cela fait tellement longtemps qu'on ne s'est pas vus, formula Dana en le serrant fort dans ses bras. Tu m'as manqué.

— Vous m'avez manqué aussi, s'exclama Phileas, qui enlaça ensuite Kira.

— Tu parles, plaisanta celle-ci, tu donnes autant de nouvelles qu'un rat mort.

— Disons que j'ai été très occupé, se défendit-il évasivement.

— Mouais, on va dire ça.

Phileas s'assit sur le canapé et regarda ses deux grandes sœurs, heureux. Elles s'assirent sur le canapé d'en face. Elles n'avaient pas changé. Dana était la plus âgée, elle avait trois ans de plus que Kira. Brune, les cheveux longs et un peu bouclés, elle était une femme des plus magnifiques, intelligente, bien formée et savoureusement délicieuse. Kira, elle, était blond châtain. Elle avait des cheveux longs et lisses, une frange arrêtant sa chevelure au-dessus des sourcils, et une poitrine de rêve, conséquente. Avec malice, Phileas repensa d'ailleurs en la voyant à la poitrine qu'avait actuellement Adélaïde, du fait de son allaitement. C'était appréciable du regard.

— Alors, quoi de neuf ? demanda justement Kira, enjouée de sa visite.

— Boaf, rien de spécial. La routine. Et vous ?

— Papa nous a emmenés en Australie il y a un mois, et les autres sont en vacances à San Francisco, répondit Dana. À part ça rien de bien intéressant.

— D'accord.

Kira et Dana étaient demi-sœurs, du côté de leur père, Phileon. Dana était la première et avait une sœur jumelle, Julie. Elles étaient de sa première compagne. Ensuite il y avait Kira, puis Ãola, Émilie et Josh, eux aussi jumeaux, Louise, et enfin Clark. Tous ceux-là étaient les enfants qu'il avait eus avec sa seconde compagne. Une famille très nombreuse en définitive. Phileas lui venait se trouver entre Émilie, Josh, et Louise, et avait vu grandir sa petite famille d'adoption comme si c'était la sienne.

— Sinon, qu'est-ce que tu fais dans le New Jersey ? fit Kira, les yeux pétillants de ses aventures, en prenant appui sur sa main.

Phileas sourit, et prit un des petits gâteaux que lui tendit Dana.

— Oh, le train-train habituel, sauver le monde, défaire les méchants, remettre des baleines échouées à l'eau.

— Pas de machine à voyager dans le temps ? ricana Kira.

— Non, pas cette fois, plaisanta Phileas.

— Ah dommage.

— Un peu…

Phileas et ses deux sœurs se sourirent, heureux. C'était bien d'être de nouveau en famille, d'être entouré de gens avec qui on a grandi. Cela avait un parfum de printemps, une odeur dans l'air de soleil et de fraîcheur… Il adorait ça.

— Des petits copains ? demanda-t-il ensuite en buvant un verre de jus d'orange.

— Euh…

Les deux sœurs se regardèrent, complices, et rigolèrent.

— Sujet sensible frérot. Motus et bouche cousue, même pour toi, s'esclaffa Dana.

— Okay ! Et comment se portent les études d'Ãola ?

— Bien… très bien même.

— Viens, il faut que tu voies quelque chose, annonça soudain Kira en se levant. Tu ne vas pas en croire tes yeux !

— Euh… Okay.

Phileas se leva un peu surpris et suivit ses deux sœurs, qui l'emmenèrent à l'étage. Phileas ne savait pas trop ce qu'elles voulaient lui montrer mais cela devait être intéressant.

— Oh, Papa a fait une nouvelle photo de tout le monde ? demanda-t-il en constatant un nouveau cadre dans les escaliers.

— Ouais. Dommage que tu n'étais pas là.

— À charge de revanche.

— Ouaip !

Kira entraîna Phileas vers la chambre de Louise au premier étage. Elle en ouvrit alors la porte et tendit les mains vers l'intérieur comme si elle présentait un lot.

— Tadaaaa ! fit-elle.

Phileas regarda à l'intérieur, intrigué, et s'étonna.

— Je… elle a rangé sa chambre ?

— Ouais ! fit Kira, elle a enfin pris son courage à deux mains !

Phileas baissa la tête et mit la main devant les yeux. Bon Dieu…

— « Lol », fit-il, dépité.

— Nan mais attends, tu t'en rends compte ?

— Mouais…

Kira, Dana et Phileas se regardèrent et rigolèrent. Ce qu'on pouvait être bête parfois en famille… Les enfants uniques n'avaient pas idée de ce qu'ils rataient… ou pas.

— Tiens, le caméscope de papa, qu'est-ce qu'il fait là ? demanda soudainement Dana en voyant tout d'un coup l'appareil de leur père sur un meuble.

— Aucune idée. Émilie s'en est peut-être servi, lui répondit sérieusement Kira.

Dana le prit en main et l'inspecta.

— Il est allumé… c'est étrange. Et la batterie est pleine.

Phileas, amusé, l'attrapa des mains de Dana et mit lecture. Il filma alors ses deux sœurs.

— Un sourire ? demanda-t-il.

Les deux filles regardèrent tour à tour l'objectif et leur frère, et firent leurs plus beaux sourires.

— Parfait… On va faire un petit film sur vous deux… commença alors Phileas. Un petit film de famille.

Les filles rigolèrent et commencèrent à faire de folles poses de stars et de chanteuses, enjouées par l'idée. Elles s'amusaient beaucoup, comme deux grandes enfants. Il fallait dire qu'à chaque fois que Phileas était là, c'était rigolade et bonne humeur assurées, et tout le monde adorait ça.

— Tu veux une mise en scène particulière ? demanda soudain Kira.

— Oh, je ne sais pas… vous n'avez qu'à vous toucher ?

Kira et Dana se regardèrent en s'échangeant un rictus de malice, et acceptant le défi, s'approchèrent l'une de l'autre. La jeune blonde passa sa main dans les cheveux de sa demi-sœur et la descendit ensuite jusqu'à sa taille pour l'amener contre elle. Elles se collèrent l'une à l'autre, entrelaçant leurs jambes, et se regardèrent dans les yeux du début à la fin, animées d'une flamme. L'aînée posa alors sa main sur la poitrine de sa cadette pour la caresser.

— Comme ça ? Ça te plait ? fit-elle, amusée.

— Mignon… fit Phileas en regardant l'écran du caméscope, fasciné.

— Tu veux qu'on s'embrasse petit frère ? demanda-t-elle alors.

Phileas hocha de la tête pour acquiescer. Ses deux sœurs le firent donc, et profitant du fait que personne d'autre n'était dans la maison, se léchèrent savoureusement la langue. À défaut d'avoir un petit ami, elles avaient l'occasion de prendre un peu de plaisir entre elles à l'abri des regards indiscrets et y mirent donc une attention particulière.

— C'est parfait…

Phileas les regarda s'embrasser, mélangé entre le malaise et la délectation. Cette dernière sensation remplaça cependant rapidement la première et il ressentit un afflux sanguin conséquent. Bien que ce qu'ils faisaient fût honteux, c'était incroyablement excitant. Les deux jeunes femmes, pourtant sœurs, s'adonnaient sans soucis et pour la première fois ensemble à un acte interdit, figées volontairement sur le caméscope. Phileas s'approcha pour les filmer sous différents angles, pour cadrer leurs visages, suivre leurs mains baladeuses... C'était magnifique.

— Et si on corsait le numéro ? demanda-t-il, insatiable.

— C'est-à-dire ?

— Et si vous couchiez ensemble les filles ? dit-il en se touchant l'entrejambe.

Dana et Kira se regardèrent un instant, surprises. La plaisanterie tourna cours, les sourires s'effacèrent. Leur frère adoptif voulait les voir coucher ensemble. C'était incroyable... c'était... c'était malsain ! Elles s'écartèrent un peu l'une de l'autre, effroyablement gênées. Elles étaient sœurs, s'embrasser pour rigoler ça passait, mais coucher ensemble ? Cette question, cette situation, elles étaient devenues immorales et embarrassantes.

Les deux jeunes sœurs s'écartèrent définitivement l'une de l'autre. Elles ne voulaient plus jouer. Elles eurent d'ailleurs le sentiment qu'elles ne verraient plus jamais Phileas de la même façon... Mais c'est à ce moment-là que les yeux de Dana plongèrent dans l'objectif du caméscope. Ses rétines se figèrent sur l'écran... et elle vit les choses d'un point de vue extérieur. Elle fut soudain excitée par cette demande, elle s'imaginait comment quelqu'un réagirait en trouvant cette bande et sentit son corps s'animer d'une chaleur. Un homme filmant ses deux sœurs faisant l'amour ensemble sur sa demande, obéissant à ses ordres. C'était l'apothéose de l'interdit sexuel... Après tout cela resterait entre eux.

Kira embrassa Dana. Sans que celle-ci ait eu besoin de manifester son acceptation, en se retournant sa sœur l'avait saisie pour l'enlacer. Leur choix était fait. Sans un mot, elles se caressèrent donc avec plénitude, le plaisir montant en leur bas-ventre au fur et à mesure de leurs étreintes, et elles descendirent leurs mains sur leurs fesses. C'est alors que Dana s'écarta soudainement de sa petite sœur.

— Si on doit le faire, faisons-le bien, annonça-t-elle.

Elle retira son haut, révélant son soutien-gorge, et tirant sa sœur, elle se rendit vers sa chambre. Elle avait dans l'idée d'offrir à la caméra un spectacle inoubliable.

Arrivée dans la pièce, la belle brune s'installa sur le lit et amena les lèvres de sa sœur au contact des siennes. Même si c'était assez malsain, il fallait avouer que ce n'était pas déplaisant de l'embrasser. Elles commençaient à vraiment prendre du plaisir…

Phileas s'approcha et filma Kira en train de dégrafer le soutien-gorge de leur sœur… Puis elles retirèrent ensemble son propre haut. Elle ne portait pas de lingerie. Phileas eut le loisir d'admirer sa magnifique poitrine, très volumineuse… Depuis le temps qu'il rêvait de les voir, il n'était pas déçu. Ils étaient vraiment parfaits. Ce jour était le plus beau de sa vie. Puis ceux de Dana apparurent. Phileas malgré son contrôle commença à avoir très envie de se joindre à elles. Leurs deux poitrines étaient vraiment magnifiques. Les seins de Dana étaient plus petits et fermes, idéales à peloter, mais tout aussi attrayants que ceux de Kira, qui étaient vraiment aussi gros et parfaits que dans ses rêves. Il commença à se caresser et les regarda faire, directement, ou à travers l'écran. C'était beau, somptueux. Elles étaient superbes, il avait l'impression que le son n'existait plus, qu'il n'y avait plus que l'image, une impression sublime de leur beauté… Le reste des vêtements fut retiré. Phileas vit ses deux sœurs entièrement nues pour la première fois, et sentit son sexe doubler de volume. Deux magnifiques petits duvets, un blond et un brun, parfaitement entretenus et doux ornaient l'intérieur de leurs jambes fuselées, et leurs lignes étaient parfaites. Elles étaient divines nues. Bon sang, pourquoi ne les avait-il jamais observées jusque-là ? Dana fit des mouvements gracieux du ventre et des reins, pour que la masturbation que lui faisait Kira ait plus d'impact, puis elles s'embrassèrent, se caressèrent, se léchèrent… Elles se firent l'amour durant cinq ou six minutes, temps durant lequel elles se firent absolument tout. Elles se doigtèrent, elles se firent un cunnilingus, elles s'embrassèrent les seins, se firent des suçons… Quand ce temps fut fini, qu'elles eurent joui l'une de l'autre, Dana plaça deux gros coussins sous le dos de Kira et se leva. Elle vint se placer derrière Phileas et défit sa braguette et le bouton de son jeans pour dégager son phallus. Elle commença alors à le masturber avec brio et l'amena au-dessus de leur sœur. De son gland elle effleura ses lèvres et ses tétons, et le masturba jusqu'à ce qu'il jouisse. Elle fit en sorte que sa première giclée atterrisse dans sa bouche, puis sur sa volumineuse poitrine. Revenant sur le lit elle lui lécha ensuite les seins et l'embrassa pour partager. Phileas avait tout filmé… puis Kira se leva et prit le caméscope de ses mains.

Elle filma son sexe de nouveau en érection, parcouru de grosses veines et le gland décalotté et bien rouge, et le suivit quand il entra avec difficulté dans l'antre humide et chaud de leur aînée. Son vagin était étroit et il eut un peu de mal à rentrer, mais il y alla d'un coup sec, arrachant un cri à Dana, et cela se fit tout seul. Il commença les va-et-vient, emporté par le plaisir. Au bout de deux heures de vidéo, les trois avaient fait l'amour, par deux ou ensemble, sans complexe ni retenue. Lorsque le film fut fini, se posa alors la question du « et après ? ». Phileas, Dana et Kira, tous les trois nus sur le lit se regardèrent alors pour discuter tout en se touchant sexuellement.

— On fait quoi du film ? demanda Dana.

— Je serais d'avis de le laisser sur le caméscope, annonça Phileas.

— Quoi ? s'étonna Kira en se redressant. Mais on va nous voir !

Phileas n'arrêtant pas de caresser son intimité reprit sérieusement.

— C'est le but de la vidéo.

Dana, qui était derrière Kira se redressa également, et passant ses mains autour de la poitrine de sa sœur, les malaxa tout en donnant son avis.

— Papa va vouloir te tuer s'il découvre que tu as sauté ses filles ! Ce sera fini.

— Ce serait excitant qu'on nous voie, non ? s'exclama Phileas. Qu'il voit ce que vous m'avez offert mais qu'il n'aura jamais.

Les filles se turent, pour prendre le temps d'y réfléchir. Oui, ce serait très excitant que leurs frères et sœurs, et leurs parents voient ça. Cela montrerait qu'elles, elles s'amusaient, et sans eux.

— Si les garçons nous voient, ils voudront peut-être venir nous voir… être visitée dans mon lit par mes petits frères pendant que je dors me ferait jouir un max, avoua Kira.

— Mais pas papa ! Lui je refuserais.

— Oh non… Par contre si les filles voient le film, elles voudront peut-être aussi essayer… ce serait cool.

— Alors vous êtes d'accord ? demanda Phileas.

Les filles acceptèrent.

— J'ai hâte de voir leur tête quand ils nous verront coucher ensemble, fit la plus jeune.

Dix minutes plus tard, Phileas se leva et se rhabilla. Les filles se caressèrent amoureusement encore un peu pour le faire fantasmer, et il partit de la maison.

— On dira à papa que tu es passé, annonça Kira sur le pas de la porte.

— Et reviens quand tu veux ! Surtout si c'est pour rendre ta visite si inoubliable !

Phileas acquiesça de la tête, pensant qu'il reviendrait effectivement plus souvent, et monta en voiture pour retourner à New York. Elles auront peut-être besoin d'un suivi psychologique, mais il s'en foutait. Si elles en gardaient un traumatisme, cela ne l'occupait guère. Il existait des gens mauvais… Et à force de vivre entouré de gens mauvais, il le devenait peut-être lui-même. En tout cas il retourna s'occuper du cas Álvarez — *Organisation* sans plus se soucier du reste.

Chapitre XIII

L'Île

Après une bonne nuit de sommeil, Phileas retourna fouiner à l'entrepôt. La police avait dû évacuer les lieux et il restait peut-être de quoi suivre une nouvelle piste. Il avait informé le *Service* de l'existence de ce Dwight Nicolae Cain en Allemagne, il avait expédié le calepin d'Álvarez aux autorités, il lui restait donc sur New York plus qu'à découvrir le pourquoi du comment à propos de cette Mélina, et il pourrait rentrer chez lui.

Mais après avoir définitivement récupéré de son coup à la tête et ses maux de tête ayant enfin disparu, Phileas s'écœura en fait plus de son propre comportement qu'il ne pensait à l'affaire. Il avait couché avec plusieurs filles différentes en très peu de temps, et Adélaïde n'en faisait même pas partie. Il ne l'avait jusque-là pourtant jamais trompée, il n'en avait même jamais eu envie ! Et le pire dans tout cela, ce qui faisait de lui un salaud, c'est qu'il n'en avait pas ressenti le moindre remords sur le coup… Comme si Adélaïde ne comptait pas vraiment pour lui. Et cela le troublait…

En tout cas maintenant qu'il avait vraiment les esprits clairs, il savait une chose, il aurait dû faire analyser son sang. Dès la première fois que son comportement avait changé, il aurait dû y réfléchir et prendre cette précaution. Car si cela se trouvait, il avait vraiment été drogué. Pour être autant désinhibé et ne pas en éprouver de remords, il avait dû être aidé. Un simple coup à la tête ne ferait pas ça, c'était trop improbable. Et puis il connaissait assez les effets de certaines drogues pour en avoir déjà fait les frais, alors peut-être que la femme de l'avion avait réussi à le toucher sans qu'il s'en rende compte, et lui avait administré quelque chose ? Tout a commencé quelque temps à peine après son approche, cela pouvait être lié… Enfin, maintenant c'était trop tard, cela avait dû être évacué de son organisme donc s'il avait été drogué, il ne pouvait plus le savoir, il resterait dans le doute.

Rentrant dans l'entrepôt par la même fenêtre que la fois précédente, Phileas se rendit sur le lieu où avaient été abattus les faux policiers et regarda par terre. Il y avait un peu de sang mais rien de plus… L'homme du club scruta le sol alentour à la recherche d'indices, et remarqua alors quelque chose d'intéressant. Il y avait une trace de combustion qu'il n'avait pas notée la fois précédente, comme si on avait entre-temps allumé un petit feu à même le sol. Allant s'agenouiller au-dessus d'elle, il passa ses doigts sur la suie pour savoir si c'était bien récent, et grattant un peu avec ses ongles, trouva un morceau de feuille blanche en partie brûlée. Il s'agissait d'un coin supérieur gauche, où l'on pouvait deviner une partie d'un logo d'entreprise. Phileas ne savait pas trop quelle pouvait en être la conséquence, mais il le mit dans sa poche, et se redressant ensuite, il se dirigea vers la pièce d'où partait le passage secret pour regarder où il menait. Malheureusement, il vit étonné en ouvrant la porte qu'un immense mur de béton se dressait dorénavant juste derrière celle-ci.

— Que… ? lâcha-t-il bêtement et surpris.

Phileas incrédule passa ses mains sur le béton froid. Visiblement quelqu'un avait rapidement condamné l'accès au passage. Il fallait encore plus qu'il voit où cela menait maintenant, car ce qui s'y cachait devait vraiment valoir le coup d'œil. N'ayant pas sur lui les moyens de démolir ce mur, il décida toutefois de ne pas s'éterniser plus longtemps. Il devrait attendre et revenir en force, ce serait plus sûr. L'homme du club retourna donc vers son lieu d'entrée pour s'en aller, lorsque brusquement l'une des portes donnant sur l'extérieur du bâtiment s'ouvrit à quelques mètres de lui. La lumière jaillit par l'ouverture, et Phileas eut heureusement rapidement le réflexe de dégainer son arme en voyant une demi-douzaine de silhouettes apparaître dans le chambranle. Mais ce fut inutile.

— Vous êtes rappelé sous les drapeaux, lança alors une voix.

— Ah ? fit Phileas, encore ébloui en baissant son arme, comprenant que ces gens étaient de ses amis.

Les quatre hommes et les deux femmes s'avancèrent face à l'agent, tous de noir vêtus.

— Instruction sur l'île, monsieur, c'est un ordre, reprit l'un des autres.

— Et merde…

Phileas rangea son arme dans son holster, contrarié. Il avait horreur de ça.

*

Quatre heures plus tard. Quelque part au-dessus de l'Océan Pacifique.

L'avion qui amena Phileas vers l'une des îles de l'archipel Nansei au sud du Japon était pour lui comme le bus qui vous amène à l'école passer des épreuves. C'était une corvée, rien d'autre qu'une perte de temps laborieuse. Phileas aimait enseigner pourtant, mais pas aux jeunes novices. Ils n'avaient pas l'oreille attentive…

Enfin, sans nouvelles de sa part Adélaïde l'avait fait localiser par ses puces GPS, et il était maintenant forcé de le faire. Alors il aurait beau se plaindre, cela ne changerait rien.

— Prêt monsieur ? demanda le chef instructeur.

Assis en face de lui, celui-ci semblait trouver Phileas agacé.

— Vous n'aviez vraiment personne d'autre ? Bella? Isaac ? La remplaçante d'Agathin ? formula désapprobateur ce dernier.

— Vous savez quelle est la position de votre femme, monsieur. Et des autres ?

— Je sais, je sais…

— Sans compter le vœu de *D.* C'était l'une de ses dernières volontés.

— Génial, elle comptait sur les remords que je pourrais avoir si je ne réalisais pas son souhait post-mortem… la garce, paix à son âme.

— Elle tenait à ce que vous le fassiez, annonça simplement l'agent de formation. Écoutez, nous sommes un organisme sans reconnaissance, nous devons rester secret de nos ennemis, mais également des gouvernements et des agences secrètes…

— Je sais tout cela, lui rappela Phileas.

— Nos futurs agents ont donc besoin des meilleurs conseils, expliqua l'ancien instructeur d'Adélaïde.

Phileas croisa les jambes et répondit, tenace.

— Vous parlez comme si nous n'avions aucun moyen de les sortir de la mouise s'ils y étaient, souligna-t-il.

— Les temps sont durs, parla avec répondant l'homme.

— Nous avons une Quinte Flush Royale dans notre main… la meilleure main.

— Oui mais…

— C'est vrai, reprit Phileas, nous avons du monde à l'O.N.U, au MI6 et même à la C.I.A. On a de quoi se faire passer pour des agents de n'importe quel pays et il suffit de quelques coups de fil pour faire chanter bon nombre de présidents ou de dictateurs, alors pourquoi moi ? On a repris du poil de la bête depuis 97, on est quasiment invincibles.

— Si on abat toutes nos cartes, si on nous découvre monsieur. Mais nous ne devons jamais être découverts je vous le rappelle, et c'est ce que vous avez vous-même ordonné, désiré, et imposé en réactivant le *Service*. Il faut que vous acceptiez donc d'en payer le prix de votre personne pour quelques jours…

Phileas baissa la tête, conscient de tout cela. Oh, il l'avait toujours su, bien entendu, mais il ne désespérait pas d'y échapper.

— Je sais, je sais, mais j'ai horreur de parler à des petits arrogants, avoua-t-il finalement.

— C'est la colère qui parle, sourit l'instructeur, vous verrez, ce sont de très bons éléments !

Phileas ne prononça rien. Il acceptait la sentence de toute façon, bons élèves ou mauvais. Se réinstallant donc confortablement dans son siège, il pensa au futur instant fatidique. Il allait faire cela au feeling et donner le meilleur de lui-même, en débitant ses idées en fonctions des questions… En espérant qu'ils l'écouteraient…

Regardant par le hublot, Phileas commençait à en avoir marre de l'avion.

*

Trois heures plus tard.

— Nous sommes l'idéalisme de la justice, mais en plus radicale, prit enfin la parole Phileas.

L'homme du club regarda avec dureté les futurs agents assis en face de lui. Amassés dans l'amphithéâtre, ils l'écoutèrent en silence.

Phileas se leva et s'avança quelque peu vers eux. Il était resté assis sur sa chaise durant dix minutes. Dix longues minutes où chacun s'était silencieusement demandé pourquoi il faisait preuve d'un tel mutisme, avant qu'il ne prononce enfin ces mots.

Il reprit.

— Le *Service* punit pour la légitimité et non la loi. Car nous vivons dans un monde où la vie n'a plus de sens et où la première des priorités nous est dictée par la loi du gain, du profit et de la facilité. Nous vivons dans un monde d'injustice et de mépris. Oh, d'emblée je sais que certains répondront à cela que nous ne sommes pas mieux que d'autres, nous qui nous estimons juges, bourreaux et jurés à la fois, nous qui commettons des actes d'escroqueries, de chantages, de justice parallèle, voire de meurtres, ce qui est exact, mais nous nous sommes bien là pour corriger le système en place dans le but de rendre un tant soit peu de sens à notre propre existence. Car nous nous devons d'améliorer les choses, et oui, parfois par l'annihilation pure et simple d'individus ou en utilisant les armes de nos adversaires.

Phileas marqua une nouvelle pause, et s'attarda à dévisager certaines personnes de son auditoire, hommes ou femmes.

— Mais je reviendrai sur ce point plus tard. Je vais d'abord vous rappeler la nécessité du *Service*. Pour ce faire je vais utiliser un exemple, un seul, celui de Tony Farma, reprit-il en marchant.

Il se racla la gorge, comme pour bien capter leur attention.

— Arnaud Bouvier, influent homme politique et pédophile à ses heures. À son actif, dix-sept viols sur des enfants de 5 à 12 ans. Totalement intouchable, bénéficiant de la protection de pas mal de monde dont du chef de la police locale… Aucune preuve donc aucun moyen de le faire tomber légalement sans que l'affaire soit étouffée.

Phileas regarda son assemblée avec sérieux.

— Sans preuve concrète pouvant donner du crédit à ses victimes, il ne restait qu'une chose à faire, le suivre jusqu'à son prochain forfait. Il s'est passé quatre mois, quatre longs mois d'une filature éreintante pour prouver qu'une poignée d'enfants de dix ans traumatisés avait raison… Et nous avons réussi. Nous avons découvert sa culpabilité et nous l'avons empêché de violer un petit garçon de sept ans nommé Tony Farma.

Phileas refit face à ses élèves et les toisa avec sévérité.

— Alors, pour ceux qui douteraient encore, le *Service* est utile et nécessaire, il est vital. Car nous avons stoppé ça là où personne n'aurait pris le temps de le faire.

Le silence régna dans la salle. Les futurs agents regardèrent la légende *006* et l'écoutèrent sans un mot, habités d'un ressenti de sermon dans ses paroles.

— Contrairement à ce que vous pourriez penser, et c'est un point que je tiens à souligner, revint-il sur le sujet laissé de côté plus tôt, on ne tue que très rarement. Et ce n'est pas par gaîté de cœur, mais par obligation. Parce qu'il faut éliminer certaines personnes, parce que c'est nécessaire, encore une fois. L'homme est un animal abject, dénué d'émotion, immoral, et ce principalement lorsqu'il est aigri par le pouvoir ou un vice quelconque. Le *Service* intervient, existe dans ces cas-là, comme un système immunitaire qui dirait stop lorsque l'on va trop loin, et qui tuerait si aucune autre solution n'est possible.

Comme Phileas le supposait, personne dans l'assemblée ne prononça encore une fois aucun mot. Il y eut des têtes baissées, des yeux emplis de gêne qui détournèrent la tête à son regard, des échanges, mais aucune parole. Les futurs agents ne prononcèrent pas un murmure, quel que soit le domaine dans lequel ils souhaitaient exercer.

Phileas en fut satisfait et reprit alors.

— Indépendamment de ça, gardez toutefois bien à l'esprit que le *Service* n'est pas une unité d'élite, une milice paramilitaire, une secte, un groupuscule radical ou une activité extrascolaire. C'est sérieux. Ce n'est pas parce qu'on n'est pas officiel qu'on n'est pas juste ou intègre et qu'on ne doit pas se comporter en adultes réfléchis. Nous agissons secrètement, à l'insu de tous, mais c'est uniquement parce qu'il n'existe rien de ressemblant réellement à nous dans le système actuel. Nous agissons aussi, car nous savons pertinemment que la justice, le droit civique et le droit de vivre avec décence n'existent plus dans le monde actuel, et que nous voulons y remédier. L'intolérance, le capitalisme, l'avidité… tout cela et bien plus règne au-dehors, et nous sommes là pour au moins tenter de faire pencher la balance. Tenter, mais de façon réfléchie. Car il y a des règles, on n'est pas des animaux, on n'a pas à être arrogant. Nous n'avons pas une mission, nous avons un devoir, et ce devoir s'il n'est pas considéré comme juste par certains, doit malgré tout être exécuté par nous avec noblesse de cœur, altruisme et respect. Si vous ne pouvez l'être, si vous n'êtes pas capables d'être au-dessus de tout ce qu'on vous a appris, si vous n'êtes pas capables d'être bons dans votre vie privée, si vous considérez qu'un défaut n'est pas grave, si vous pensez que c'est juste fun d'être au *Service*, alors sachez que vous n'êtes pas dignes d'être ici et que vous pouvez immédiatement sortir. Vous êtes humains, l'erreur est normale, mais vous devez être un bon humain, vous devez chaque soir vous endormir digne d'être un habitant de cette planète, digne d'être une vie, digne d'être au *Service*.

Phileas marqua un silence pour leur laisser le temps de mémoriser ce qu'il venait de dire. Puis il continua son monologue.

— Comprenez donc moi bien, nous ne sommes pas une plaisanterie. Nous avons pour but de changer les choses, d'éclaircir le tableau, de rendre le monde un tant soit peu meilleur et plus propre, car la vie est sacrée et doit être respectée, même si parfois il est nécessaire d'en ôter une. Et croyez-moi, pour les jeunes impétueux fous de la gâchette, vivre avec des morts sur la conscience, ce n'est pas une vie, ni même fun. Quand on a pris une vie, on ne fait plus que survivre.

Phileas s'arrêta une dernière fois de parler, toujours pour déceler la moindre réaction à son discours et leur laisser le temps de l'assimiler. Encore une fois cependant, ce fut sans surprise qu'il constata une crainte totale imprégnée de peur et de respect qui cousait les lèvres.

— Voilà donc pour le cours, jeunes gens. La vie est un cadeau, non un bien qui nous appartiendrait et dont on peut jouir. Le *Service* est là pour le brider ou le retirer quand certains abusent de ceux des autres sans être punis par le système en place. Fin. Du moins fin du cours, car j'ai une chose en tant que personne et agent du *Service* à vous dire… Tout le monde m'écoute ?

Un oui affirmatif parcouru la sale.

— Je ne vous ferais pas de sermon sur la morale, la justice ou la légitimité, vous n'êtes plus des enfants, mais je ne vous dirai simplement qu'une chose : regardez bien les personnes autour de vous à cet instant, regardez bien celui ou celle qui est à votre droite et celui ou celle qui est à votre gauche. Je veux que vous les regardiez, de haut en bas, que vous les dévisagiez, que vous les analysiez… Regardez-moi ensuite, moi, un simple homme, comme vous. Je veux que vous regardiez ensuite tout ce qui est autour de vous, tous ceux qui sont le *Service*, tous ceux qui le composent… Sachez alors que si un jour l'un de vous fait un faux pas, nous serons là pour vous arrêter.

Phileas regarda le petit monde assis en face de lui, et attendit. Au bout d'une minute totalement silencieuse, il s'installa sur sa chaise pour attendre assis. Après dix autres minutes, il joignit ses mains. Il se passa encore finalement un quart d'heure avant qu'il ne se lève, satisfait, qu'il salue tout le monde, et enfin qu'il les quitte.

— Vous aviez raison, j'avais peur pour rien, sourit-il alors en rencontrant l'instructeur en chef dans le couloir.

— Ce n'est pas ce que nous souhaitions, fut étonné le formateur, qui était sorti par une autre porte et qui était lui désireux d'un réel échange de points de vue.

— Je crois que mon message est passé en tout cas, ricana Phileas.

L'agent esquissa un sourire, laissa là son collègue encore incrédule et désappointé, et se dirigea vers la sortit du bâtiment. C'est à ce moment-là que son téléphone se mit à vibrer. Tout en se dirigeant donc vers la maisonnette où il passerait la nuit, libéré de sa tâche, il ouvrit le SMS qu'il venait de recevoir. L'expéditrice était mademoiselle Ambrosio.

« Cela vous dirait qu'on boive un verre ensemble ? » demandait-elle.

Intrigué quant à cette proposition, Phileas n'eut toutefois pas le temps d'y réfléchir, car son téléphone se mit à sonner presque immédiatement après qu'il l'eut lu. Cette fois c'était un appel de Wanda.

— Oui Wanda ? demanda-t-il en décrochant.

La jeune Italienne ne répondit pas. Elle resta muette mais on put entendre à l'autre bout du fil des sanglots qui alarmèrent Phileas.

— Wanda ? Ça va ? Qu'est-ce qui se passe ?

Le pouls de l'homme du club augmenta à un rythme affolant. Les sanglots de sa fille étaient étouffés, sa respiration se bloquait… Phileas avait peur. Il connaissait ce genre de pleurs.

— Wanda… Réponds-moi… fit-il inquiet.

— *« C'est… c'est… Blanche papa… Elle est… elle est tombée du toit… »*

Wanda explosa de nouveau en sanglots… et Phileas ne put s'empêcher de verser une larme lui aussi.

— Quoi ? redemanda incrédule Phileas.

— *« Elle... elle a glissé sur une tuile alors que j'essayais de la récupérer et elle... je... »*

Phileas n'écouta plus. Il imagina le corps de son chat, étendu par terre, désarticulé, sans vie et la cage thoracique enfoncée. Il ne put s'empêcher de pleurer. C'était horrible de perdre un être cher à ses yeux, même un animal. Repenser à la seconde précédant sa mort, repenser aux moments où elle était sur ses genoux à chercher des câlins, aux instants où il jouait avec elle... Phileas pleura.

Chapitre XIV

Seconde entrevue

Aéroport J.F.K, Hall principal, 11h37.
Phileas, sac en bandoulière et billet en main se dirigea vers le contrôle pour entrer en salle d'embarquement. Son avion partait dans une heure, c'était parfait. D'allure assez décontractée, Phileas était en civil, juste lui-même. C'était un jour de repos, et il en avait bien besoin.

— Bonjour monsieur, lança soudainement une voix féminine à son intention.

Se joignant immédiatement à lui, la jeune femme qui l'avait accosté dans l'avion fit le trajet à ses côtés comme si de rien n'était, et ce bien qu'il ne tourna même pas les yeux vers elle.

— Je ne vous dis pas bonjour, pas besoin de fausse formalité, parla simplement Phileas impersonnel.

Il s'arrêta à une petite enseigne de nourriture pour commander de quoi manger et sourit au vendeur.

— Bonjour, un sandwich au thon et une bouteille de soda sans bulle.

— Tout de suite.

— Vous allez bien ? demanda-t-il ensuite malgré tout à sa visite.

— Euh, oui, très bien, et vous ? avoua celle-ci surprise.

— On fait aller.

Phileas paya ses achats, remercia le vendeur, et se redirigea vers le contrôle.

— Que me vaut cette visite mademoiselle ? Un autre avertissement ? interrogea-t-il.

— Oui, tout à fait.

— Cela va devoir attendre alors, répondit Phileas avec une pointe de fermeté, j'ai autre chose à faire actuellement.

— Oh si, vous aurez le temps, nous avons appelé l'aéroport pour une alerte à la bombe sur votre vol, vous êtes bloqué pour trois heures minimum, annonça la femme sur un ton autoritaire.

Phileas se retourna vers la brune. Il lui montra un peu de son embarras mais rien de sa colère. En réponse la jeune femme le regarda elle par contre d'un œil noir qui se voulait condescendant et dominateur. Phileas ne flancha cependant pas. Il soutint ses yeux et ne se montra pas le moins du monde intimidé.

— Vous voulez faire ça où ?

— Je connais un endroit calme qui respecte vos accords, annonça la brune.

— Parfait, conclut Phileas.

Dix minutes plus tard, les deux ennemis s'installèrent à un café en terrasse. La femme de l'avion prit un café liégeois et lui une coupe de glace.

Mais la tension était là.

Phileas, lui, était irrité de ces formalités inutiles et déplacées. S'entretenir en lieu public et découvert n'était pas le problème, il le préconisait lui-même, non, ce qui était hypocrite c'était ces politesses. C'est ce qui le gênait, car c'était une diplomatie dépassée. Ils n'étaient pas des gouvernements officiels, ils n'avaient pas à se tenir la jambe... ses ennemis qui cherchaient à lui faire entendre raison quant à ses ingérences l'agaçaient donc au plus haut point.

La femme de l'avion, malgré ses faux airs de femme glaciale et fatale, était quant à elle certes aussi agacée de son interlocuteur, mais surtout nerveuse. Elle se doutait en effet très bien que s'il le désirait, Phileas pourrait la tuer d'une dizaine de façons différentes dans la minute, et ce sans que cela paraisse suspect. Et cela la tendait. Car non seulement il était à prendre au sérieux, mais elle savait en plus qu'elle l'irritait simplement de sa présence. Elle se devait donc de faire attention et de se montrer subtile.

— Si vous ne prenez pas rapidement la bonne décision, la guerre que vous cherchez avec nous sera proclamée, commença-t-elle en tâchant d'être à la fois directe et retenue.

L'entrée en la matière faite, elle but une gorgée le plus naturellement du monde et reposa son grand verre en attendant sa réponse.

Phileas tourna simplement la tête vers elle. Il fixa ses yeux à travers ses lunettes de soleil, et d'un regard il lui fit comprendre qu'il resterait poli et n'utiliserait pas ses poings.

— Que de jolis mots pour une si moche affaire, dit-il.

— Je vous conseille de prendre cela très au sérieux, monsieur Phileas.

La jeune femme répondit de manière sèche et très convaincante.

— Oh mais je le prends avec sérieux. Par contre ce que je ne prends pas avec sérieux c'est votre goût prononcé pour mettre les formes là où ce n'est pas nécessaire.

— La bonne éducation ne doit pas se perdre, quel que soit notre travail, répondit la jeune femme pour justifier sa conduite.

— Au vu de votre camp, votre éducation n'était pas bonne, il est donc inutile de faire semblant, rétorqua Phileas.

— Mon choix de carrière ne signifie pas que je suis un animal dénué de sens commun, de compassion ou d'éducation.

— C'est toute la différence entre vous et moi. Vous avez fait un choix alors que moi je fais mon devoir.

— Quelle est la différence entre vous et moi ? demanda alors la jeune femme. Vous êtes aussi clandestin que moi, vous prenez aussi des vies, et vous aussi vous n'avez pas de remords.

— Moi je fais ce qui est juste… La légalité, l'officialité, tout cela pour moi ce ne sont que des valeurs sans force imposées par la société. Seules la légitimité et la justice comptent.

— Mais vous êtes injuste de me juger sans me connaître, rétorqua-t-elle.

— Si les juges jugent les assassins pour leurs crimes, ce n'est pas qu'ils sont injustes mais qu'ils rendent justice à leurs victimes… J'ai pris en compte votre avertissement, annonça-t-il ensuite en se levant, alors si vous voulez bien m'excuser, je vais me retirer.

Phileas enfila sa veste et passa la lanière de son sac autour de son cou. Il en avait assez.

— Vous n'avez même pas fini votre glace ! s'étonna la jeune femme.

— Je la prends avec moi…

— Vous comptez la voler ?

Phileas regarda une dernière fois son interlocutrice, exaspéré, et abattit ses cartes.

— Ce restaurant est à nous... à titre informatif je vous annonce donc également que le serveur a versé du poison dans votre café. Vous avez donc encore à peu près trois minutes pour aller demander l'antidote au comptoir et régler notre commande. C'est vous qui invitez... Bonne fin de journée.

Phileas quitta la table de la terrasse sans se retourner et repartit vers l'aéroport. Les femmes, mieux valait être gay que mal accompagné, pensa-t-il exténué.

— « *Tentative d'appel d'un numéro étranger* », annonça une voix numérique.

Phileas habitué à ce genre d'annonce ne s'étonna pas. Il attrapa sans surprise son téléphone dans sa poche et regarda le numéro affiché. L'indicatif téléphonique était le 55, l'appel provenait donc du Brésil.

— Allo ? demanda-t-il en décrochant.

— « *Euh... bonjour, je parle bien à Phileas ?* » demanda une voix féminine.

Phileas intrigué éloigna son portable de son oreille pour regarder la recherche en cours. Le traceur automatique récupéra le nom du propriétaire du numéro et localisa sa source en un rien de temps.

— Bonjour, miss Ambrosio, annonça l'agent en découvrant de qui il s'agissait. Vous allez bien ? Que me vaut le plaisir ?

— « *Bonjour... oui, c'était pour avoir de vos nouvelles. Comme vous n'aviez pas répondu à mon message...* »

Phileas esquissa un sourire.

— Je vais très bien, ne vous en faites pas, et je ne vous ai pas répondu, car je n'ai pas trop eu le temps ces dernières heures. J'ai été débordé, la rassura-t-il.

— « *Ah... Je vous dérange peut-être ?* » cafouilla la jeune femme.

— Non, non, bien sûr que non. Je retournais en France là, pour une affaire familiale.

— « *Ah, d'accord... »*

Décelant une pointe de déception dans sa voix lorsqu'elle répondit, Phileas s'étonna un peu.

— Pourquoi ? Vous auriez eu besoin de moi ? demanda-t-il.

— « *Euh, non, non... c'est juste que... »*

— Que ?

— « *Je voulais vous inviter à une compétition de surf à laquelle je participe. Mais si vous avez des affaires à régler... Vous avez certainement plus important à faire que de venir voir une bête compét... »*

Phileas sourit en entrant dans l'aéroport.

— Elle a lieu où et quand ? demanda-t-il.

— « *Pardon ? »*

— Où a lieu votre compétition ?

— « *Demain, à 16h, près de Rio. »*

— D'accord, je vous y retrouverai.

Phileas ponctua son discours d'un rire amusé qu'elle put aisément entendre, et la salua avant de raccrocher.

— Et ben je n'ai pas fini de prendre l'avion moi...

L'homme du club se dirigea vers la douane pour entrer dans la salle d'embarquement. Il passerait quand même par chez lui avant de repartir. Il espérait pouvoir voir un peu sa femme et passer du temps avec ses enfants. Il les négligeait ces derniers temps.

168

Chapitre XV

Miss Ambrosio

Pour ainsi dire à peine arrivé chez lui, Phileas retourna à l'aéroport.

Wanda et Adélaïde étaient parties en Italie avec les jumeaux pour plusieurs jours, lui avaient-elles laissé pour message, et n'ayant donc malheureusement personne avec qui rester à la maison, il retourna presque dans l'heure prendre l'avion pour Rio. Cette fois il n'utilisa cependant pas une ligne officielle mais sollicita Fred Niel, le pilote du club et du *Service*.

Phileas commençait à être épuisé de voyager sans cesse en avion, mais assister à une compétition de surf lui ferait du bien. Il serait dehors les pieds dans le sable au bord de la mer, et ce serait une bonne chose. Il en avait assez de rester enfermé, que ce soit au bureau, au Club des Damnés, dans un avion ou chez lui. Il avait besoin de se ressourcer. Alors, pourquoi ne pas sauter sur l'occasion après tout ? Cela signifiait un autre vol mais au moins il pourrait passer quelques heures en bonne compagnie et loin du travail. Ensuite il n'aurait plus qu'à rejoindre sa famille en Italie et il se reposerait alors vraiment.

Le voyage jusqu'au Brésil se passa sans encombre. Phileas dormit tout du long grâce à de puissants somnifères, et il ne ressentit donc aucune fatigue. Réparateur, ce sommeil dans un siège presque aussi confortable que son lit lui fit d'ailleurs le plus grand bien. Il en fut tellement salutaire que lorsqu'il arriva à destination, il se sentit frais et parfaitement reposé comme après une vraie nuit de repos.

Montant sur une moto louée pour l'occasion, il rejoignit ensuite rapidement la bonne plage. Illuminée par un soleil radieux, l'après-midi s'annonçait sous les meilleurs auspices. C'était un temps idéal pour le surf.

La compétition en elle-même dura trois heures qui défilèrent en un rien de temps, et Phileas put y admirer, outre miss Ambrosio, une quinzaine de surfeurs émérites se jouer des vagues et du vent. Exécutant des figures à couper le souffle, ceux-ci faisaient preuve d'une solide maîtrise de leur art, offrant un spectacle de grande qualité. Et sur la plage, l'ambiance n'en était que plus conviviale. Festive et chaleureuse, elle était agitée, rythmée et bien arrosée.

Mais ce qui retint vraiment l'attention de Phileas, c'était le top-modèle. Elle se débrouillait vraiment bien. Ses mouvements étaient fluides et précis, dénués de gestes inutiles. Elle était comme un poisson dans l'eau, évoluant pleinement dans son élément. La jeune femme savait ce qu'elle faisait en véritable experte, et l'agent secret ne put s'empêcher d'en être admiratif. Comme dans n'importe quel sport, voir un professionnel à l'œuvre inspirait le respect, mais il fallait avouer que là, plus encore que pour le golf ou le tennis par exemple, ses performances étaient dignes d'une épectase sans fin.

Lorsque les organisateurs déclarèrent la fin des épreuves, Phileas en bon gentleman se rendit à un stand de boisson et acheta deux jus de fruits fraichement pressés.

Il se dirigea ensuite vers le carré de plage où se trouvaient les héros de la journée. Déjà en train de signer des autographes, ils se mêlaient à leurs fans avec enthousiasme pour partager avec eux la magie du surf. Le sourire aux lèvres, Phileas attendit donc calmement que la demoiselle le remarque, ce qu'elle fit rapidement en lui adressant un regard enchanté. Venant à sa rencontre, il lui fit alors la bise et lui tendit un verre.

— J'espère que vous aimez les jus de fruits, annonça-t-il.

— Bien sûr, s'exclama-t-elle enjouée.

Alessandra s'excusa auprès de son public, expliqua qu'elle avait un ami très cher à voir, et ensemble ils s'éloignèrent de la foule.

— Alors, comment m'avez-vous trouvée ? demanda-t-elle en buvant une gorgée bien fraîche.

— Magnifique, vous étiez superbe ! Les autres étaient bien en dessous de vous, la complimenta Phileas.

— Merci beaucoup…

— Je suis sincère, vous êtes douée.

— Merci, merci… rougit un peu la jeune femme.

Miss Ambrosio but une autre gorgée et Phileas en fit de même. Mais inévitablement un silence s'installa. Ils étaient mal à l'aise l'un avec l'autre. L'envie de discuter était forte, mais ils ne savaient pas quel sujet aborder pour engager la conversation.

— J'ai une question… lâcha toutefois au bout de quelques instants la magnifique Brésilienne.

— Oui ? demanda rapidement Phileas.

— Non, rien, c'est idiot.

Phileas la regarda dans les yeux.

— Allez-y, je ne vais pas vous manger, s'exclama-t-il en souriant.

La belle Alessandra but pour se détendre, et se sentant maintenant obligée d'en parler, regarda devant elle quelque peu gênée.

— Qui êtes-vous Phileas ? demanda-t-elle.

— Comment ça ? s'étonna l'agent.

— Je ne sais pas. Vous êtes… étrange, différent des autres hommes que j'ai pu rencontrer.

— C'est parce que vous appartenez à un milieu différent. Le monde de la mode est rempli de gens bien spécifiques, s'exclama Phileas. Il est normal que je vous semble étrange.

— Non, ce n'est pas ça, vous vous êtes vraiment différent, sembla sérieuse la jeune femme.

Phileas expira. Il aspira un peu de sa boisson à travers sa paille, et continua d'avancer.

— Je suis né le 27 mai 1978. Sans évoquer les détails, disons que de mes dix ans jusqu'à il y a cinq ans, je me suis formé à être ce que je suis.

— C'est à dire ?

— J'ai lu quelque chose lorsque j'avais dix ans… Quelque chose qui m'a donné un but, une conviction. À partir de là, j'ai su ce que je voulais faire de ma vie, alors, je me suis mis à étudier. J'ai appris plusieurs langues, je me suis instruit pour avoir une connaissance poussée dans pratiquement tous les domaines, et j'ai développé mon esprit à l'aide des échecs, des systèmes de concentrations, des méthodes d'épanouissement mental et du développement de la mémoire. Je me suis également entraîné physiquement. J'ai ainsi pratiqué le ballet, la street dance et le yoga durant des années pour apprendre à connaître mon corps, mes points faibles et mes forces, et pour développer ma souplesse. En parallèle bien sûr j'ai exercé les arts martiaux les plus courants, la boxe, ou

172

encore le maniement des armes. J'ai passé la majeure partie de ma vie à apprendre pour pouvoir tout faire. Voilà en quoi je suis différent, car je me suis rendu hors-norme.

— Pourquoi avoir fait ça ? l'interrogea surprise la modèle.

— Pour être imbattable. Pour toujours pouvoir surpasser les autres, pour être meilleur, pour pouvoir fermer les clapets. J'ai développé mes sens, mes performances… J'ai même appris à piloter des avions. J'ai voulu connaître le maximum de choses pour qu'on ne puisse pas me retirer ma dignité. Pour que même quand on me brise, je puisse prouver que je suis meilleur que ce qu'on pourrait penser de moi…

— C'est pour vous défendre ?

— Je… sûrement oui. Pour vaincre un vieux complexe d'infériorité et d'impuissance… Pas sexuelle hein, mais en tant qu'enfant.

— Oui, sourit Alessandra, j'avais compris.

— Mais j'ai aussi surtout fait ça pour me préparer à vivre dans l'univers dans lequel j'évolue actuellement.

— Vous êtes une sorte de super génie en tout cas non ? se risqua à demander la belle femme.

— Je suis anormalement intelligent, fort, et mes sens sont très développés oui. Ma vue est de quinze sur dix, mon ouïe aussi, et j'ai entraîné mon odorat, mon goût et mon toucher à l'être presque autant. Vous savez, certaines personnes naissent avec quelques-unes de ces performances, mais moi je suis d'une certaine façon cet un sur cent milliards supposé par les probabilités. Je les ai pratiquement toutes. Par acquis de naissance, mais aussi parce que je me suis poussé à mon paroxysme. Oh, je ne suis pas le meilleur dans tous les domaines, mais je suis, j'estime, d'un excellent niveau. J'ai eu les bons gènes.

Alessandra esquissa un sourire amusée par ses propos et baissa les yeux, rougissante.

— Cela fait prétentieux n'est-ce pas ? J'avoue, reprit Phileas, autocritique. Non pas de se dire supérieur, mais de prétendre constater qu'on a eu une chance incroyable et qu'on est un produit totalement improbable dans un système comprenant des milliards de variations. En tout cas c'est ça, et par chance je dirais, j'ai choisi de faire le bien dès mon plus jeune âge. Je me suis donc préparé et entraîné. Pas pour être un super-soldat, mais pour être un élément décisif dans la balance entre le bien et le mal… Entre les gentils et les méchants.

— Et vous avez rejoint les services secrets, conclut Alessandra en le prenant bras dessus bras dessous, chaleureuse, acceptant de faire de cet homme son ami.

— Oui…

Phileas but une longue gorgée. Ce n'était pas tout à fait ça mais l'essence y était.

— Je trouve votre façon de vous décrire, votre peinture de vous-même… étonnante, formula finalement la jeune femme le sourire aux lèvres.

— Un peu surréaliste non ?

— C'est étrange en tout cas. Sur le papier ce que vous dites est plausible et probable mais on a du mal à le croire et à se l'imaginer en vrai.

— Et pourtant j'existe. Et ça me rend parfois bien seul. Mon Q.I. est estimé pas loin en dessous de celui de Stephen Hawking.

— Seul ? reprit Alessandra.

— C'est compliqué… Il n'y a pas que du positif dans tout ça. Comme je ne me suis pas laissé aller à mon gré et que j'ai pratiqué dans tous les domaines possibles, je ne me suis pas développé en lettre, en physique ou quoi que ce soit d'autre qui aurait pu vraiment me plaire. Je n'ai donc pas réellement utilisé mon génie de manière créative et je dois dire que je regrette parfois cette vie que je me suis volée.

— Ah…

Phileas pensa plutôt à la vie qu'on lui a volée, mais n'en dit rien. Elle n'avait pas à tout savoir de lui. Il but une autre gorgée de sa boisson et se tourna vers elle avec le sourire.

— Alors voilà, je me plais bien ici avec vous, mais tout cela ne me fait rien. J'aime vous voir faire du surf, j'aime le surf ! Comme beaucoup d'autres disciplines. Mais pour moi c'est tellement… facile…

— Holà monsieur le grand génie ! s'exclama faussement outrée la Brésilienne. Vous prétendez être meilleur que moi au surf ?

— Non, non… mais je prétends avoir une autre conception des choses. Pour moi tout ça ce n'est pas un challenge, c'est un entrainement… Mais si ça se trouve, je ne suis pas doué pour le surf !

— Eh bien on va voir cela ! rigola la jeune femme.

— Non ! Non !

Phileas tenta de freiner Alessandra mais la belle jeune femme l'entraîna vers la plage par la main.

— On va voir ce que vous valez ! ricana-t-elle.

— Mais… je n'ai même pas de tenue !

— Un short de bain, cela suffit !

Phileas soupira d'amusement. Il allait lui mettre sa raclée…

— Je vous aurai prévenue, très chère, vous allez morfler !

— C'est ça, c'est ça, répondit la jeune femme, on va voir…

Phileas attrapa une planche, et se jeta à l'eau.

— Au fait, monsieur l'agent, sachez que tout à l'heure je vous demandais comment m'avez-vous trouvé physiquement ? s'exclama enjouée Alessandra en le rejoignant avec sa planche dans l'eau.

— Ah ? Ben top, mais ce n'était pas la peine de demander ! ricana Phileas.

— Non ! Je parle en termes de géographie !

— Ah… faut s'exprimer clairement alors, articuler, utiliser les bons mots… vous êtes top-modèle je sais, mais on vous apprend au moins à compter et à parler non ?

Miss Ambrosio répondit taquine en lui donnant un gentil coup de coude.

— Je vais vous mettre la pâtée ! lança-t-elle.

— Tu parles.

Phileas s'approcha d'elle et la poussa avec force pour qu'elle tombe de sa planche.

— On vous apprend à respirer j'espère ! s'écria-t-il ensuite avant de partir vers les vagues.

Miss Ambrosio remonta vite sur sa planche et le rejoignit pour ouvrir les hostilités, amusée et prête à en découdre. Bien entendu, elle se montra plus douée que Phileas, qui malgré tout s'en sortit quand même très bien… mais moins bien.

Les deux nouveaux amis s'amusèrent durant près d'une heure, Alessandra le conseillant entre deux moqueries, et Phileas la charriant constamment. Tissant une franche amitié entre eux, ils se découvrirent plein de points communs. Puis lorsqu'ils furent fatigués et que le temps se couvrit, ils revinrent vers la plage et se rendirent au bar. Installés autour de cocktails et de petites vengeances taquines, ils passèrent le reste de l'après-midi ensemble à discuter. Ils avaient brisé la glace et étaient devenus amis.

Chapitre XVI

La fausse Reine Zénoda

Phileas partit directement en Italie et resta toute la semaine avec Adélaïde, Wanda et les jumeaux dans leur demeure du lac de Côme. Profitant d'une pause méritée, mais non mécontent de s'être fait une véritable amie, il abandonna téléphone portable et ordinateur pour se consacrer à sa famille. Vivant au jour le jour, ils se reposèrent ainsi en toute tranquillité.

Ils firent patauger Adrien et Jean dans l'eau de la piscine, ils se promenèrent de longues heures tous ensemble dans les alentours, ils jouèrent, Phileas et Wanda firent du jogging tous les matins alors qu'avec Adélaïde la jeune femme bronza tous les après-midis… En somme la famille Sureau-Queneau s'accorda un temps pour savourer de se retrouver.

Et bien sûr, ces vacances furent ponctuées de longs et romantiques moments entre les deux époux. Outre trois sorties en amoureux au restaurant, ils trouvèrent le temps de s'offrir de nouveaux souvenirs entre amants. Que ce soit en faisant chaque soir l'amour ou en s'adonnant à des préliminaires durant la journée, ils ne perdirent rien de leur complicité et de leur amour. Puis ce fut le moment de retourner en France et non sans regret ils reprirent le chemin du travail.

Satisfait de l'engagement de Corie, Phileas apprécia dès lors toutefois chaque matin une fellation savoureuse et des plus addictives, comme promis. Installée à genoux à ses pieds alors qu'il travaillait à son bureau, elle se montrait dévouée à sa tâche, faisant durer le plaisir et avalant à chaque fois. Lorsqu'il lui demandait de lui montrer quelque chose, elle ne se gênait pas non plus pour s'installer sur ses cuisses, voire de guider son sexe vers le sien pour qu'il s'épanouisse en elle, et cela le contentait amplement. Ne se montrant pas pour autant moins amoureux d'Adélaïde, il lui faisait toujours aussi souvent l'amour, parfois même au *Service*. Il appréciait d'ailleurs de constater une certaine jalousie que lui témoignait Corie. Passant parfois après sa femme, elle sentait régulièrement naître en elle une frustration en goûtant à sa mouille sur sa verge encore imprégnée et humide. En tout cas leur relation lui était parfaite. Il souillait régulièrement sa jeune secrétaire, qui passait plus de temps à lui offrir ses charmes qu'à son propre copain, et appréciait de voir ses seins, ses fesses et son entrejambe à chaque fois qu'il le désirait. La seule ombre qu'il voyait au tableau était qu'il n'avait pas pu revoir miss Ambrosio, dont la conversation lui manquait.

Une semaine plus tard.
Phileas s'installa calmement sur le fauteuil Louis XVI et regarda la Reine assise en face de lui. Zénoda sans un mot lui servit alors une tasse de thé, rapprocha de lui la coupelle remplie de petits sablés, puis avala une gorgée de son breuvage. La Reine des secrets faisait sécher elle-même ses feuilles de thé et y ajoutait différentes herbes et deux trois ingrédients hérités de sa grand-mère. Délicieuse, son

infusion était la plus réputée à travers le monde chez les gens illuminés, à savoir ceux connaissant le club. Et c'était mérité tant par sa qualité que par son goût...

Phileas, Maître des Reines but son met d'une traite en levant le petit doigt, puis reposa sa petite tasse.

— Allez-vous vous décider à prononcer un mot, très cher ? demanda Zénoda.

— Que voulez-vous savoir ? répondit Phileas en avalant un des petits sablés.

— Pourquoi venir me voir si vous n'avez rien à me dire ?

— Faut-il une raison pour vous voir, Reine ?

— Le monde est rempli d'actions qui ont une raison... Votre venue à moi n'est pas sans raison, car ne serait-ce que l'envie de venir me dire bonjour est une raison. Le libre arbitre lui-même est une raison d'actions.

Phileas regarda son interlocutrice, installée dans une chambre secrète de la cathédrale et régnant sur son domaine. Zénoda était une magnifique femme au teint halé, aux cheveux châtains coiffés en catogan, au nez un peu plus fin que celui de Chloé, et au visage de rêve. Très belle, bien formée et bien proportionnée, sa tenue avait de quoi grandement exciter Phileas. Comment pourrait-il en être autrement ? Elle portait pour tout vêtement un collier en perles et en diamants descendant sur le haut de sa poitrine et des boucles d'oreilles assorties. Elle était superbe, des plus délicieuses. Sa peau bronzée rappelait miss Ambrosio à Phileas, mais ce n'était pas ce qui l'avait poussé à venir, ni même sa nudité. Non, l'homme du club avait juste besoin d'un peu de compagnies.

— Votre compagnie est ma raison, répondit-il.

Le regard distrait, il ne put s'empêcher de laisser ses yeux vagabonder entre ses cuisses lorsqu'elle les écarta volontairement entre deux croisements de jambes. Bon sang, l'être féminin était la plus belle merveille de l'univers… d'autant que Zénoda avait un petit duvet très attrayant, et ses seins… Mon Dieu, qu'ils étaient beaux.

— Ma nudité vous gêne, très cher ? demanda la Reine.

— Non, non, fit Phileas en se reprenant et en la regardant dans les yeux. Mais je reconnais que depuis quelque temps…

— Depuis quelque temps ?

— Depuis quelque temps, je me trouve bizarre, différent, avoua l'homme.

— Différent ? s'étonna la Reine.

— Mon comportement a changé.

— Mais si vous vous en rendez compte…

— Le problème est là, je me vois différemment, mais je n'agis pas. Je veux dire, je sens que je suis différent, mais je n'arrive pas à changer de conduite ni à en comprendre la raison.

— Avez-vous l'impression de ne plus être maître de vous-même ? l'interrogea la Reine.

— Je… oui, je crois, avoua de nouveau Phileas.

— Avez-vous déjà ressenti des pertes de mémoire, des trous dans votre journée ?

— Je ne sais pas, je n'ai pas de perte… Vous pensez que je développe une autre personnalité qui prendrait le dessus sur mon être conscient ?

— Peut-être, fit la Reine en buvant une autre gorgée.

Phileas la regarda, soucieux… Devait-il vraiment s'inquiéter ?

— Allez la voir, lâcha Zénoda.

— Quoi ? Qui ? s'étonna Phileas.

— Celle qui vous préoccupe…

Phileas la regarda de nouveau, surpris, puis s'avoua qu'il en avait effectivement très envie. Il voulait revoir miss Ambrosio, il ne savait pas pourquoi, mais sa présence lui manquait… Mais d'abord il se leva, regarda la Reine Zénoda de ses yeux noirs, et la scruta nue de haut en bas.

— Qu'y a-t-il, monsieur ? s'étonna-t-elle alors.

Phileas ne répondit pas, jugeant cela inutile. Il continua à la jauger, à la lorgner même, sans dégager aucune expression sur son visage.

— Monsieur, vos yeux sont bizarres, reprit Zénoda, intriguée. Ils sont sombres…

— Ah… ? parla sans surprise Phileas.

— Ils sont tout noirs… Monsieur, j'ai peur… vos… non je les ai déjà vus… quand le diable a possédé les membres qui ont banni Sally…

Phileas ne répondit pas, cette remarque était si dénuée de sens qu'il préféra ne pas la relever… Non, la créature qu'il était devenu déboutonna plutôt son jeans et sortit son sexe de son boxer.

— Que… ?

Zénoda commença à s'alarmer, son cœur bâtit plus vite. Elle était très effrayée de le voir agir ainsi, elle avait peur pour elle... Et ses craintes furent confirmées lorsque sans sommation l'homme du club se jeta sur elle et l'attrapa aux bras pour la maintenir.

— Non ! Non ! s'exclama la Reine. Je vous en supplie ! Non Phileas, non !

Phileas, abject, la coucha sur la banquette et lui bloqua les bras au-dessus de la tête sans se soucier de son accord. La jeune femme tenta en vain de se débattre, mais complètement maitrisée elle n'eut malheureusement d'autres choix que de subir son viol avec douleur et panique. L'homme du club la malmena avec brutalité. Il la pénétra sans la préparer, il la lécha avec furie sur presque tout le corps, il l'embrassa avec force… Phileas la viola réellement, abusant d'elle en se servant de sa puissance pour l'empêcher de se dérober, tel un odieux agresseur sadique et frustré… Mais le plus étonnant dans cette scène horrible et éprouvante, c'est qu'après les pleurs et les cris de douleurs, la Reine s'abandonna finalement et éperdument à son ravisseur, savourant presque cette étreinte avec passion. Elle fit l'amour à son violeur et répondit à ses caresses douloureuses et à sa brutalité en en redemandant, s'offrant complètement à son assaut, et ce en restant malgré tout effrayée au plus haut point. « *Qu'était-il devenu ? »*, « *Que lui arrivait-il ? »*, « *Pourquoi trompait-il son amie ? »*, « *Pourquoi ce changement radical dans son comportement ? »*, « *Comment un être si doux avait pu devenir un violeur ? »* Mais Zénoda oublia bien vite ces préoccupations faisant dangereusement écho à ses doutes quant à sa personnalité. Phileas était devenu un violeur mais elle adorait ça. C'était effroyable, elle aimait ça…

Chapitre XVII

Début de la descente

Phileas arriva à Central Park, gara sa voiture, et coupa le contact. Cela faisait plus de deux semaines qu'il n'était pas revenu à New York, et déjà une qu'il n'avait pas remis les pieds au Club des Damnés. Prenant le temps de se reposer, il avait profité de ces sept jours pour passer de nouveau du temps avec sa famille. Il s'était occupé de Jean et d'Adrien, il avait dîné en amoureux avec Adélaïde, il avait passé du temps avec son père et Wanda, ils étaient allés au cinéma et au zoo… Phileas avait voulu rattraper encore une fois le temps perdu auprès de ses proches et cela lui avait fait du bien. Même s'il ne se souvenait absolument pas de ce que faisait son double, même s'il ne se doutait même pas de son existence, il se sentait fatigué tous les jours et avait souhaité ces pauses pour retrouver la pêche et être entouré de ceux qu'il aimait. Et cela faisait une semaine qu'il ne s'était pas manifesté, ce qui était une bonne chose. Cependant, bien que la présence de sa famille lui convenait parfaitement, qu'il était heureux et comblé, Phileas avait eu envie de revoir miss Ambrosio. Ce n'était rien de méchant, c'était sans arrière-pensée, mais il s'entendait vraiment bien avec elle et sa présence l'égayait. C'est la raison pour laquelle il était revenu ici. Ils s'étaient échangé des centaines de SMS depuis la compétition de surf et maintenant ils avaient éprouvé le besoin de repasser quelques instants entre amis.

Descendant de la voiture, il la verrouilla et se dirigea donc vers le parc. Ils s'étaient fixé rendez-vous pour moins le quart, cela lui laissait le temps de s'y rendre tranquillement et il en profita pour relativiser sur le chemin. Ce n'était pas parce qu'elle lui plaisait qu'il y avait un problème, tentait-il de se convaincre. Il aimait Adélaïde, alors où était le mal ? Pourquoi diable se sentirait-il coupable simplement de la voir ? Il n'y avait rien entre le top-modèle et lui, juste de l'amitié et peut-être bien un poil d'attirance, mais même pas assez pour faire une bourde sous alcool... surtout qu'elle aussi était engagée.

Phileas certain de sa position donc, retrouva miss Ambrosio près d'un vendeur de glace et ils commandèrent à manger. La jeune brésilienne était habillée à son habitude, belle et décontractée, souriante... Elle était radieuse.

Le temps passa très vite, comme à chaque fois qu'ils étaient ensemble. Flânant comme deux amis de longue date entre les arbres, rigolant et chahutant, discutant et s'amusant, ils passèrent un agréable moment tout en se rendant leurs sourires et en se regardant dans les yeux... et Phileas ne put qu'accepter l'évidence. Tout au long de l'après-midi, il dut s'avouer que si, un changement s'opérait effectivement en lui. Il n'avait pas de boule au ventre en la regardant, il n'en avait même pas eu depuis des années, même avec Adélaïde, mais il se sentait attiré amoureusement. Son désarroi était inexprimé sur son visage et dans son attitude, mais au fond de lui il se sentait partir... La magie de l'instant faisant son office, beaucoup de détails lui indiquèrent d'ailleurs que c'était bien le cas. Il savait qu'il avait besoin de la voir, d'être avec elle, le temps défilait trop vite auprès d'elle, il

184

avait envie de la prendre dans ses bras, il voulait lui faire découvrir tout un tas de choses… Intérieurement, Phileas fut désemparé. En arrivant, il pensait que ce n'était rien mais maintenant il était obligé de s'avouer que si, il tombait peut-être bien peu à peu amoureux d'elle… Bon sang, dans quel merdier il s'engageait ! Il avait rêvé de lui faire l'amour pendant des années, et voilà qu'elle lui faisait un magnifique sourire et qu'elle le regardait avec ses si merveilleux yeux pleins de bons sentiments… Bon Dieu… Il fallait qu'il se ressaisisse. Mais rationnellement, pourquoi se dresser contre ça dans l'absolu ? S'il tombait amoureux d'elle, en quoi était-ce un crime ? L'amour ne se commande pas. Phileas s'extirpa de ce mode de pensée, et se perdit dans une autre. Il aimait Adélaïde, il aimait ses enfants, et il ne se voyait de toute façon pas tout abandonner pour une autre… Il ne se l'imaginait même pas… et pourtant, vers six heures le soir, timidement, discrètement, et très maladroitement, imprégnés de malaise ils se donnèrent la main… et continuèrent à marcher ainsi durant plus d'une heure. Phileas se perdit alors dans un nuage d'idées et de fantasmes plus osés les uns que les autres, jusqu'à ce que finalement, il la regarde et lui propose de monter dans une vraie voiture.

— Volontiers ! répondit la demoiselle.

Fier de l'étincelle qu'il avait allumée dans son regard, il la conduisit alors vers l'endroit où il avait garé la Lamborghini Reventon et la fit monter à l'intérieur, place conductrice.

La jeune femme pied au plancher lança alors toute excitée les 650 chevaux sur l'avenue bordant le parc et joua de l'accélérateur. Ils roulèrent ainsi dans la ville à la limite de la vitesse autorisée durant une bonne demi-heure, chargée en tension sexuelle, Phileas la main sur la cuisse de la demoiselle, et vice-versa... et lorsqu'il fut tout de même l'heure de rentrer, miss Ambrosio s'en alla en lui rendant le volant, comblée de cet après-midi.

— Merci, mon chevalier, fit-elle en lui déposant un affectueux baiser sur la joue, très près des lèvres. Merci pour cet après-midi.

*

De retour en France, Phileas retourna auprès d'Adélaïde mitigé et le cœur partagé. Il perdait ses points de repère. Il ne savait comment le décrire clairement, mais tout ce qui arrivait le déstabilisait. Il était content d'avoir rencontré miss Ambrosio, mais sa relation avec elle le désarçonnait. Il avait l'impression d'être en plein délire, il se sentait comme légèrement ivre, décalé. Pourtant, lorsqu'il fit l'amour le soir même avec Adélaïde, il ne pensa qu'à elle et à personne d'autre, et ce fut très intense... Ce qui lui semblait d'autant plus étonnant, car cela renforçait encore et encore en lui l'impression de constater les effets de quelque chose sur lequel il n'arrivait pas à mettre le doigt.

Mais au-delà de cela, il se sentait vraiment amoureux des deux, ce qui lui posait un sérieux problème moral.

Profitant toujours de son congé du *Service*, n'ayant aucune mission en cours, il se rendit au Club des Damnés pour tenter de penser à autre chose qu'à elles. Il profita ainsi de l'après-midi pour remettre de l'ordre dans ses dossiers, régler quelques factures, régulariser deux ou trois inscriptions et définir la nouvelle grille des salaires... Cela lui prit quelques heures, mais quand toute sa paperasse fut enfin classée et mise à jour, il sortit satisfait de son bureau pour aller faire une pause bien méritée, et choisit de se détendre au bar de la salle des sens. C'était Alfred qui servait. Ils discutèrent de choses et d'autres sans vraiment évoquer de sujets intéressants. Ce n'est pas que c'était tendu entre eux, mais ils se voyaient si souvent qu'ils n'avaient pas grand-chose de nouveau à se raconter. Phileas lui demanda cinq punchs passion — grenade — fraise avant de commencer à sentir ses synapses se déconnecter. Ce n'était pas pour se donner en spectacle ou attirer l'attention, la dernière fois qu'il avait pris une cuite au club avait été mémorable et tout le monde s'était inquiété pour lui, non, il ressentait juste un grand besoin de diminuer ses capacités mentales pour se vider la tête ne serait-ce qu'une heure ou deux. Cela lui faisait du bien de ne plus penser rationnellement.

Descendant son huitième verre, Phileas tourna la tête vers la salle, fier de pouvoir enfin décompresser vraiment. Il sentait qu'il avait deux trains de retard sur ce que ses yeux voyaient, il avait du mal à réfléchir, il souriait, c'était parfait…

— Tu es fier de toi, fils ? demanda discrètement Alfred.

— Je suis juste gai papa… Et je suis encore capable de te mettre une raclée aux échecs…

Phileas tâcha toutefois de ne pas trop montrer son état aux membres présents, pour faire bonne figure, et remarquant soudain Chloé assise non loin sur une banquette dans une tenue très équivoque, il eut un flash. Il revécut la bataille de boules de neiges qu'ils avaient organisée entre les Reines et les Cavaliers il y a de cela quelques semaines. C'était drôle, émotionnellement intense, convivial… En revoyant la scène, Phileas ne put s'empêcher de constater que Chloé était très belle ce jour-là. Son bonnet beige enfoncé sur la tête, les cheveux coupés au-dessus des épaules, elle avait un sourire charmant et passait son temps à lui jeter des boules de neige… Elle était obstinée à vouloir le dominer, et Phileas lui répondait. La Reine d'Or s'acharnait alors encore et encore, et le suivant jusque dans ses retranchements, ils s'étaient retrouvés tous les deux de l'autre côté de la cathédrale, à l'écart. Là, portés par leur amusement, ils s'étaient alors embrassés en toute complicité avec passion. Phileas se souvint avoir ensuite désiré plus, et s'était risqué à déboutonner son pantalon. Chloé n'avait rien dit, le sourire toujours aux lèvres. Le froid glacial rougissait un peu sa peau mais elle s'était laissée dévêtir jusqu'à son duvet blond. Ils avaient ensuite continué à s'embrasser tandis que Phileas la caressait avec exaltation…

Phileas revint au présent. Cela s'était vraiment passé ou c'était une construction mentale ? Il avait l'impression de se souvenir de cet acte avec Chloé, mais cela n'était pas arrivé, cela n'avait pas pu arriver… Ou bien avant l'arrivée d'Adélaïde au club ? Non, c'était impossible, ils n'étaient pas encore à la cathédrale. Phileas ne se souvenait plus clairement. Pourquoi ? Il se rendit aux toilettes pour se soulager. Il était debout devant l'urinoir à vider sa vessie lorsque son téléphone sonna. Il avait instauré une interdiction totale de la technologie ici, alors pourquoi l'avait-il sur lui ? Bon Dieu, il dérapait de plus en plus.

L'homme du club décrocha, le cerveau engourdi, et grommela.

— Oui ?

Phileas ne se souvint pas d'une grande partie de l'échange. Le rhum des punchs étant bien dosé et avait fait son effet. Il retint toutefois en mémoire qu'il parlait à Lagarde, et que la fin traitait de son état de santé.

— « ... *Si on subit trop d'événements émotionnellement forts, on risque parfois un dédoublement de la personnalité. C'est une réaction d'autoprotection. On garde la face mais une autre facette du soi, plus en colère ou représentant toute la rage ou le stress qu'on ressent commence à se développer. Et ce que vous subissez affaire après affaire est très fort, alors il se peut que ce soit trop pour votre esprit.* »

— Et donc je développerais peut-être une seconde personnalité ? lâcha Phileas.

— « *Peut-être. Surtout étant donné votre niveau d'intelligence.* »

Phileas raccrocha sans rien ajouter. Il sortit des w.c. et se rendit dans la loge d'Adélaïde pour dormir. Il avait subitement besoin de ne plus penser.

Chapitre XVIII

Les signes

C'est sur ces mots que l'agent Fogg se tira une balle dans la tête ! »

Lorsqu'il fut réveillé et dessoulé, Phileas rentra chez lui. La nuit était très avancée et n'étant pas fatigué, il décida toutefois de s'installer devant la télévision plutôt que de monter se coucher. Assis dans son canapé, il l'écoutait distraitement en lisant le journal, cherchant une nouvelle qui sortirait de l'ordinaire.

« Sors de ma tête ! Sors de ma tête ! » reprit le personnage à l'écran.

Adélaïde entra dans le salon voir ce qui pouvait bien le retenir en bas. Vêtue d'un long pull lui arrivant jusqu'à mi-cuisse, elle s'installa à côté de lui en baillant, bien au chaud.

— Le carnet que tu as envoyé au F.B.I. a permis d'arrêter Álvarez, annonça-t-elle en enfilant une paire de grosses chaussettes.

— Espérons que ce soit vrai, fit Phileas toujours plongé dans sa lecture.

— Pourquoi tu dis ça ? s'étonna la jeune femme.

— Je ne sais pas, c'est sorti tout seul, y réfléchit avec surprise Phileas. C'est étrange. Comme si j'avais le ressenti que cette affaire n'était pas terminée…

190

— Étrange en effet… comme toi.

Phileas afficha une moue, replia son journal, et la regarda.

— C'est à dire ? lui demanda-t-il.

— Tu es peu présent ces derniers temps, et tu pars beaucoup à New York. Je veux dire, tu es là une semaine, puis soudain tu disparais sans laisser de nouvelles.

— Oui je…

— Tu enquêtes sur lui, ou sur elle ? lâcha simplement Adélaïde.

— Qui ? l'interrogea Phileas.

— Álvarez ou Ambrosio ?

— Ni l'un ni l'autre, je règle juste des dossiers de G.A.T… et ça me fatigue.

— Ah…

Adélaïde se gratta un peu le cuir chevelu et se pressa contre lui.

— N'empêche on ne se voit pas beaucoup. J'ai l'impression que tu es là physiquement mais que ton esprit est ailleurs.

Phileas souffla de dépit. Elle avait totalement raison, malheureusement.

— Je suis désolé ma chérie…

— Bah, on se rattrapera.

La jeune femme lui déposa un baiser sur la joue et ferma les yeux en se reposant sur son épaule.

— Au fait, tu regardes quoi ? demanda-t-elle.

— Je ne sais pas, c'est un vieux film en noir et blanc, un polar surnaturel. Du moins on dirait. D'ailleurs c'est marrant, je ne reconnais aucun des acteurs… Tu ne trouves pas ça biz… ?

Phileas s'arrêta de parler. Adélaïde s'était déjà endormie.

— Bonne nuit chérie.

Il éteignit la télévision et tout doucement, il porta sa femme jusqu'en haut pour l'allonger sur le lit. Elle semblait épuisée de ses journées. Entre le boulot et les jumeaux, cela ne devait pas être évident… Phileas remonta les couvertures jusqu'à son cou et s'en alla en essayant de faire le moins de bruit possible.

— Tu sais, si tu veux passer un peu de temps avec elle, tu peux… du moment que ça ne va pas plus loin, annonça Adélaïde entre deux soupirs.

— Euh… merci, s'étonna Phileas.

Le maître des Reines revint vers elle et lui fit un bisou sur la joue puis sortit de la pièce. Redescendant il se fit alors tranquillement à manger et ralluma la télévision. C'était toujours ce film inconnu. S'installant devant, il regarda le personnage principal, un privé, tirer la fille pour qui il travaillait des griffes d'une sorte de monstre de l'espace gros, plein de tentacules et muni d'un seul œil. Finalement, Phileas se laissa aller à regarder le feuilleton. C'était d'un kitch effarant, mais cela avait son charme… Il s'endormit toutefois vers les trois quarts du film, finalement assommé par la fatigue de sa journée et par une narration aussi lente que longue.

Allongé sur le canapé, les images en noir et blanc éclairèrent son visage tandis que les cris de l'héroïne résonnèrent dans la pièce. La vision était digne d'un film noir… et l'ambiance suggérée par le son distilla dans les rêves de l'agent des angoisses qui prirent vie. Imaginant son trajet fini, il faisait face sur son lit de mort à sa fille se mariant à un monstre, ou soudainement la vit se faire écraser par un train sous ses yeux, et rongé de chagrin, ses cheveux devinrent blancs d'un seul coup… C'était étonnant à quel point le cerveau arrivait à concevoir des idées et des images invraisemblables, bien souvent sans qu'on le désire. Phileas sombra sous un flot de ces constructions mentales teintées d'effroi. Il vécut ainsi la destruction de son univers alors qu'il n'avait pas réussi à sauver un homme d'État, entraînant une chasse aux sorcières à l'encontre du *Service*, puis crut un instant se voir au bras d'Adélaïde puis d'Alessandra, avant de sombrer sous le sable d'une salle secrète d'une des pyramides d'Égypte, ou encore de se retrouver perdu dans un désert rouge sans vie. Ses cauchemars durèrent jusqu'au matin, hantés par le spectre de la mort de *D*, de ses amis ou encore de la transformation en être démoniaque au sourire acerbe et narquois de son fils, qui mangea vivante sa sœur dans le berceau…

Le cerveau est démentiel, complexe, et fait parfois penser à des choses qu'on n'imaginerait même pas en temps normal. Le cerveau est un démon qui envoie des signaux obscurs…

Et lorsqu'au petit matin, Phileas se réveilla, il avait encore l'impression d'être dans un cauchemar. Avec stupeur il vit alors du sang partout dans la chambre et découvrit le corps éventré d'Adélaïde… Il trouva ensuite le petit corps de sa fille dans le four allumé, et Adrien avait littéralement été mangé par un gros chien encore présent dans la salle de bain. Effrayé de terreur, Phileas se réveilla encore une fois et se retrouva sur le canapé, sa famille bien vivante. Fichu rêve… Wanda entra alors au bras d'un épouvantail, et il se réveilla encore une fois, puis une autre après avoir vu à travers une porte vitrée qu'il n'arrivait pas à ouvrir, que Wanda avait les yeux entièrement noirs et toutes les dents limées en pointes. Debout derrière Adélaïde, elle plongeait dans son cou en le regardant d'un air malicieux pour lui arracher la jugulaire.

Et cela continua encore et encore. Phileas se perdait dans un tourbillon de folie horrifique qui l'assaillait de toute part. Il vit des êtres vicieux aux formes démoniaques passer derrière la vitre opaque de sa douche, il vit les ombres de tous les gens dans la rue ornées de cornes, ou encore il vit l'ombre d'une femme brune assaillir celle d'Adélaïde à la gorge et l'étrangler, jusqu'à ce qu'elle dépérisse en vieille femme puis en squelette avant d'être soufflée en poussière… Phileas était en plein cauchemar !

Chapitre XIX

Le début de la fin

Phileas se réveilla quand on sonna à la porte. Sorti brutalement de ses rêves angoissants, il se leva tant bien que mal et se rendit jusqu'à la porte d'entrée. Il s'agissait du facteur.

— Oui bonjour ? demanda-t-il.

— Bonjour, j'ai un colis pour vous, lui sourit l'homme.

— Euh, oui… désolé, je viens de me réveiller.

Phileas se frotta les yeux, encore perturbé de ses cauchemars.

— Il n'y a pas de mal.

Phileas attrapa le stylo du facteur et signa le reçu d'un air exténué. Formulant un « au revoir » il referma ensuite la porte et regarda le colis. Avec stupeur il vit qu'il avait été envoyé d'ici même ; l'adresse de l'expéditeur et du destinataire étaient identiques.

— Qu'est-ce que… ?

Phileas ouvrit le paquet avec empressement et étonnement. Sa surprise atteignit toutefois encore plus son comble quand il découvrit ce qu'on lui avait envoyé, un oreiller.

— C'est quoi ce mauvais tour… ?

Il pensa d'abord qu'il aurait pu s'agir d'une blague de Wanda, mais il y avait un mot avec, écrit d'une imitation parfaite de son écriture ; « *Parce que tu as besoin de la pièce manquante pour comprendre, voici la solution.* »

Phileas n'y comprit rien. Dépassé, il laissa le colis et l'oreiller sur la table et s'installa sur le canapé, la tête entre les mains. Son dernier cauchemar lui laissait un goût amer et écœurant dans la bouche. Il avait rêvé qu'il découvrait avec stupeur que son estomac était rempli de milliers d'asticots vivants et apprenait qu'ils ne pourraient pas être retirés avant plusieurs semaines. C'était vomitif…

Attrapant les restes de son sandwich de la veille sur la table basse, il mordit un grand coup dedans pour faire passer le goût. Puis il reporta son attention sur la télévision, qu'il n'avait pas éteinte. Les informations régionales parlaient d'une évasion de la prison de Queuleu…

— Encore un problème à résoudre, lâcha-t-il exaspéré.

Il mordit une autre bouchée et zappa sur plusieurs chaînes avant de finalement éteindre pour aller prendre une douche. Cela serait mieux et lui changerait les idées.

L'eau était chaude et lui fit immédiatement du bien.

— Mon Dieu, je suis né pour ça, murmura-t-il joyeux.

Satisfait, Phileas attrapa sa fleur de douche et commença à se nettoyer.

Quand il fut pris soudain d'un mal de crâne sans précédent. Perdant l'équilibre, il sentit une pression à l'intérieur de sa boîte crânienne et poussa un cri de douleur. Cela lui faisait mal aux tempes et au bulbe rachidien, c'était horrible…

— Oh, oh bon sang…

Phileas tomba à terre dans sa douche et se massa la tête en appuyant du plus fort qu'il pouvait avec ses doigts.

— Pitié, stop… stop…

Une quinzaine de minutes plus tard, Phileas s'installa dans son bureau de nouveau extrêmement fatigué. Ces maux de tête reprenaient, et avec violence… Il avait l'impression que sa tête allait exploser et cela n'augurait rien de bon.

Saisissant un livre dans l'un des tiroirs, il se plongea à l'intérieur pour y lire quelques lignes afin de concentrer son attention. Il ne sut pourquoi, mais ce fut sur le journal d'Iris qu'il tomba. Cela raviva en lui des souvenirs, mais il préféra les ignorer. Il devait focaliser son esprit.

« Journal d'Iris, le 19 décembre,

Aujourd'hui fut éprouvant. Un homme est venu au Club. Un homme qui semblait triste et souffrant, atteint du syndrome de Protée… Il faisait vraiment peine à voir. Pas à cause de son physique, mais à cause de sa douleur. Ses yeux reflétaient la tristesse de son âme, l'immensité de sa solitude et de son tourment. Cela doit être horrible à vivre et à supporter. Ses difformités physiques, la douleur, le regard des autres.

On me dit souvent que je suis la plus belle des Reines, alors je lui ai offert ce présent. La plus belle de toutes. Ce n'était pas de la pitié, mais de la compassion, j'étais attendrie par cet homme porteur d'un horrible fardeau mais fier, qui était venu ici pour espérer trouver un peu de tranquillité. Mais les autres membres étaient comme les gens de dehors, et cela semblait l'affliger. Même les filles pourtant si douces ne savaient pas quoi dire ou faire… Je ne sais pas, certains diraient que c'est mal, ce que j'ai fait. Mais quand je l'ai vu, abattu, j'ai ressenti le besoin de lui apporter un peu de mon temps et de mon amour, de faire quelque chose pour lui. Je ne sais pas ce qui m'a le plus moi, blessée par la suite. Qu'il ait fondu en larmes dans mes bras après que je lui ai fait découvrir ces joies jamais espérées, ou que cela m'ait fait pleurer avec lui, de voir un homme atteint d'un tel malheur et d'une telle souffrance. A-t-on idée de ce que c'est de vivre cela, nous gens dits normaux ? Je ne sais pas si jamais on pourra le concevoir. Une poignée de secondes peut-être ? Mais eux le vivent une vie entière, ils le vivent toute leur vie, au réveil, au restaurant, en souffrant en allant prendre leur douche, en subissant les moqueries à l'école... Cela fait mal de voir tant de souffrance... J'ai appris que c'est le professeur qui lui a offert d'entrer au Club. Un somptueux présent d'un homme qui donne beaucoup, je le sais, afin que sa vie se passe dans les meilleures conditions.

Le 26 décembre,

John est mort aujourd'hui. J'en pleure, triste, mais je sais au moins que je l'ai rendu heureux. Je lui garderai toujours une place dans mon cœur. Il est le seul homme qui m'ait fait pleurer, de par son immense humanité... Et il est le seul qui quand il m'a dit qu'il me trouvait la plus belle de toutes, l'exprima avec une sincérité qui me toucha au cœur...

Le 15 janvier,

Aujourd'hui, j'ai surpris le professeur dans la salle de bal. Il dansait un ballet, merveilleusement bien. C'est incroyable, je le connais à la fois tellement et si peu... Lui et la Reine Jean sont très proches, très attachés. Mais là n'est pas le propos. Je m'étonne sur ce garçon, pardon cet homme, qui semble à la fois si gentil et si sombre. Comment un homme ayant conçu un endroit comme celui-ci à des fins sournoises et horribles peut-il prendre autant soin de nous, ses pensionnaires ? Comment un être qui dégage une aura de sévérité et de rudesse, de force et de caractère, peut être aussi gracieux en exerçant une si simple mais si belle danse ? Comment diable cet homme peut-il à la fois être un père pour nous tous, une donnée insondable quand on s'en approche de trop prêt, un danseur émérite, et un homme au passé et à la vie si sombre ? Je me pose des questions. Je suis ici depuis longtemps, mais je me sens une étrangère. J'ai l'impression que je me coupe de plus en plus du monde qui m'entoure, comme si peu à peu, je n'étais plus qu'une observatrice, comme si je n'étais qu'une âme traversant le temps et enregistrant les faits de l'instant présent dans mes mémoires avant de tout voir dépérir pour devenir le futur. Combien de gens ai-je déjà rencontrés ? Combien n'existent plus ? Combien de gouvernements, de guerres et de modes m'ont eue pour témoin ? Je suis de plus en plus seule... Le professeur le sait, il me comprend et me laisse partir. Je n'étais pas sa prisonnière, mais cela me réconforte qu'il comprenne ce que je deviens, ou ce que j'ai en réalité toujours été... En ces mots, je couche mes dernières paroles de Reine, moi, Iris, Reine tenue secrète pour ma sécurité future. Moi, première Reine du Club des Damnés. »

Phileas referma le livre d'Iris. Lire les dernières pages de sa première Reine lui rappela tout ce qu'il avait déjà perdu, mais aussi tout ce qu'il avait déjà accompli... Mais cela ne changeait rien à son mal de tête devenu de plus en plus épouvantable. Souffrant le martyre, il se leva et se rendit de nouveau dans la salle de bain. Ouvrant l'armoire à pharmacie, il attrapa une ampoule de morphine et à l'aide d'une seringue, se l'injecta. Aux grands maux les grands remèdes. Cela le soulagea instantanément...

Enfin reposé, il partit s'habiller discrètement dans la chambre avant de sortir acheter le pain et les croissants. Inquiet de sa santé, il s'avoua qu'il fallait qu'il consulte rapidement un médecin. Ces derniers temps tout foutait le camp et cela lui faisait peur.

Chapitre XX

Accord signé

Phileas retourna à New York, encore.

Cette fois franchement fatigué de ces voyages en avion il se jura toutefois d'expédier l'affaire très vite. Surtout qu'il n'était pas venu pour voir Alessandra, et ce n'était pas l'envie qui lui manquait, mais simplement pour finaliser un accord en suspens. Du moins à sa façon. Il avait reçu une note de la fille de l'avion lui faisant comprendre explicitement que c'était le dernier avertissement avant qu'une guerre n'éclate entre eux, et bien sûr, il se devait d'y répondre. Cela n'aurait pas été professionnel, et surtout cela aurait été très dangereux de décliner l'invitation. Il devait donc la rejoindre dans un hôtel à une heure donnée, pour une ultime rencontre. Et quand il arriva, déjà énervé et fatigué de ce énième voyage entre Metz et New York, que ce soit pour le boulot ou le plaisir, il ne put que davantage être irrité de découvrir que la chambre était au nom de madame Queneau. Cela l'agaça au plus haut point… Mais Phileas réussit toutefois sans mal à contenir sa colère et se relaxa. Il remercia l'hôtesse d'accueil pour le renseignement et prit la direction de l'ascenseur pour se rendre au bon étage. Tout en montant, il sortit son arme et vissa le silencieux. Au cas où l'entretien serait un échec.

Phileas arriva devant la porte 307 et toqua trois fois. Une voix féminine mais ferme et de caractère déclara presque aussitôt qu'il pouvait entrer. L'agent ouvrit donc, entra, puis referma la porte. Il s'avança dans la suite d'un pas mesuré en restant sur ses gardes, quand fait totalement inattendu et surprenant, la jeune femme passa devant lui dans le plus simple appareil pour aller s'installer dans le lit.

— Qu'est-ce que cela signifie ? demanda simplement Phileas, ni étonné, ni troublé, ni même à l'inverse satisfait ou repu.

La jeune dame termina de se glisser sous le drap, le réarrangea plus à son goût, et se mit à son aise.

— Il est certaines manières de célébrer un accord, déclara-t-elle juste.

Phileas expira faiblement. Quelque peu surpris, il repensa à ce duel de force qu'ils avaient édifié lors de leurs deux rencontres. Ce n'était pas le genre de cette femme de s'offrir ainsi, même pour atteindre ses objectifs. Elle avait beaucoup trop de caractère et était trop cartésienne. De plus, elle s'était déplacée, allongée, et avait répondu sans un seul sourire, elle avait été sérieuse tout du long. C'était étonnant, surprenant… Et pourtant, Phileas était certain qu'elle faisait cela de son plein gré, et certainement de son propre gré. Cela la rendait plus fourbe encore qu'elle ne l'était alors. Plus mystérieuse aussi.

Phileas s'approcha d'elle et retira le drap pour regarder le corps de son ennemie. Elle était jolie, bien formée, naturelle. Il fallait reconnaître qu'elle était succulente...

Il décida d'entrer dans son jeu et commença à se déshabiller calmement, en prenant le temps de soigneusement plier ses affaires. Quand ce fut fait, il s'allongea près d'elle nu comme un ver.

— Je prends cela comme une acceptation de notre proposition ? s'exclama la brune.

— C'est en effet le cas… je dois penser à ma famille.

— Oui… on peut voir cela comme ça, termina la femme.

Sans plus rien dire, ils se regardèrent encore dans les yeux quelques secondes, s'affrontant en duel une dernière fois pour voir qui avait le dessus dans cette affaire, puis ils s'embrassèrent et commencèrent à faire tendrement l'amour. Phileas se montra à la hauteur, même s'il n'avait pas très envie de ce rapport, mais après tout la fille était belle et cela devait être fait dans le cadre de la mission… Et puis, il pensa à Adélaïde, et surtout à Alessandra. C'était d'ailleurs la première fois, s'en rendit-il compte, qu'il pensait à elle alors qu'il faisait l'amour. Il fallait avouer en même temps qu'avec Adélaïde il n'en avait pas besoin et que même si au fur et à mesure de leur étreinte, sa nouvelle partenaire était de plus en plus excitante et désirable, il éprouvait une appréhension évidente. Un coup de pouce ne lui fit donc pas de mal.

Une heure et quart plus tard, la jeune femme comblée se releva et quitta la chambre. Elle semblait satisfaite et épanouie, un sourire béat aux lèvres. L'agent avait quant à lui changé de regard à son encontre. Il la voyait plus humaine qu'avant, plus touchable, plus sensible… Peut-être était-ce dû à son essoufflement ? En tout cas maintenant il éprouvait de l'empathie pour elle. Phileas s'assit sur le lit, enfila son boxer, et se rendit jusqu'à sa veste. Il l'abattit tandis qu'elle se rafraichissait à la salle de bain. Penchée en avant pour vérifier son rouge à lèvres, elle ne le vit pas arriver l'arme à la main et tirer sans hésiter. Elle mourut presque immédiatement.

Après s'être calmement habillé du reste de ses affaires, l'homme du club rangea sans remords son P99 dans sa poche. Puis il sortit de la suite avant de s'éclipser discrètement de l'hôtel. *Le jour où je négocierai avec des gens comme vous n'est pas arrivé*, pensa-t-il, ferme en visualisant la scène, la balle la traversant de toute part et partant se loger dans le miroir.

Chapitre XXI

Confrontation

Phileas revint à Metz et il l'espérait, en prenant l'avion pour la dernière fois avant très longtemps. Il en avait plus que marre de ces allers et retours interminables. Il était fatigué et las, et de plus, il n'était pas très fier de certaines de ses dernières actions. Déposant ses affaires au sol, il retira sa veste et fut satisfait de se retrouver enfin chez lui. Maintenant, serrer dans ses bras sa femme et ses enfants était la seule chose qui comptait. Et Adélaïde descendant justement de l'escalier à ce moment-là, il tendit les bras pour l'enlacer. Celle-ci le regard noir s'avança toutefois furieuse vers lui et plutôt que de lui témoigner de l'affection, le gifla avec force !

— Quoi ? demanda-t-il sans s'énerver en se massant la joue, ne comprenant pas.

— Dégage, répondit simplement Adélaïde sur un ton désobligeant.

— Mais quoi ?

— Tu oses me demander quoi ? Tu te fous de moi ?
Phileas prit son arme et son téléphone portable et les déposa sur la table, loin d'eux.

— Tu m'as menti, tu vas la voir elle ! s'expliqua furieuse la jeune femme.

— Tu me fais suivre ? s'étonna Phileas.

— Tu me prends pour une conne ? Tu portes son parfum, tu pues le sexe ! Bon Dieu tu m'écœures !

— Je la vois juste, je ne couche pas avec elle ! s'emporta l'agent, devenu irritable en retenant sa main alors qu'elle allait de nouveau le gifler.

— Menteur ! Et le pire dans tout ça, c'est que c'est une pouffe superficielle ! s'écria Adélaïde.

— Alessandra est une vraie personne ! s'exclama Phileas en lui lâchant le bras. Elle n'est pas comme ça je le sais, elle a des valeurs !

— Tu étais retourné avec elle ? conclut désemparée la jeune femme.

— Je… non.

— Tu es retourné trois fois à New York ! Et tu n'es passé qu'une fois à G.A.T, et c'était il y a plusieurs semaines ! s'indigna la jeune mère.

— Tu me fais vraiment suivre ?

— Je ne suis pas stupide ! vociféra Adélaïde. Et je suis la directrice du *Service* je te signale !

— Je n'étais pas avec elle… pas cette fois en tout cas.

Phileas expira de fatigue et s'assit.

— J'ai été accosté plusieurs fois par la femme de l'avion. Je suis allé la voir elle.

— Pourquoi ? demanda Adélaïde, inquiète professionnellement.

— Ils veulent qu'on les laisse en paix… j'ai refusé.

Phileas s'enfonça dans son siège, et déballa son sac.

— Je sais que je te semble bizarre ces derniers temps, et moi aussi je me trouve étrange, mais ce que je sais avec certitude, c'est que l'*Organisation* doit rester pour nous non seulement la priorité, mais surtout rien de moins que ce qu'elle est, un groupuscule terroriste.

— Je suis d'accord, mais cela n'explique en rien ton attitude détachée, annonça Adélaïde en s'asseyant à côté de lui. Au contraire, tu devrais en parler, m'en parler. Même ton père n'a plus de nouvelles de toi, ni non plus ton meilleur ami, ni ta fille… C'est vrai bon sang, une semaine tu es là, puis tu disparais deux jours, puis tu reviens, puis tu repars…

— Je sais, je sais… mais j'ai besoin de recul par rapport à tout ça. Par rapport à notre vie, par rapport au *Service*…

— Par rapport à notre vie ? le coupa Adélaïde. Elle ne te plait pas la vie avec moi ?

— Je n'ai pas dit ça, ce n'est pas ce que j'ai voulu dire…

Philéas tenta de se rattraper mais c'était trop tard, la voix de la jeune femme était habitée de peurs et de sentiments de trahisons.

— Je…

Adélaïde l'arrêta de la main.

— S'il te plait, sois au moins franc avec moi, tu me dois bien ça après tout ce que tu m'as fait endurer. Tu me le dois bien. C'est bien ce que je pensais alors ? C'est elle n'est-ce pas ?

Philéas souffla, regarda un moment le sol, puis décida de ne plus garder ses doutes pour lui. Ce ne serait pas honnête envers elle de les garder plus longtemps de toute façon, et puis même si cela portait préjudice à leur couple, il avait besoin de se soulager la conscience. C'était une question de principe.

— Je… Je me pose des questions, sur la nature de mes sentiments par rapport à elle, oui.

— Ils sont de nature amoureuse ? demanda Adélaïde.

— Je ne sais pas…

— Et moi ?

— Je t'aime toujours, avoua avec sincérité Phileas en la regardant dans les yeux. Mais…

— S'il te plait Phileas, ne détruis pas notre famille pour une amourette passagère. Ne détruis pas tout ce qu'on a bâti pour un flirt, s'empressa de le couper la jeune femme.

Phileas hésita, regarda ailleurs, puis se risqua à lâcher sa bombe. Quitte à être franc, autant l'être vraiment…

— Alessandra est la femme avec qui j'aurais aimé faire ma vie.

Adélaïde mit les mains devant la bouche, effarée… puis dans un acte perdu de femme blessée, avant qu'il n'ait eu le temps de rajouter quelque chose, elle le gifla avec violence et monta s'enfermer dans la chambre. Phileas ne répondit rien et accepta sa gifle. Sa joue lui faisait mal mais il s'en fichait et ne la toucha pas. Il l'avait méritée…

— Le retour ne se passe pas comme je l'espérais, souffla-t-il en se redressant pour aller se faire à manger.

L'agent lança le four et mit un rôti de porc à l'intérieur. Il sortit ensuite une boîte de haricots verts de la réserve, la vida de son contenu dans une poêle pour les faire chauffer à feu doux et monta les escaliers pour aller prendre une douche.

— J'aurais plutôt besoin de soutien que de gifles, marmonna-t-il.

Arrivé au premier étage il rencontra son chien Cerebro. Heureux de le revoir, cherchant de l'affection, il tendit les bras pour qu'il vienne à sa rencontre. Mais là où il espérait retrouver un fidèle compagnon, son gros labrador blond lui montra les crocs et grogna. Phileas découragé abandonna l'idée et se rendit dans sa salle de bain. Visiblement lui aussi ne l'acceptait plus dans la maison…

Phileas prit sa douche relativement rapidement. Cela lui faisait du bien — il était agacé des odeurs qui trainaient sur lui — mais il n'avait cette fois pas la tête à profiter de l'eau chaude. Sortant donc de la baignoire aussi précipitamment qu'il y était rentré, il s'essuya et s'habilla pour redescendre. C'est en passant devant la porte de la chambre qu'il entendit qu'Adélaïde pleurait toujours. Un instant il fut tenté d'entrer dans la pièce pour lui parler et la réconforter mais il préféra finalement la laisser seule. Elle n'avait certainement pas envie de le voir ni de l'entendre, et il respectait cela. Phileas redescendit donc manger son repas, qu'il dégusta avec une sauce au poivre devant un film, puis monta pour aller se coucher dans la chambre d'ami. Et gagnant son lit d'un soir, et peut-être des suivants, le maître des Reines songea, fatigué, à quitter le *Service*. La situation avec Adélaïde allant certainement se dégrader plus encore, ce serait peut-être préférable. Ou tout du moins cela rajoutait une donnée dans l'équation quant à son éventuel départ. En y réfléchissant, il voulut d'ailleurs aussi arrêter d'aller à droite à gauche pour Alessandra, la femme qu'il pensait aimer. Il sentait qu'il voulait faire sa vie avec elle… Et le lendemain au petit déjeuner, à la façon dont le regardaient Adélaïde et Wanda, mise certainement dans la confidence, et leur interdiction formelle qu'il touche aux enfants, sa décision fut prise. C'était décidé, il retournerait quand même à New York pour savoir si elle l'aimait aussi.

*

Des heures et un nouveau trajet plus tard.
Phileas arriva devant la porte de l'appartement new-yorkais d'Alessandra, et toqua. Il entendait des bruits de pas de

l'autre côté. La Brésilienne devait porter des talons aiguilles, son compagnon des chaussures de ville et la petite devait jouer devant la télévision avec des jouets en bois.

— J'arrive, lança la voix du top-modèle.

Les bruits de pas des talons se rapprochèrent de la porte, et celle-ci s'ouvrit sur le visage de la jeune femme.

— Oh, salut, ça va bien ? demanda-t-elle, souriante.

— Oui, oui, ça va, et vous ? répondit Phileas, qui ne savait pas vraiment par quel chemin commencer.

— Ça va bien merci. Vous voulez entrer ?

— Euh, oui, pourquoi pas…

— Qui est-ce chérie ? demanda la voix de Mr Mazur.

— C'est Phileas, tu sais, l'agent, annonça Alessandra en se retournant vers la cuisine. Entrez, entrez, fit-elle ensuite à Phileas.

Phileas entra et la demoiselle referma la porte derrière lui. Jamie arriva alors de la cuisine, et sembla tout de suite irrité.

— Que faites-vous ici ? s'exclama-t-il.

— J'étais venu pour parler à votre compagne, répondit amicalement Phileas.

— Cela ne vous a pas suffi tous les moments déjà passés ensemble ? le réprimanda l'homme d'affaires.

— Jamie… demanda poliment miss Ambrosio.

— Non Ale, pas cette fois, j'en ai déjà marre que tu ne parles que de lui et que tu passes ton temps avec lui ou à lui écrire ! Alors si en plus il vient ici !

— C'est bon, ce n'est pas la fin du monde, s'énerva la Brésilienne.

— Je crois que je vais y aller, lâcha Phileas, visiblement de trop.

— Oui, ce serait mieux ! s'impatienta Jamie.

— Non, il peut rester Jamie ! s'indigna Alessandra. Il en a le droit, c'est un ami !

— Ouais, tu parles, un ami dont tu prononces le nom trop souvent !

— Oh ça va, tu vas te calmer oui ? s'exclama fortement la Brésilienne.

— Non je ne vais pas me calmer !

Phileas fut surpris par les événements et par la vitesse avec laquelle ils dégénérèrent. Il venait après cette dernière phrase de regarder une seconde la petite, témoin apeurée de la scène depuis le salon, quand en regardant de nouveau vers son interlocuteur, il le vit beaucoup plus près de lui, et surtout reçut son poing en pleine figure. Pris de court, il tomba à terre sous l'effet du choc.

— Tu es malade ? s'exclama abasourdie Alessandra à son mari.

— Non, j'en ai marre, lâcha juste celui-ci.

Phileas à terre le nez en sang se jura de ne pas répondre, surtout devant l'enfant. Miss Ambrosio vint près de lui pour l'aider à se relever, mais il reçut un autre coup de poing au même endroit.

— Mais arrête bon sang ! s'époumona la mère, effrayée par son compagnon.

Phileas ferma les yeux et expira. Très bien, s'il cherchait à en venir aux poings, il allait répondre. Il avait beau savoir qu'il aurait tort, il se battrait tout de même sans se laisser faire.

L'agent se releva, fit face à son agresseur, le nez en sang, et attendit le troisième coup. Quand celui-ci arriva, lancé avec furie, Phileas attrapa le poignet de son adversaire, pivota, donna un coup de coude dans son abdomen suivi d'un coup de genou, puis passa derrière lui pour l'étrangler avec ses avant-bras. Il serra avec force durant plusieurs secondes, le visage crispé, tentant de contenir sa rage et sa douleur en ce geste plutôt qu'en un matraquage à mort. Il relâcha ensuite quelque peu la pression.

— Tu as fini ? Tu as fini ? demanda-t-il.

Alessandra mit les mains devant la bouche, horrifiée des événements, et la petite Anja commença à pleurer. C'était surréaliste à quel point cela avait dégénéré en quelques secondes en une scène de violence gratuite…

Jamie reprit peu à peu son souffle, perdu, et quand il sembla calmé, Phileas le lâcha. L'homme du club s'essuya alors le nez, toujours dégoulinant de sang, et se dirigea vers la porte pour laisser la famille tranquille. Sans demander son reste, il descendit rapidement les escaliers pour regagner la rue et disparaître… Quand il fut rattrapé par mademoiselle Ambrosio.

— Je... je suis désolée, annonça-t-elle honteuse en s'arrêtant au palier juste au-dessus de lui.

Phileas s'arrêta, se retourna, et la regarda en s'essuyant de nouveau le nez, tachant le sol.

— Vous n'avez pas à vous excuser…

Phileas remonta d'une marche et s'approcha d'elle.

— Moi je m'excuse de vous avoir causé tout ça, à vous et à la petite. Je n'étais pas venu pour ça.

Il la saisit au menton, et lui fit relever la tête pour qu'ils puissent se regarder dans les yeux.

— Vous étiez venu pour quoi ? demanda-t-elle.

— Je... j'étais venu pour vous dire que…

— Moi aussi, fit Alessandra en le coupant. Je vous aime aussi, lâcha-t-elle, morte de honte en rebaissant la tête.

Phileas esquissa un sourire, soulagé de cet amour mutuel, et la regarda dans les yeux tenté de l'embrasser.

— Je t'aime, je t'aime, rajouta-t-elle.

Hésitants, timides l'un de l'autre, ils se prirent dans les bras, horrifiés d'avoir détruit leur vie de couple et leur famille. Ils se quittèrent sur cette étreinte sans un baiser ni un au revoir. Peut-être pensèrent-ils tous deux qu'ils auraient mieux fait de ne jamais se rencontrer ? En tout cas Phileas partit en sachant qu'il avait brisé deux couples et deux familles.

*

L'homme du club les yeux noirs et le regard mauvais prit son téléphone et composa un numéro qu'il n'avait pas en répertoire. Simple, il donna juste un ordre avant de reprendre l'avion pour la France.

Chapitre XXII

Rencontre au sommet

Phileas se réveilla dans une chambre d'hôtel. Il ne savait pas ce qu'il faisait là, ni comment il était arrivé là, mais il émergea sur un lit double, libre de ses déplacements. Se redressant, il tenta de chercher dans ses souvenirs s'il y avait une trace de son arrivée ici, mais il se rendit vite compte que non. Ce qu'il savait toutefois, c'est qu'il n'était pas seul dans la pièce. Il le sentait et l'entendait. Aiguisant son regard, il scruta en face de lui. Il y avait bien un homme assis dans l'ombre sur un fauteuil, un homme étrange, qui lui sembla tout de suite familier, bien que diamétralement opposé.

— Je suis venu exprès des Indes pour vous rencontrer, très cher Phileas, commença l'homme en voyant qu'il l'avait remarqué.

— Tout le plaisir est pour moi, répondit l'agent, laissant l'affaire couler.

L'homme se leva de son siège et se déplaça dans l'ombre sans jamais passer dans un segment de la pièce éclairé par la fenêtre.

— Quel dommage que vous ayez tué miss Weisz, elle était si belle, s'exclama-t-il sur un ton peiné.

Phileas ne répondit pas. Ce n'était pas la peine. Il l'avait tuée sans remords alors autant ne pas revenir à son propos.

— Elle était vraiment très belle, reprit l'homme.

Il expira un coup, las, et continua.

— Aviez-vous couché avec elle ? demanda-t-il.

— Oui, répondit franc Phileas.

— Quel privilège, sa beauté m'était inconnue.

— Que voulez-vous ? interrogea cette fois l'agent.

L'homme esquissa un sourire dans l'ombre que Phileas put deviner, retourna se rasseoir dans le fauteuil, et revint au sujet de sa venue.

— Mais pour discuter mon cher agent *Double Zéro Six*, fer-de-lance du *Service*, pour discuter.

— Vous avez l'air renseigné à mon sujet, concéda Phileas.

— Je le suis, en effet.

Le maître des Reines ne répondit pas. Il préférait éviter de trop parler. Il risquerait d'évoquer des relations ou des informations qu'il ne connaissait peut-être pas. L'idée qu'il soit découvert lui suffisait, il n'avait pas besoin d'y ajouter la peur de savoir ses proches en danger.

— Vous n'avez pas tenu compte de mes avertissements, ce qui est très fâcheux, reprit l'inconnu, sec.

Phileas tira un siège et l'amena en face de l'inconnu. L'agent était dans la lumière, son ennemi dans l'ombre.

— Vous n'avez pas non plus tenu compte des miens, lui rappela Phileas.

— Vous n'avez rien à me proposer qui en vaille la peine.

— Même pas la vie ?

— Allons mon cher Phileas, la vie n'est qu'un fruit qu'on mange jusqu'à en jeter la queue, les pépins ou le noyau. Je n'y accorde aucune importance. L'arbre par contre, l'arbre que j'ai construit compte plus pour moi que ses fruits, car il nourrit mon genre.

— Le mal ne triomphe pas forcément, vous le savez.

— Mais vos ridicules pucerons ne sont rien face à un immense et large chêne.

— La force réside non pas dans la taille mais parfois dans le nombre…

L'homme ne répondit pas. Phileas l'entendit déglutir.

— Vous n'êtes rien Phileas, lâcha l'homme.

— Je suis une épine, et cela me suffit.

— Non, ce que je veux dire, c'est que vous n'êtes rien sans moi… Vous me devez la vie.

— Je vous demande pardon ? s'étonna Phileas.

— Les autres, que ce soit les services secrets, les gouvernements ou le monde, tous n'en ont rien à faire de vos principes. Vous n'êtes rien pour eux, vous ne représentez rien. Vous ne leur apportez rien, car ils se moquent de ce que vous voulez offrir, à savoir un monde plus sûr… Mais moi, je suis l'eau de votre moulin, je suis ce qui vous permet de vivre. Sans moi et mon organisme, vous n'avez aucune raison d'être. Si je n'existais pas, votre existence de redresseur de torts n'aurait aucun sens.

— Car vous êtes vraiment dangereux…

— Exactement… je suis le mal. Le genre d'homme qui tient une arme braquée contre l'enfant d'un politicien pour forcer sa femme à le lacérer et à manger les morceaux de sa peau. Imaginez la folie de cette pauvre femme, quand ensuite je jette l'enfant par la fenêtre. Imaginez-le mal que je fais…

Phileas se pencha en avant, face à son adversaire, le visage dur.

— Imaginez dans ce cas, le moment où après vos innommables forfaits, je vous installe nu dans une cellule, sans ouverture vers le ciel. Concevez donc la torture que peut représenter une vie d'emprisonnement sans voir un visage, sans voir le ciel, sans entendre une parole, même insultante, sans avoir aucune source de divertissement ou un moyen de se suicider.

— Oh, mais je sais que vous êtes capable de bien plus effroyable mon cher. N'est-ce pas vous qui aviez forcé un jeune délinquant de dix-sept ans violeur multirécidiviste à se castrer lui-même sous peine de subir ce qui pour lui représentait l'humiliation ultime, se retrouver nu dans son lycée ? Je sais que vous êtes comme moi, un homme avec des idées de démon.

Phileas se redressa et inspira fortement.

— Eh oui, je connais tous vos petits secrets… et je connais même votre fille.

Phileas s'alarma.

— Je vous demande pardon ?

— Saviez-vous qu'elle a un grain de beauté très près de… oh, certainement que vous ne le savez pas, après tout, vous n'avez pas couché avec elle vous.

Phileas ne répondit pas. Il se laissa faire, il le laissa raconter ses histoires, c'était mieux que de s'emporter.

— Je lui ai fait la totale, et croyez-moi, elle est exceptionnelle, une vraie petite salope.

— Je vous interdis de… abandonna Phileas.

— Savez-vous à quel point elle aime en avoir plein le…

— Taisez-vous !

L'homme sourit, du moins Phileas crut discerner un sourire.

— Voyez-vous, vous avez beaucoup de points faibles en fin de compte… Et votre petite Italienne en est un de taille. En somme, comme je l'ai dit, vous n'avez rien à me proposer que je puisse déjà avoir. Votre fille, votre amie…

— Quoi ? s'emporta une nouvelle fois Phileas.

— Oh, cela aussi vous l'ignoriez ? Adélaïde Sureau, agent *Double Zéro Neuf...* Vous croyez vraiment qu'elle va régulièrement voir son amie d'école Laetitia Louise ? Si vous aviez demandé à certaines de ses vraies amies d'école, vous auriez su que c'est l'amie imaginaire qu'elle utilise chaque fois qu'elle va voir son amant... ou plutôt l'un de ses amants...

Phileas contint sa colère et tenta de garder son calme.

— Vous mentez...

— Evidement que je mens, je suis le roi des menteurs... Mais si je dis vrai ? Après tout, je suis peut-être un grand farceur, mais je sais comment fonctionnent les gens, je devine ce qu'ils pensent ou comment ils pensent... Mais bon, de toute façon, cela change quoi, vous, vous voulez la quitter pour une autre. Ce n'est guère mieux...

Phileas ferma les yeux. Il avait la sensation de perdre le contrôle.

— D'un, j'aime toujours Adélaïde, de deux, nous nous détournons du sujet. Vous essayez de m'affaiblir, de me faire douter en me montrant mes faiblesses, mais si vous êtes là, si vous me racontez tout cela, c'est parce que vous avez peur de moi.

L'homme ricana haut et fort.

— Peur de vous ? Haha, comment diable pourrais-je avoir peur de vous ?

— C'est simple, se reprit Phileas, parce que je peux et je veux vous détruire.

— Écoutez mon cher, annonça l'homme avec une voix soudainement dure en se penchant en avant, vous n'êtes rien, vous n'êtes qu'une merde.

— Avec tout ce que vous savez sur moi, vous prenez tout de même le temps de tenter la diplomatie. Cela semble étrange venant du mal.

— Si je suis venu, c'est pour vous proposer la vie à vous et vos proches.

— Je ne vous crois pas.

— Eh bien allez dehors, et regardez, annonça l'homme en se renfonçant dans son fauteuil, joignant ses mains devant lui.

L'homme du club regarda dans sa direction, pris de doute. Il commençait à avoir des sueurs froides.

— Qui êtes-vous ? demanda-t-il, de plus en plus intrigué par ce personnage familier.

— Je suis vous.

— Quoi ?

— Allons, vous n'êtes pas bête Phileas, vous savez qui je suis…

— Mais…

— Qui croyez-vous a tué ces faux policiers dans l'entrepôt d'Álvarez ?

— C'était un sniper.

— Si vous ne me croyez pas, sortez, et vous verrez… Peut-être trouverez-vous sinon dans votre esprit la réponse à tout cela. Ou bien dans votre sommeil. Peut-être alors, vous vous rendrez compte de la véracité de mes dires… Sachez juste une chose, vous m'avez déclaré la guerre, et le mal à la différence du bien, n'a aucune limite…

— Mais le bien triomphe toujours. Et nous pouvons vous abattre. Ne serait-ce qu'en vous révélant au monde.

— Mais nous pouvons aussi vous révéler, et même dire où se trouve votre Q.G., renchérit l'homme.

— La mort du *Service* n'est rien si vous êtes pris avec.

— Ne vous taxez pas d'une éthique et d'une relativisation du pire, vous avez trop à perdre.

— Alors pourquoi êtes-vous là ?

— Pour que vous sachiez qui est responsable des plus mauvais jours de votre vie…

Phileas regarda bien en face de lui… Pour la première fois depuis qu'il était enfant, il avait peur. Il avait très peur…

— Pourquoi vouliez-vous que je regarde dehors… ? demanda-t-il.

Dans l'ombre, le visage de l'homme sembla parcouru d'un rictus… Phileas n'attendit pas la réponse. Sans plus attendre, il sortit de la chambre en courant et descendit les escaliers pour sortir.

Chapitre XXIII

Metz

Phileas déboula dans les escaliers et arriva au rez-de-chaussée… il entendait déjà comme une sirène… Son cœur battant la chamade, le visage rouge et les doigts tremblants, il aperçut une fumée à l'extérieur. Se précipitant affolé vers les portes d'entrée, il les poussa pour sortir à l'extérieur… et fit face à la désolation.

Il n'arrivait pas à croire l'homme. Il pensait que c'était uniquement pour le déstabiliser… mais il s'était trompé… La ville était à feu et à sang.

Phileas s'avança dans la rue pour contempler la catastrophe qu'il avait précipitée. C'était un cauchemar éveillé ! Chaque immeuble alentour était en train de brûler… Chaque toit qu'il apercevait, chaque bâtisse au loin, tout, toute la ville était en feu… Apeurés, des habitants courraient partout tandis que les pompiers tentaient de maitriser le feu, sans pour autant savoir par où commencer… C'était comme si… comme si des dizaines voire des centaines de personnes avaient volontairement allumé des feux criminels dans tous les pâtés de maisons. C'était cauchemardesque, épouvantable, insoutenable…

Un cri se fit entendre qui déchira le cœur de tous ceux qui l'ouïrent. Une vieille dame coincée au quatrième étage d'un immeuble commença à prendre feu, et son cri de terreur et de douleur résonna dans la rue… L'agent regarda vers l'avenue Foch, n'arrivant toujours pas à y croire. Pourtant, même les arbres en flammes étaient comme des torches brandies en affront au ciel, et alors que les toits commençaient à s'effondrer, des dizaines de torches humaines courraient entre les voitures en demandant de l'aide.

Un autre cri strident plus puissant que le brouhaha de la destruction s'éleva non loin de Phileas. Alerté, il tourna la tête sur sa droite et aperçut une jeune fille ne devant pas être plus âgée que seize ans, sortir en feu d'une boutique. Accourant vers elle, l'agent retira sa veste et tenta de l'éteindre avec. Son esprit tacticien et son altruisme avaient repris le dessus sur sa catatonie d'effroi. Il l'éteignit rapidement, et s'assurant ensuite qu'elle n'était pas trop brûlée, il cassa la vitre d'une pharmacie pour entrer voler de la morphine, du gel pour brûlures, des compresses stériles et du sparadrap. La faisant rapidement boire après cela à la fontaine du square d'en face, il l'installa sur un banc en lui promettant de l'aider avant de foncer vers la première vieille voiture stationnée non loin, de la fracturer et de monter à l'intérieur pour la faire démarrer et foncer dans une bouche d'incendie. L'eau jaillissant comme un geyser offrirait un répit à ceux qui seraient en feu dans les alentours. Mais Phileas ne savait quoi faire d'autre ! Il ne savait pas par où commencer à aider, il ne savait pas quoi faire…

Saisissant la jeune fille, il l'amena avec lui vers une autre voiture qu'il fractionna. Il la fit monter à l'intérieur et décida de l'emmener à l'abri chez lui. Cela serait une tâche ardue, mais au moins il pourra rendre une enfant saine et sauve à ses parents. Passant la première puis accélérant à fond, il se fraya un chemin parmi les gens en feu et les voitures, essayant de ne pas rentrer en collision avec quelqu'un.

— Comment t'appelles-tu ? demanda-t-il à l'enfant pour qu'elle sorte un peu de son état prostré.

— Ça… Cassie… répondit l'adolescente.

— Tu étais toute seule en ville ?

— Oui… je… je voulais acheter un livre.

La jeune fille semblait prise d'une crise de tremblements caractéristiques… On aurait dit qu'elle avait froid. Sa peau brûlée devait lui faire mal, ses terminaisons nerveuses devaient crier douleur… heureusement qu'il y avait la morphine !

Phileas se fraya un chemin sur la route et prit la direction de sa demeure. En passant il vit le Centre Pompidou en feu… Et la gare, ainsi que les immeubles alentour…

— Mon Dieu…

Avant que Phileas n'ait eu le temps de plus encore s'effarer sur la situation, une voiture les percuta avec violence. Volant à travers le pare-brise, le conducteur du 4X4 vint s'écraser de l'autre côté de la rue, mort, mais Phileas et la jeune fille furent sauvés par leur ceinture et leur airbag.

— Ça va ? Tu n'as rien ? demanda l'homme du club à la gamine lorsqu'il reprit ses esprits.

Il regarda la jeune fille, qui par chance n'avait rien non plus, et décida de l'amener dans un endroit plus près. Il sortit donc de la voiture, la prit dans ses bras, et revint sur ses pas pour atteindre la Moselle, de l'autre côté du Centre Pompidou, après les Arènes. Courant le plus vite possible, il lutta pour ne pas lâcher prise et avança coûte que coûte… dix mètres, vingt mètres… quarante mètres, soixante-quinze mètres… Lorsque près d'un quart d'heure plus tard il arriva sur le quartier de l'amphithéâtre derrière les Arènes, il installa la jeune fille au bord de l'eau et commença à l'ausculter.

— Je vais devoir regarder tes blessures finalement, tu veux bien ? annonça-t-il encore haletant, certain qu'ici au moins il ne lui arriverait rien.

Cassie fit signe que oui de la tête.

— Tu n'aurais pas ton portable sur toi par hasard hein ? demanda-t-il ensuite.

— Il a brûlé… annonça la jeune fille.

— Bien, ce n'est pas grave.

Phileas lui retirant sa veste commença par lui relever le visage. Sous la suie et les larmes, se cachait une jolie fille en proie à la panique et à la peur… C'était bien normal. Il se voulut donc rassurant en faisant plus ample connaissance avec elle.

— Je m'appelle Phileas. J'habite Metz, et toi ?

— Queuleu…

— Ah, beau quartier.

Alors qu'il discutait, Phileas regarda ses plaies en essayant de ne pas trop lui faire de mal. Son visage n'était que très légèrement brûlé. Sa joue gauche était un peu rouge, son front avait une belle brûlure au second degré, et son cuir chevelu avait pris feu à deux petits endroits mais rien de bien grave. C'est le reste qui inquiéta plutôt l'agent. La chair à vif dans son cou faisait mal aux tripes à regarder, et ses vêtements ayant commencé à prendre feu, ce n'était pas le plus grave. Elle avait une cuisse bien brûlée, sûrement au troisième degré, où elle aura besoin d'une greffe de peau, son ventre était indemne de tout un côté mais de l'autre il avait été partiellement brûlé et le tissu synthétique avait fondu sur ses plaies. Quant à ses mains, l'une était brûlée au premier degré et l'autre au troisième.

— Il va falloir que je t'enlève tout ça… Je sais c'est horrible mais il va falloir que tu me fasses confiance. Il faut que tu mettes des vêtements propres à défaut d'être soignée tout de suite… et il va falloir aussi que je te mette ce gel pour apaiser ta peau et ta douleur.

Phileas songea un moment à l'emmener à l'hôpital, mais il se doutait que tous ceux du coin avaient dû être brûlés eux aussi… Fort heureusement, la jeune fille accepta de le laisser la déshabiller.

J'ai des affaires de rechange dans mon sac… murmura-t-elle.

— Ah, ça tombe bien, cela fera déjà ça de gagné…

Tandis que la jeune fille lui tendit son sac, ensemble, tout doucement ils la déshabillèrent. Phileas essaya de respecter son intimité le plus possible mais ce n'était pas réellement facile compte tenu des circonstances, et surtout ce n'était pas ce qui comptait le plus. Son corps était encore juvénile… Phileas ne put qu'être attristé de penser qu'elle ne sera plus jamais la même qu'avant, qu'elle ne grandirait pas normalement avec toutes les cicatrices qu'elle risquait d'avoir… Lorsqu'elle fut dévêtue, il attrapa le tube de gel anti-brûlures qu'il avait mis dans sa veste et commença à lui en passer sur ses plaies… l'acte lui semblait malsain, vu qu'il s'agissait d'une adolescente, qu'il ne connaissait pas en plus, mais c'était un mal nécessaire, car même avec la morphine, elle n'était pas en état de s'occuper d'elle.

— Et les autres ? demanda-t-elle paniquée.

— Les autres on verra après.

Phileas tenta de faire comme s'il ne remarquait pas la gêne manifeste de la jeune fille alors qu'il massa sa cuisse brûlée... Il entreprit de lui en étaler partout où c'était nécessaire.

— Tu as quel âge ? Quinze, seize ans ?

— Quinze...

Phileas termina de lui étaler du gel sur le cou, vérifia son dos et passa un coup superflu sur la peau légèrement rouge de son flanc gauche avant de refermer le tube.

— Bien, je ne vais mettre des compresses que là où tes blessures sont vraiment graves. Pour le reste, partout où tu as du gel, il faut que ta peau soit protégée du soleil, d'accord ?

La jeune fille fit oui de la tête, désemparée, et Phileas commença alors son ouvrage, lui appliquant des compresses qu'il fixa avec le sparadrap sur sa cuisse, sa main et son cou...

— On va se passer de sous-vêtements. Mieux vaut éviter de trop serrer ta poitrine et ta taille, fit-il ensuite lorsqu'il eut fini.

Cassie accepta et se laissa habillée. Il lui enfila donc ses affaires de rechange, un jeans, un tee-shirt et un pull avant de lui redonner sa veste.

— Voilà qui est mieux, fit-il satisfait en la voyant reprendre le sourire, habillée et au chaud.

L'agent lui remit ses chaussures et ses chaussettes, tenta de la réchauffer rapidement en frottant ses bras, et lui fit une autre piqûre de morphine avant de s'installer à côté d'elle, fatigué, et les larmes aux yeux.

— Merci, lâcha la jeune fille recroquevillée sur elle-même. Merci beaucoup...

— De rien...

— Je... je n'ai jamais...

— Tu n'as ?

— Non rien… c'est juste que cela m'a fait bizarre.

Philéas lui adressa un sourire. Les jeunes…

— Écoute, il faut que j'essaye de rentrer chez moi, voir ma femme et mes enfants, alors Queuleu n'étant pas trop loin…

— Non ! Non s'il vous plait, ne me laissez pas ! s'alarma-t-elle.

Philéas la regarda. La terreur avait de nouveau pris place dans ses yeux.

— Je… écoute, je vais voir chez moi si ma famille va bien et tu peux venir si tu veux, tu resteras avec nous ou bien je trouverais le moyen de te ramener, ça te va ?

– Oui… Merci…

La jeune fille avait besoin qu'il soit là pour être rassurée… Pourtant il faisait un piètre protecteur actuellement. Et les soins qu'il lui avait prodigués étaient minimaux pour ne pas dire éphémères et insignifiants… mais il avait fait son possible pour la sauver, alors il n'allait pas la laisser en plan. Se relevant, il l'aida à en faire de même et ils partirent vers chez lui.

— Y a-t-il un sujet dont tu voudrais parler en chemin ? demanda-t-il pour faire la conversation.

— Je… non… avant je vous aurais demandé des renseignements pour mes maths mais ce ne sera pas la peine je pense.

— Non, en effet…

Philéas lui adressa un sourire, lui donna la main, et ils partirent vers la ville…

Ils marchaient depuis une vingtaine de minutes à peu près quand le drame survint. Alors qu'ils s'étaient attachés l'un à l'autre, qu'ils discutaient, et qu'il sentait que la jeune fille retrouvait peu à peu de l'énergie, une voiture déboula sur eux sans crier gare… Philéas tomba à terre en échappant aux roues, mais ce ne fut que pour survivre et assister à une horreur de plus, particulièrement effroyable… et le corps inerte et atrophié de Cassie, les yeux grands ouverts et du sang lui coulant de la bouche fut la goutte d'eau. Phileas, la jambe endolorie se traina jusqu'à elle, la prit dans ses bras, et pleura cette fois de toute son âme, abattu. Dans une ville en feu, détruite par ses ennemis, la petite qu'il s'était juré de protéger venait de se faire écraser par un chauffard… C'était si horrible, tout était si effroyable… Comment cela avait pu se produire sans qu'il s'en rende compte ? Comment tout cela avait pu arriver ? Phileas avait l'envie de remonter le temps et de pouvoir tout changer, de repartir en arrière et d'empêcher tout ça d'arriver. Mais c'était impossible, impossible…

— Mon Dieu, lâcha-t-il en larmes, qu'ai-je fait ?

Il pleura encore en serrant fortement la petite dans ses bras.

— Qu'ai-je fait ? Je n'ai rien vu venir… je n'ai rien vu venir…

L'agent resta une dizaine de minutes avec le corps de Cassie dans les bras, abattu. Puis la colère reprenant le dessus sur sa tristesse, il se releva. Décidé, il repartit à l'hôtel voir si l'homme y était encore. Il était temps qu'il reprenne le dessus, il ne se laisserait plus faire !

Chapitre XXIV

Nouvelle donne

Phileas retourna les yeux rouges jusqu'à l'hôtel. Il avait encore son arme, il ne savait pas pourquoi on lui avait laissé mais il l'avait, et il comptait bien s'en servir. Vissant le silencieux sur le canon il se posta à l'angle de la rue et regarda sa cible. Des hommes en noirs étaient en train de faire la sécurité… Sans hésiter, il s'avança vers l'entrée et brandissant son arme, il tira avec fureur dans la bâtisse sur les trois hommes. Ils n'eurent même pas le temps de riposter. Entrant, Phileas les fouilla rapidement, récupéra leurs armes, les déchargea de leur chargeur qu'il envoya au loin, puis partit vers l'escalier. Il monta rapidement jusqu'au troisième étage et tira sur les deux gardes désormais postés à l'entrée de la chambre. Frappant immédiatement du pied dans la porte, il entra alors l'arme au point et se dirigea vers l'ombre où régnait l'homme.

— TOUT ÇA EST DE VOTRE FAUTE ! hurla-t-il en le tenant en joue.

— Non, c'est de votre faute à vous… Vous n'aviez qu'à obéir, répondit l'homme.

— LA JUSTICE N'A PAS À SUIVRE LES ORDRES DE LA PÈGRE ! QUEL QU'EN SOIT LE PRIX !

— Allons, Phileas… posez cette arme.

— HORS DE QUESTION !

Phileas plein de colère contempla soudain son ennemi avec horreur. Il eut la vague impression de se voir lui-même dans l'ombre, mais de façon plus bestiale et animale, les yeux entièrement noirs.

— Ah… vous comprenez enfin… Dommage que ce soit trop tard, souligna l'homme.

— Donnez l'ordre d'arrêter et de se rendre à tous vos hommes ! s'écria Phileas en reprenant ses esprits.

— Vous plaisantez ? Vous croyez qu'ils écouteraient ? s'amusa l'inconnu en s'asseyant de nouveau dans son fauteuil.

— Faites ce que je vous dis…

— De toute façon après la ville leurs ordres sont de s'en prendre à votre précieux *Service.* La ville étant sens dessus dessous, je pense que leur tâche est bientôt finie…

Phileas tira une balle tout près de son ennemi.

— Stoppez ça !

— N'y comptez pas…

— Mais merde, pourquoi faites-vous ça ? s'écria Phileas en larmes en repensant à la jeune Cassie.

— Pour te faire entendre raison, mon cher. Pour que tu arrêtes tout ça.

— Quoi ?

— Réfléchis, qui diable pourrait concevoir un plan aussi…

Phileas ne le laissa pas finir, il n'écouterait pas. Vidant son chargeur, il tua l'inconnu et sortit de la pièce sans même essayer de regarder son visage ou se demander s'il était bien mort. Il avait une autre priorité, le *Service* ! En espérant qu'il n'arriverait pas trop tard pour sauver ses collègues.

Courant à perdre haleine et en dépit de la douleur, Phileas traversa la moitié de la ville encore en feu, évitant les gens en flammes et les cadavres au sol, pour se rendre jusqu'à la concession automobile servant de couverture à leur Q.G. Il y arriva une dizaine de minutes plus tard, et remarquant le chaos qui régnait dans l'immense bâtisse vitrée, s'engouffra à l'intérieur et se dirigea vers les escaliers. Passant par le passage secret du niveau moins trois jusqu'à l'escalier descendant au *Service*, il dévala les marches quatre à quatre avant d'arriver en bas, et de vociférer d'avoir vidé son arme. Se tenant contre le mur, il tapa néanmoins le code d'entrée pour regarder à l'intérieur. Observant à droite et à gauche si la voie était libre, il se rendit alors rapidement jusqu'au bureau de la secrétaire et attrapa sous le tiroir l'arme de secours. Un Smith & Wesson de gros calibre... S'en saisissant il se rendit vers les bureaux de cet étage, vérifia la situation, repéra ses collègues malheureusement morts et commença à monter dans les niveaux pour sécuriser les lieux. Tout se passa très vite. Lorsqu'il croisa des gens encore vivants, il les invita à sortir par l'entrée principale, celle-ci ayant été contrôlée par ses soins, avant de continuer sa route en suivant leurs informations. Le gros de la fête se trouvait certainement au niveau cinq... Il compta dix-neuf hommes armés étrangers morts par terre. Ses alliées par contre étaient malheureusement beaucoup plus. Il en compta trente-trois au sol... et eut un moment d'égarement à la vue des corps sans vies de Scott et Bella. Puis il tomba nez à nez avec *Double Zéro Cinq*.

— Rapport ? demanda-t-il à celui-ci alors qu'ils continuaient à avancer en sécurisant les lieux vers le niveau suivant.

— Cinquante hommes armés, survenus par les deux entrées. Ils connaissaient les lieux et les rondes de sécurité, répondit l'agent.

— Un complice à l'intérieur ?

— Oui… Lagarde.

— Quoi ? s'étonna Phileas.

— Il a tiré sur Bella et *Douze*.

— Bon sang, et Adélaïde ? s'inquiéta Phileas.

— La *Directrice* par chance n'était pas là… Elle ne doit être au courant de rien.

— Si elle est à la maison, elle ne doit même pas être au courant du reste…

— Du reste ? demanda *Cinq*.

— La ville est entièrement en feu… C'est l'*Organisation* qui est derrière tout ça.

Phileas tut volontairement le fait le plus important, à savoir que c'était en représailles de son meurtre et de son refus qu'ils avaient fait cela, mais même si ça le rendait coupable ce n'était pas le moment de l'évoquer.

— Qu'est-ce qu'on fait ? demanda l'agent.

— On sécurise les lieux et on se replie avec les survivants. On essaye ensuite de prévenir les autres infrastructures.

— Bien…

Avant qu'ils n'aient eu le temps de finir la conversation, un homme surgit devant eux et tira à leur encontre. *Cinq* mourut sur le coup, mais Phileas par il ne savait quelle force du destin fut épargné des balles et put le tuer sans problème. Continuant hélas de nouveau seul la route, l'homme du club monta à l'étage suivant. Furieux que Lagarde soit un traitre, il fonça à l'infirmerie pour essayer de le dégotter et de le faire parler. Comme répondant à ses prières il le trouva à terre et en sang. Avec *Double Zéro Un* gisant à côté ils s'étaient entretués.

— POURQUOI AVOIR FAIT ÇA ? POURQUOI ? hurla Phileas en le tenant en joue. PARLEZ !

— Pour ce que vous avez fait… souffla Lagarde.

— QUOI ? s'étonna Phileas, toujours aussi furieux.

— Si vous aviez accepté… on n'en serait pas arrivé là.

Phileas se déconfit.

— Quoi ? C'est à cause de moi… ? C'est bien à cause de moi ? Je suis responsable de tout ça parce que j'ai refusé de marchander ? Et vous étiez depuis le début de l'*Organisation* ?

— Vous... vous aussi, expira le médecin.

— Quoi ? s'effara de nouveau Phileas à cette nouvelle.

— C'est vous qui… qui donniez les ordres…

— Non, c'est IMPOSSIBLE, répondit Phileas alors que les larmes lui arrivaient aux yeux.

— Si, c'est vous, je vous ai vu… seulement vous n'arrivez pas à l'accepter… c'est pour ça qu'on a… qu'on a…

L'homme du club s'assit au sol et baissa son arme. Non, ce n'était pas possible, cela ne pouvait être lui. Cela ne pouvait être lui-même son propre ennemi !

— Comment pouvez-vous en être si sûr ? demanda-t-il à bout.

— Vous ne comprenez pas… c'est vous… c'est vous qui avez créé l'*Organisation*… pour justifier votre action, pour justifier ce que vous avez fait de votre vie… et maintenant elle et votre seconde personnalité sont en roue libre.

Phileas ne dit rien. Il ne pouvait rien dire. C'était impossible… Non… non…

— Le coup sur la tête vous a juste permis de voir ce que vous étiez vraiment.

— Non Lagarde ! Vous mentez, s'exclama Phileas en l'attrapant de nouveau au col, furieux.

— C'est vous Phileas… C'est vous… comment ont-ils su… pour vos réunions avec *D* ? Pourquoi il n'y avait pas de gardes à ce moment-là ? cela ne tombe-t-il pas sous le sens… ?

— C'EST IMPOSSIBLE ! JE M'EN SERAIS RENDU COMPTE ! NON ! JE NE SUIS PAS LEUR ASSASSIN !

Phileas s'arrêta de crier. Lagarde était mort… Ce salaud était mort… L'homme du club tomba au sol, perdu.

— Cela ne se peut… cela ne peut pas être moi mon propre ennemi, répéta-t-il perdu.

Les larmes aux yeux, Phileas se recroquevilla sur lui. Toutes ces morts ; *D*, Jean, George, Édouard… Il ne pouvait en être le responsable. C'était impossible, cela ne pouvait pas être lui…

Chapitre XXV

Le début de la révolte

Phileas courut jusqu'à chez lui déstabilisé mais décidé. Haletant et fatigué, il n'en démordit pas pour autant tout le long du trajet et continua à forcer… Et seulement quand il arriva enfin devant son portail, il reprit son souffle quelques instants avant de se diriger vers la porte d'entrée. Découvrant qu'elle était fermée à clé, il s'empressa de sortir son trousseau mais réalisa avec stupeur que sa clé n'ouvrait plus. La serrure avait été changée. Comprenant avec désarroi que sa femme l'avait fait à cause de leur dispute mais n'ayant pas le temps de se préoccuper de ça, il tapa à la porte comme un forcené pour qu'Adélaïde lui ouvre.

— ADÉLAÏDE ! ADÉLAÏDE ! OUVRE, C'EST MOI ! s'écria-t-il en martelant la porte avec ses poings.

Il n'y eut pas de réponse… Phileas continua alors à taper sans relâche jusqu'à ce qu'elle se décide à lui faire face. Elle le mettait à la porte mais il ne voulait pas parler de ça… Elle ne savait sûrement pas que le *Service* avait été attaqué et qu'il y avait des morts. Sans parler de la ville… Il fallait qu'il la prévienne, c'était une question de la plus haute importance… et au bout de cinq minutes de gêne à cause de ses bruits, Adélaïde descendit finalement pour ouvrir.

— Qu'est-ce que tu veux ? lâcha-t-elle sec sans le laisser entrer.

— Il faut qu'on parle !

— Je ne veux plus te voir ni entendre parler de toi Phileas, plus jamais ! Et sache que je t'ai mis aux arrêts pour trois mois pour ne plus voir ta sale gueule de salaud, continua-t-elle, sans lui laisser l'opportunité de s'expliquer.

— Mais chérie il faut qu'on parle ! s'exclama Phileas.

— Ne m'appelle plus comme ça, tu n'as qu'à retourner voir ta Brésilienne ! s'écria Adélaïde la voix étouffée en refermant à nouveau la porte à clé.

— Cela n'a rien à voir avec elle, mais avec le…

— DÉGAGE !

Adélaïde éclata en sanglots.

— Dégage… je t'en prie… dégage….

Adélaïde remonta s'enfermer dans la chambre en haut.

— Adélaïde, frappa Phileas à la porte, ce n'est pas par rapport à Alessandra, c'est par rapport au *Service* ! Adélaïde ! ADÉLAÏDE…

Phileas attendit dix minutes… mais Adélaïde n'ouvrit plus. Peut-être avait-elle fait en sorte de ne plus l'entendre en allant s'enfermer pleurer dans la chambre ? Ou bien peut-être ne voulut-elle simplement pas l'entendre ? En tout cas elle n'écoutait plus… et Phileas les larmes aux yeux se laissa glisser au sol, à bout… Plus rien n'en valait-il la peine ? Tout était-il fini ?

Il resta sous son porche une dizaine de minutes, à pleurer la tête entre les mains, à se morfondre, à s'avouer vaincu… quand soudain, une nouvelle lueur étincela dans ses yeux. Sa femme et sa fille ne voulaient peut-être plus qu'il se batte pour eux… mais les jumeaux avaient le droit à un monde meilleur et Cassie avait le droit d'être vengée. De même que ces milliers de morts dans les rues !

Se relevant, renaissant de ses flammes, Phileas se rendit au garage et l'ouvrant, monta dans sa voiture. Il démarra, sortit dans l'allée et partit en trombe vers l'aéroport. Elle ne voulait plus lui parler pour l'instant… bien. Elle était forte, elle était préparée et intelligente, il ne lui arriverait rien. Et étant donné les protections qu'il avait apportées à la maison, elle et les enfants ne risqueraient rien… et il lui faisait confiance pour bien les éduquer. D'ici à ce qu'ils se fassent de nouveau face dans le conflit les opposant à leurs ennemis, il se préparerait, il s'équiperait, il trouverait de nouveaux alliés… Phileas avait peut-être créé sans le savoir l'*Organisation*, comme Lagarde le traître le prétendait, mais il avait aussi créé des sécurités au *Service*, et cette section déjà indépendante permettrait de reprendre le dessus… Il établirait une rébellion, il gagnerait cette guerre !

Phileas arrivé à l'aéroport prit le premier billet pour New York. Il ne fuyait pas, il ne se réfugiait pas ailleurs, non, il allait réunir ses troupes américaines pour l'offense. Montant dans l'avion, il s'envolait vers une lueur d'espoir pour vaincre ses propres démons… Et au moins, sourit-il jaune, il n'avait plus à se poser de questions sur arrêter de travailler !

Arrivé des heures plus tard à JFK, Phileas contacta Alessandra. Il l'aimait et il avait envie de la voir même si ce désir avait créé des problèmes. Et puis surtout, après tous ces événements il désirait voir un visage compatissant et amical qui ne lui fermerait pas la porte au nez quand il avait besoin d'aide et de réconfort. Sans trop attendre, elle lui répondit qu'elle préférait qu'il ne vienne pas mais plutôt qu'ils se voient chez lui. Elle lui annonça d'ailleurs qu'elle

le rejoindrait là-bas. Le cœur rempli un peu plus d'espoir,
Phileas se rendit alors chez lui en taxi.

Chapitre XXVI

Le rêve

Lorsque Phileas ouvrit à Alessandra, plus rien ne pourrait signifier le contraire, ils s'aimaient. Sautant dans les bras l'un de l'autre ils s'enlacèrent avec une tendresse émouvante comme deux amoureux qui ne s'étaient pas vus depuis longtemps.

— Tu m'as manqué, soupira soulagé de la voir Phileas.

— Toi aussi, toi aussi…

Alessandra se colla encore contre lui et savoura d'être dans ses bras forts. Phileas lui prit plaisir à sentir son parfum, une odeur délicieuse qui embauma son être.

— Tu veux que je te prépare quelque chose ? demanda-t-il.

— Non, c'est bon… toi par contre je suis certaine que tu as besoin de réconfort. Je vais te préparer un chocolat liégeois.

Sans que Phileas ait eu le temps de dire quoi que ce soit, Alessandra enleva alors son manteau qu'elle déposa sur le canapé et se rendit à la cuisine pour lui préparer un chocolat chaud.

Amusé et attendri, l'homme du club attrapa sa veste et l'accrocha au portemanteau, soulagé de sa présence. Il s'installa ensuite sur le canapé, heureux de ce répit. Ne pas savoir comment allaient les enfants le chagrinait mais au moins il les savait en sécurité. Et puis Ale était là, belle et attentionnée ! Portant un pull noir près du corps avec un beau décolleté, un jeans et des bottes brunes à talon, elle était magnifique…

Tandis qu'elle lui rapporta son met, Phileas perdu dans ses idées repensa à l'*Organisation*. Que ce soit un dédoublement de personnalité, une face cachée ou un trouble qu'il ne comprenait pas, il était résolu à se combattre. S'il en était bien le chef, cet homme dans la chambre d'hôtel était donc un pion, ou bien une construction de son propre mental… Quoi qu'il en soit, il fallait qu'il arrive à créer un système pour savoir ce qu'il faisait, ou plutôt pour être sûr que dès maintenant c'était bien lui qui agissait… Peut-être en se filmant continuellement et en vérifiant régulièrement ? Cela représenterait un travail énorme cela dit. Il faudrait qu'il s'enferme quelque part et qu'il dirige tout de ce lieu… Mais où ? Phileas avala la chantilly et but une gorgée… Où pourrait-il s'installer ? Alessandra passa sa main dans ses cheveux… Son regard était pétillant… Phileas termina d'une traite sa tasse, surprenant la demoiselle, et la posa sur la table basse. Il se rapprocha alors d'elle.

— Tu as quelque chose de prévu ce soir ? demanda-t-il.

— Tu plaisantes, après ce que Jamie a fait, je vis avec Anja et Noah chez une amie ! Et si je ne rentre pas ce soir elle comprendra…

Phileas lui adressa un sourire, charmé, et se décida à se jeter à l'eau.

— Je crois que je vais t'embrasser, déclara-t-il.

— Je… ça fait bizarre ! ricana alors Alessandra, gênée.

— Je suis d'accord, pour moi aussi. Je ne sais pas comment m'y prendre.

— Tu ne sais pas comment m'embrasser ? rigola encore la demoiselle.

— Si ! C'est juste qu'avec toi…

— Moi c'est pareil. Que tu m'aimes aussi me semble si incroyable…

Sans rien répondre, Phileas passa la paume de son pouce sur le grain de beauté qu'elle avait sur le sein gauche. Sa chair était chaude et douce… Alessandra se laissa faire. Ce premier contact était assez intime, mais elle appréciait…

— Ce grain de beauté m'a toujours fasciné…

— Ah ? sourit Alessandra.

Elle se décala sur le canapé et se rapprocha de lui… Ils se dévoraient des yeux. Ils étaient à la fois si impatients et si gênés… Mais se souriant en se plongeant dans leurs yeux une dernière fois, ils se décidèrent à s'embrasser. Se penchant l'un vers l'autre, ils approchèrent leur bouche et pour la première fois depuis qu'ils en avaient eu envie quand ils s'étaient rencontrés, leurs lèvres entrèrent en contact. Ce fut d'un romantisme sans limites. C'était l'aboutissement de leur désir, la chose qu'ils avaient le plus désirée au monde… ils s'embrassaient enfin, laissant éclater leur amour.

Phileas saisit Alessandra par la taille et celle-ci passa ses mains derrière sa nuque. Le baiser romantique et amoureux qu'ils s'échangeaient se transforma rapidement en une étreinte passionnelle. Leurs langues se touchèrent et leur contact se fit plus goulu. Alessandra retira son pull, découvrant un magnifique soutien-gorge noir, et Phileas prit plaisir à couvrir son cou, sa poitrine et son ventre de baisers. Les choses s'accélérèrent ensuite encore plus vite. Il dégrafa le sous-vêtement pour découvrir sa poitrine, somptueuse, et la couvrit avec érotisme de baisers.

Mais cela sembla toutefois soudain étrange. Pourquoi une femme comme Alessandra quitterait son mari et ses enfants son bonheur, tout ça pour lui ? Phileas ne comprenait tout d'un coup pas et cela l'obséda. Cette situation lui sembla improbable, totalement fausse, mais pourquoi ? Quelle donnée lui manquait-il ? Phileas continua d'embrasser Alessandra et glissa sa langue dans son palais pour savourer son étreinte. Il l'aimait, il le savait pourtant, et elle aussi… Était-ce par rapport à Adélaïde ? Non, il ne pensait pas. Il ne se sentait pas coupable de ne plus l'aimer. Était-ce par rapport au *Service* ? Peut-être ? Ce plaisir amoureux était déplacé compte tenu de ce qui venait d'arriver à ses amis et collègues… Mais ce n'était pas ça ! Bon sang, il était intelligent, pourquoi ne voyait-il pas la solution ? Phileas redescendit dans le cou de sa somptueuse Brésilienne, l'embrassa avec érotisme sur la peau, et glissa jusqu'à la fermeture éclair de son jeans, qu'il ouvrit. Timide, amoureux, il découvrit alors son dessous pour déposer ses lèvres dessus… Elle avait une odeur de fruits. Il la couvrit de baisers, et toujours de façon pudique il remonta jusqu'à son cou puis ses lèvres, tandis que de sa main gauche, il descendit lentement jusqu'à son bas-ventre pour la caresser et toucher son intimité déjà chaude et humide. Non, tout ça n'était pas logique… À moins, réalisa-t-il avec horreur, qu'elle soit dans le coup elle aussi… Qu'elle soit de l'*Organisation* ! Avec effroi, Phileas continua ses caresses et se posa la question. Cela expliquerait certaines choses. Certains renseignements qu'ils auraient pu avoir sur lui… Non, c'était impossible que ce soit ça. Elle était sincèrement amoureuse de lui… C'était de l'amour… Malgré tout ça, ce qui était arrivé que ce soit Metz qui brûle, ses relations avec Adélaïde et Alessandra, son dédoublement de personnalité, il avait du mal à y croire… Cela ne sonnait pas vrai, c'était trop gros, trop irrationnel. Ce n'était pas possible… Ce ne fut que lorsqu'elle se dégagea et se redressa devant lui, révélant avec une élégante beauté son buste dans toute sa splendeur avant de se baisser pour s'occuper de ses parties masculines, que Phileas comprit. La seule logique dans tout ça, la solution de son énigme, c'était… qu'il rêvait tout ça. Alors qu'il sentit la chaleur de ses lèvres l'enrober, Phileas ouvrit les yeux tant bien que mal et releva la tête.

— Ah, vous vous réveillez enfin, annonça une voix.

Partie II

La Chambre en pierre

Chapitre I

Le calvaire

Phileas se réveilla attaché à une chaise, une large blessure ouverte à l'arrière de la tête. Son esprit avait repris le dessus sur la douleur, les dérives, l'inconscient et les élucubrations. Ordre inconscient soixante-dix-sept. Ce qui est illogique a une logique dans un autre plan de réalité plus vaste. Ouvrant les yeux, sachant pertinemment où le réel s'était arrêté, et quelle était sa situation, il regarda en face de lui son ravisseur.

— Bien dormi ? demanda Álvarez, trafiquant de drogue de son état.

Phileas scruta la pièce d'un mouvement des yeux. Outre son tortionnaire mal rasé à l'odeur de cigare et de gasoil, il dénota la présence d'un baril de pétrole, de deux acolytes assez amochés, d'une batterie de voiture, de pinces crocodiles et d'une ligne d'instruments de torture rouillés et à peine lavés de leurs dernières utilisations.

— Non… je n'aime pas rêver que je suis un connard, répondit-il de façon distraite en analysant ses chances de survies dans cette lugubre salle en pierre sentant le sang et le renfermé.

— Je te demande pardon ?

— Ne cherchez pas…

Álvarez expira bruyamment. Il regarda Phileas, et tirant une chaise, s'installa en face de lui. Assis à l'envers, il s'alluma alors un cigare, tira deux bouffées et souffla sa fumée.

— Je ne sais pas qui t'es toi, mais tu me suivais. Et tu suivais mes hommes...

— Plait-il ? fit amusé Phileas en rebaissant la tête, encore trop endolori pour avoir ne serait-ce que l'envie de se donner la peine de regarder son ennemi.

— Tu as été vu à ma maison, puis en face de mon bar. Et tu as empêché mes hommes de...

— Violer et tuer ?

— Là dessus je dois te remercier. S'ils les avaient touchés, on aurait été dans la merde, annonça le mexicain en agitant son cigare.

— Tu parles, parce que si tu touches Alessandra Ambrosio tu es mort. Ça ne te dérangerait pas que tes macaques violent des gens et tuent. Tu es une ordure ! Et un putain de trafiquant de drogue de merde !

Álvarez se redressa, furieux, et le frappa d'un revers de la main. Il lui cracha au visage.

— Putain, t'es qui toi !

— Dieu le père, Dieu le fisc, et Dieu vous flingue...

Phileas reçut un nouveau coup de poing, mais il tenait le coup. Maintenant qu'il voyait clair, que son esprit était redevenu le sien, il pouvait encaisser, il avait l'habitude.

— Allez, plus fort ! T'es un homme ou une tortilla !

Phileas reçut un autre coup, plus violent... et se calma. Il avait assez pris pour la journée.

— Torturez-le avec la batterie, lâcha sournois Álvarez avant de sortir de la pièce.

Phileas tenta de protester, mais le contre coup de sa douleur réapparur. Il n'avait plus de force... Dante, désormais sans langue s'approcha de lui, furieux de ce qu'il lui avait fait, et brancha pour commencer la batterie sur ses doigts à l'aide de deux grosses pinces crocodiles. Il choisit l'auriculaire de chaque main, et lançant le jus très peu satisfait, admira Phileas se faire électrocuter.

— Cha pache pa le œur hein ? Cha ait al hein ! ricana-t-il.

— Ça va la langue ? demanda Phileas moqueur entre deux rictus dus à la décharge.

— A he aire outre !

— Oh, ta sœur parlait pareil quand elle me suçait !

Phileas reçut un coup dans la figure qui électrocuta Dante.

— Va donc, eh connard ! cria-t-il alors, souffrant. Abruti fini…

Phileas perdit de nouveau connaissance quand Dante augmenta l'intensité de la décharge.

Quelques heures plus tard, Phileas se réveilla de nouveau, cette fois en plein matraquage. Il cracha du sang au sol et tenta de relever la tête…

— Putain, j'aurais préféré que ce soit Alessandra plutôt que de voir vos sales gueules… souffla-t-il.

— Qu'est-ce que tu dis ? demanda le copain débile de Dante en arrêtant de le frapper.

Phileas le regarda dans les yeux, dévisagea sa tête, et répondit.

— Y a qu'une mère qui puisse aimer ta tête trou duc !

— Répète un peu ? s'énerva l'homme, très peu charitable.

Phileas n'en démordit pas.

— Oh, pardon, elle t'a vendu pour se payer sa télé, normal, là au moins elle n'aura pas envie de vomir !

L'homme frappa Phileas à la tête en représailles. C'était reparti… les deux hommes jouèrent des poings avec lui comme si c'était un sac de boxe, frappant au visage et au ventre, utilisant même parfois des barres de fer pour lui taper dans les tibias… Au bout d'une demi-heure, malgré que ses yeux soient fermés, Phileas fut capable de dire combien de bagues aux doigts ils portaient et de calculer combien de temps il lui faudrait pour guérir définitivement. Cela prendrait longtemps…
À bout de souffle, déshydraté, fatigué, épuisé et endolori, il perdit alors une nouvelle fois connaissance.

Chapitre II

Mal à la tête

Lorsque j'ai vu ma femme, Alessandra Ambrosio et Chloé danser autour de moi en chantant « I like you just the way you are[10] » en jeans et en soutien-gorge, j'ai réalisé que je rêvais encore... Je n'arrive pas à focaliser mon esprit sur l'instant présent, les électrodes électrisent mon cerveau, envoient des décharges à n'en plus finir. C'est un miracle que je vive encore... Je n'arrive plus à tenir, j'ai mal... j'ai mal...

Phileas releva la tête et trouva la force de résister. Quelqu'un avait débranché la batterie ou bien il n'y avait plus d'énergie. Il ne savait plus, il s'en foutait. Pour passer le temps en attendant le retour de ses ravisseurs, il tenta dans une attitude de rationalisation d'expliquer ses rêveries durant son inconscience. Les filles... ? L'excitation de l'adultère sûrement. Wanda... ? Des réminiscences de son hallucination. Ça, c'était clair, cela le répugnait, c'était sa fille. C'était d'ailleurs l'un des signes que c'était bien une construction inconsciente et non la réalité. La mission qui continuait... ? Probablement son envie de boucler l'affaire. Les deux frangines... ? Ça il en connaissait l'origine, un fait

---

[10] —*The Way I Are*, de Timbaland & Keri Hilson © 2007 Blackground Records/Interscope Records.

divers sur le viol d'une fille par son frère entendu aux infos avant d'aller se poster sur la W 9th Street. La maison… ? C'était celle des parents de Jean. Et le *frère adopté* qu'il était… ? Il n'avait jamais eu de famille d'adoption… et il préférait ne pas repenser à la mort de Jean. Enfin, l'usage de ces prénoms… ? C'était ceux qu'il aurait aimé donner à ses enfants. Et puis cette construction autour du fait qu'il serait son propre ennemi, tout ça… C'était dû à la peur de l'inutilité et de sa propre noirceur vraisemblablement…

Bon Dieu Phileas avait mal à la tête. Il faudrait qu'il aille voir Lagarde s'il survivait. Toute cette connerie… vive l'inconscient !

Phileas repensa à Alessandra… pourvu qu'il ne lui soit rien arrivé… Nom de Dieu, quelle soirée ! Cela faisait combien de temps qu'il était ici ? Croiser la femme de ses rêves, se faire agresser, torturer… C'était lié ? Bordel de merde, Phileas soupira… ce rêve avait été si doux... Il aurait aimé rencontrer Alessandra plus tôt, avant qu'ils ne soient tous les deux liés… Mais bon. Il aimait Adélaïde, et Alessandra comme ses ex appartenait au passé… Enfin… il aimerait bien revoir miss Ambrosio. C'était la seule qu'il aimerait conserver dans son entourage. Pas au cas où, mais parce qu'ils s'étaient bien entendus, et qu'ils pourraient être bons amis. Phileas repensa à Adélaïde. Sa femme lui manquait. Que faisait-elle ? Était-elle à sa recherche ? Il désespérait de la revoir un jour. Il l'aimait tant contrairement à ce que son inconscient lui avait suggéré… La plupart de ces rêves n'étaient même pas issus de ses fantasmes, mais de constructions autour d'un noyau… Phileas avait mal à sa blessure. Avant d'essayer de s'endormir pour se reposer, il imagina une fin différente à ses élucubrations, une fin où la

petite Cassie rentrerait chez elle sans séquelles et vivante…
voire une où il terminait sa nuit avec Alessandra.

Phileas fut réveillé par un seau d'eau froide. Émergeant
immédiatement, il se tint éveillé et les yeux grands ouverts.
Álvarez était de retour, assis sur sa chaise. Il avait laissé la
porte ouverte derrière lui… Le véritable interrogatoire
commençait.

— Qui es-tu… ?

— Promettez-moi que vous ne les avez pas touchés et je
répondrai, abandonna faussement las Phileas.

— T'es fou ou quoi ? Je les ai laissés tranquilles, je ne
veux pas avoir les médias à mes baskets en plus du F.B.I.

Phileas le regarda dans les yeux. Il semblait honnête, il
n'avait pas regardé en bas à droite, et son raisonnement était
sensé…

— Je m'appelle Phileas, je suis un agent secret…

Álvarez ricana, de même que ses comparses.

— Toi ? Un agent secret ? s'amusa-t-il.

Phileas rigola aussi du propre ridicule de sa situation, c'était
cocasse il fallait le reconnaître. Mais cela servait son plan…

Il avait mal mais rien d'insurmontable. Il avait reçu un coup
particulièrement puissant dans la cage thoracique, qui avait
supplanté toutes ses autres douleurs. Il se sentait fort… il
était couvert de bleus mais ce n'était rien… il sentait qu'il
n'avait rien de cassé ni de fracturé…

— Bon, eh bien secret man, quelle est ta mission ?

Phileas relâcha ses muscles et laissa sa tête tomber.

— Enquêter et récolter des informations concernant le
truand Álvarez pour obtenir assez de preuves pouvant servir
à son arrestation.

— Et en quoi, le petit truand Álvarez intéresse-t-il les services secrets ? fit de grands gestes le mexicain avec son cigare.

— Je n'appartiens pas réellement aux services secrets… mais à une faction chargée de tuer ou de nuire à tout humain hostile à ses frères.

— Mmmh, ah… tu es le Punisher toi ! ricana Álvarez.

— Non, juste un type avec deux capsules de morphines et un GPS dans le bras servant à repérer sa localisation.

— QUOI ? s'affola Álvarez en se relevant.

— Allons, tu croyais quoi ? sourit Phileas.

Le mexicain ordonna dans sa langue à ses sbires de détacher Phileas pour vérifier son bras.

— Lequel Agent secret ? vociféra l'homme lorsque Phileas fut maintenu debout en face de lui.

— Lequel quoi ? souffla Phileas.

— Lequel bras !

Phileas esquissa un sourire… ce sera bientôt fini…

— Le gauche.

— Tendez son bras, je vais le lui couper, s'écria le truand en brandissant sa machette.

— Non, fit évasivement l'agent. Si vous me coupez le bras, la puce ne recevra plus les battements de mon cœur via mes veines et mon rythme cardiaque. Elle enclenchera alors une autodestruction assez puissante pour faire voler mes os à travers la porte…

Álvarez, sa machette à la main, hésita et ses deux acolytes se regardèrent effrayés… Ce fut la seconde de relâchement de trop. Phileas rassemblant toute son énergie attrapa par les cheveux les deux hommes le tenant et les tira avec violence pour leur cogner la tête ensemble. Il les projeta alors vers Álvarez, qui surpris, tomba à terre malgré sa corpulence.

Agissant au quart de tour Phileas se pencha alors, saisit les deux minuscules ampoules à seringues de morphine de ses chaussures, et se les enfonça dans la jugulaire. L'effet fut quasiment instantané… plus de douleur ! Se relevant, il attrapa alors deux scalpels sur la table des horreurs et sans remords, trancha les tendons des talons de Dante et de son copain… Ce fut rapide, trop rapide pour les trois hommes à terre, mais Phileas avait été entraîné pour ça. Il était rapide, puissant, et déterminé… et du pied il empêcha Álvarez de reprendre sa machette en main.

— Alors, Alvi, t'es prêt ? s'écria-t-il en le regardant, un scalpel dans chaque main.

Phileas fier fut presque prêt à crier sa victoire, quand les deux données qu'il avait oubliées dans son équation intervinrent. Les deux autres cavaliers de l'apocalypse, sbires de leur état. Les balles fusant par la porte ouverte derrière Álvarez manquèrent de le tuer avant qu'il ne se place dans un angle mort. Furieux contre lui-même, il laissa Álvarez s'enfuir, couvert, et réfléchit à un moyen de sortir par la seule porte, puissamment mitraillée… Ce fut risqué mais il décida d'utiliser le copain de Dante, assez baraqué, comme bouclier humain. Le tirant par le pied, il l'amena à lui malgré ses plaintes, lui entailla la jugulaire, le laissa mourir dans la souffrance, et le souleva pour avancer avec… Ça passerait ou ça casserait.

Chapitre III

En fait, si

Cela passa… Phileas reçut une balle dans l'épaule droite mais il ne sentit pas trop la douleur… Par contre, son ami le mort reçut énormément.

— Allez-y, tuez-le ! s'écria furieux Álvarez.
Se servant de son automatique, celui-ci, tirait aussi. Mais Phileas était bien caché derrière le mort. Et comme aucun d'eux n'était assez futé pour viser les jambes, l'agent en profita pour observer les lieux. Il était dans un entrepôt. Les deux cavaliers de l'apocalypse se trouvaient au premier et tiraient par-dessus la rambarde métallique. Álvarez lui était sur l'escalier y montant… Plus que quelques secondes…
Cela se conclut très vite. Quand les chargeurs furent vides, Phileas laissa là le corps du sbire et monta l'escalier à toute allure. Il avait une audace monstre, mais cela paya. Il donna un premier coup de pied à Álvarez, qui tomba à terre en faisant tomber son arme en bas, puis se dirigea vers les deux autres. Tandis qu'il frappait le premier entre les jambes, le second termina de recharger son fusil mitrailleur… Mais c'était trop tard. Ces idiots avaient perdu trop de temps en s'affolant du retournement de situation. Phileas lui brisa la nuque. Armé maintenant de sa mitraillette il se retourna pour canarder Álvarez, mais celui-ci avait déjà détalé. On

entendait ses pas montant toujours plus haut. Il cherchait certainement à s'échapper par le toit !

L'homme du club prit le temps de souffler, rattrapé par l'épuisement, et tira une balle dans le corps de l'homme aux testicules brisés. Puis il avança calmement vers l'escalier menant au niveau supérieur.

— Je suis trop vieux pour tout ça, lâcha-t-il.

Un sourire aux lèvres, il marcha relaxé vers l'escalier pour entamer sa course-poursuite avec le mexicain puant le cigare et le gasoil. Il y avait quatre niveaux avant d'arriver au toit. Álvarez en avait deux d'avance. Phileas monta tranquillement les marches… et arrivé en haut en plein soleil, il eut le plaisir de voir Álvarez de l'autre côté du toit, affolé, cherchant un moyen de descendre.

Il se dirigea vers lui et s'arrêta à une demi-douzaine de mètres.

— Mec, je te jure, si tu me laisses la vie sauve, je te rends riche comme Crésus ! implora Álvarez.

Phileas tira une balle sans hésiter. Et un revendeur de drogue en moins, un… Le sang jaillit derrière la nuque du mexicain et il tomba en arrière dans le vide. Phileas jeta alors son arme à terre, satisfait, et s'approcha du rebord pour contempler son œuvre en bas sur le trottoir.

Il l'appela tomate sur asphalte.

— Je suis déjà riche comme Crésus, répondit-il alors.

L'homme du club détourna les yeux du sol et regarda le ciel.

À la position du soleil, il estima l'heure entre quatre et cinq heures de l'après-midi. Il était donc là depuis neuf à dix heures. Trouvant qu'il faisait un peu frisquet, il retourna à l'intérieur. La mission était terminée. Finalement il avait

recommencé à tuer… mais ça ne le dérangeait pas le moins
du monde.

Chapitre IV

Besoin de confession

Phileas entra et s'assit en face du bureau d'Adélaïde. C'était le lendemain. Il tirait une mine épouvantable, il était à bout, endolori, mais ses blessures étaient soignées et il avait mangé et dormi… Un grand verre de thé à la menthe à la main, il était toutefois perdu, dans le vide.

— Ça va ? demanda sa femme.

— Oui… répondit-il.

— Tu es sûr ?

— Oui, oui, ne t'inquiète pas.

Phileas se leva, se dirigea vers la porte… puis finalement revint s'asseoir pour la regarder dans les yeux.

— Tu sais, on a tous en nous une part mauvaise, un côté démoniaque qu'on refoule, commença-t-il à expliquer. Cela peut-être dû à plein de choses, à des envies impulsives, de la jalousie, voire à cause d'une situation… C'est une affaire de fantasmes cachés en somme. Le tout est juste de réussir à rester bon et de laisser tout ça là où c'est.

Phileas marqua une pause, avant de reprendre.

— Ce genre de mecs n'y arrivent pas, ou ils ne veulent pas le faire, de foncièrement bons ils deviennent alors des enflures sans nom.

— C'est exact, je suis d'accord avec toi. Et c'est pour cela qu'on est là, annonça Adélaïde.

— Oui.

La jeune femme se leva, contourna calmement le bureau, et vint lui déposer un baiser sur le front.

— Álvarez est de ces gens-là mais pas toi, et tu le sais, ajouta-t-elle alors. Tu es quelqu'un de bien.

Phileas acquiesça. Adélaïde s'en satisfit, un sourire aux lèvres, et après quelques instants elle se dirigea vers la porte pour le laisser un peu seul.

— Adélaïde ? la rappela-t-il alors.

— Oui ? fit celle-ci en se retournant.

— *« Lorsque vous êtes dans le doute, que sombre est la nuit autour de vous, regardez au loin vers le futur, détachez-vous de votre vie pour la regarder du ciel et suivez la lumière... il restera toujours l'espoir. »*

Adélaïde adressa un sourire à son mari et s'en alla en refermant derrière elle. L'homme du club resta alors quelques minutes sans rien faire, puis prenant son courage à deux mains, retourna dans son bureau et termina de rédiger son rapport. Il coucha tout aussi bien les faits que ses démons et ses hallucinations… et quand ce fut fait il quitta la pièce.

— Au revoir Corie, fit-il en passant devant le bureau de sa secrétaire.

— Au revoir monsieur, bonne soirée.

C'était mieux ainsi, hocha Phileas de la tête en la quittant. Il préférait laisser ses fantasmes au vestiaire. Il n'avait pas besoin d'avoir des milliers de conquêtes et des centaines de rapports audacieux pour être heureux, Adélaïde lui suffisait. Alors qu'il entra dans l'ascenseur pour regagner la surface, son téléphone bipa. C'était un message de Lena, sa deuxième assistante.

Son contenu le fit sourire, la jeune brune ayant le chic pour l'égayer : « *Votre père vous fait dire que conformément à vos ordres, tout est en train d'être reconstruit à l'identique. Il a dit que vous comprendriez, et que d'ici quatre ou cinq ans grand maximum, cela revivra. Bonne soirée monsieur, je prends congé.* »

Chapitre V

Salade de fruits & bonne entente

Il faisait beau. Le soleil était haut dans le ciel, malgré la période de l'année il faisait relativement chaud, et il n'y avait pas un seul nuage à l'horizon. C'était un temps magnifique, un temps à faire un barbecue à l'extérieur. C'était d'ailleurs ce que les deux couples avaient fait, dévorant avec appétit des saucisses, des côtelettes et des ailes de poulet, le tout accompagné de diverses salades. Et le repas fut succulent.

— Alors vous êtes mariés ? demanda miss Ambrosio.

— Euh, oui, fit Adélaïde. C'est un sujet sur lequel on nous interroge souvent, et tout le monde pense que non, mais si… on est bien mariés.

Adélaïde se gratta la tête. C'était un sujet sensible qu'elle n'aimait pas vraiment aborder, miss Ambrosio la regarda donc en faisant un sourire complice et entendu sans chercher plus de détails, et prit la salade de fruits. Les deux femmes se rendirent alors vers la terrasse pour rejoindre leurs hommes.

— Je sais ce que c'est de devoir protéger sa vie privée… Vous n'avez pas idée, avoua compatissante le top-modèle sur le chemin.

— J'imagine bien. Vous êtes mondialement connue, alors l'adresse, la vie sentimentale, Anja et Noah… vous devez tout faire pour avoir une vie normale à l'abri des fans et des paparazzis.

— C'est ça, répondit miss Ambrosio.

— Par chance, moi on ne me connaît pas... Mais ma vie privée doit impérativement être à des miles de ma vie professionnelle, au risque de mettre en danger ma famille et mes amis. D'où les noms de codes, les fausses identités, le changement d'adresse périodique, les déguisements et les passages secrets... Mais à part ça, c'est cool !

— Votre vie doit être géniale, formula la belle Brésilienne.

— Oui, assez, c'est trépidant... Mais je dois dire que votre vie semble tout aussi fantastique ! rétorqua enjouée Adélaïde.

Miss Ambrosio habillée d'une robe orangée gambada joyeusement, contente de trouver en Adélaïde une comparse, et fit la pose, le saladier dans les mains.

— Je suis quatre-vingts pour cent du temps en petite tenue, j'ai une collection de lingerie de dingue, et je suis souvent à la plage ! plaisanta-t-elle.

— Ouah... une vraie vie de rêve ! s'exclama Adélaïde.

Miss Ambrosio acquiesça, joyeuse.

— Et tout le monde vous regarde !

Adélaïde rigola. Oui, en effet !

Les deux jeunes femmes repartirent en rigolant vers leurs époux.

— Je dois dire que je vous envie miss Ambrosio, annonça Adélaïde. Vous semblez comblée !

— Oh, ne m'appelez pas comme ça par pitié ! Appelez-moi Alessandra, je vous en prie !

— D'accord. Mais c'est à cause de Phileas ! Il n'ose pas vous appeler par votre prénom !

— C'est incroyable d'ailleurs qu'un homme aussi séduisant et puissant que votre époux soit si intimidé par une simple femme comme moi.

— Le respect, que voulez-vous… Enfin, c'est un garçon. Vous connaissez les hommes, on ne sait pas ce qu'ils ont dans la tête !

Les filles s'esclaffèrent encore et arrivant sur la terrasse, déposèrent les desserts sur la table. Adélaïde servit alors une part de sa tarte à tout le monde tandis que miss Ambrosio remplit les coupes de la salade de fruits.

— Alors les garçons ? De quoi est-ce que vous parliez ? fit miss Ambrosio en s'asseyant.

Phileas et M. Mazur, tous les deux une bière à la main les regardèrent, l'air moqueur et complice.

— Nous discutions de choses et d'autres, annonça M. Mazur, évasif.

— Des sujets de mecs je présume, fit la jeune brésilienne en lui déposant un baiser sur les lèvres.

— Tout à fait, fit Phileas en levant sa cannette à son attention, amusé. Gravité post-luminique.

Il ricana fier de sa bêtise et en profita pour également embrasser sa femme.

— Et donc ? reprit M. Mazur en se tournant de nouveau vers lui, il s'est passé quoi ?

Phileas regarda sa femme et miss Ambrosio tour à tour, et répondit en chuchotant.

— Je crois qu'on en reparlera après…

— Okay, sans problème, ricana M. Mazur.

— Les hommes ! soupira miss Ambrosio en faisant semblant d'être lasse.

— Oh oui ! confirma Adélaïde.

Les garçons se regardèrent et trinquèrent, quand Jean gazouilla dans son couffin. L'homme du club se leva alors pour aller la voir et la chatouiller un peu.

— Oh, c'est mignon ! fit taquine miss Ambrosio en avalant un morceau de son reste de gâteau au chocolat.

Phileas ne releva pas cette taquinerie et sourit. Cela en révélait beaucoup sur ce qu'elle pensait de lui et cela l'égaya. Prenant sa petite fille dans les bras il fredonna tout doucement un air de berceuse et la balança un peu avant de s'asseoir.

— Je crois qu'elle a faim, fit-il à l'intention de sa femme.

— Pourtant ce n'est pas l'heure, s'étonna Adélaïde.

— Oui mais tu devrais en profiter le temps que son frère dort. Tu pourras manger.

— Oui tu as raison.

Phileas berça encore un peu Jean puis la tendit à sa mère pour qu'elle lui donne le sein.

— Va voir maman…

Adélaïde prit Jean dans ses bras, glissa son index dans sa main pour jouer un peu avec elle, et descendant une bretelle de sa robe, lui donna le sein.

— Là, là… Vous allaitiez Alessandra ? demanda Adélaïde.

— Non… étant donné mon travail je ne pouvais pas, avoua tristement miss Ambrosio.

— C'est dommage, c'est fantastique…

Phileas regarda sa femme donner le sein à sa fille, et fut pris d'un énième coup de foudre pour elle. Elle était vraiment somptueuse et divine. Et super sexy dans cette tenue… Bon, bien sûr il y avait la femme de ses rêves juste à côté, tout aussi admirable, mais elle, c'était sa femme à lui…

— Qu'est-ce qu'il y a Phileas ? demanda la jeune mère, surprise de son regard figé.

— Euh rien, je te regardais juste. Je te trouve très belle.

— Merci, rougit Adélaïde.

Flattée, la jeune cheffe du *Service* se réinstalla quelque peu sur sa chaise. Elle portait une robe plus jaune et moins courte que celle du top-modèle mais qui la moulait parfaitement. Elle en était ainsi toute aussi somptueuse qu'elle si ce n'était plus, vraiment belle à croquer.

Amusés de ce couple, leurs hôtes les regardèrent tour à tour et furent vraiment pris de sympathie pour eux.

— Vous êtes un drôle de type Phileas, fit alors M. Mazur en avalant une autre gorgée de sa blonde.

— Ah ? s'étonna celui-ci. Votre femme aussi est superbe je précise, continua-t-il en levant l'index.

— Alessandra ! reprit miss Ambrosio.

— D'accord, Alessandra. Alessandra aussi est superbe je précise !

— C'est mieux !

Miss Ambrosio et Phileas se sourirent.

— Oui, je n'avais jamais vu quelqu'un comme vous avant, expliqua M. Mazur alors que Phileas revenait à leur conversation.

— Ah ? reprit celui-ci.

— Mon mari est quelqu'un d'exceptionnel, avoua Adélaïde amoureuse en regardant ses nouveaux amis.

— Oh, ça j'en suis certaine ! fit complice miss Ambrosio.

— Quelqu'un comme moi ?

— Oui… Quand on voit ce que vous avez fait à ces deux types, quand on sait que vous êtes un agent de l'Intelligence Service, il est difficile d'imaginer que vous avez une épouse aussi charmante et des enfants. Pour être franc, votre froideur, votre précision. Cela m'a fait froid dans le dos dans la ruelle.

— On a surtout du mal à croire que vous pouvez être si doux avec ceux qui vous sont chers, révéla miss Ambrosio en terminant son gâteau.

Adélaïde esquissa un sourire en regardant son mari.

— Oui, quand on sait qui il est on trouve cela bizarre, en effet, s'amusa-t-elle.

— Vas-y, rajoutes-en une couche…

Adélaïde piocha avec sa cuillère un morceau de tarte et le mangea.

— C'est vrai attends, t'es le seul mec que je connaisse qui lorsqu'il affronte un sale type, peux prendre plaisir à taper sur une table avec sa tête pendant dix minutes, même s'il lui a cassé le nez dès le premier coup ! Et à côté de ça, t'es plus doux qu'un agneau dans le privé.

— Chérie, tu connais la notion de secret ? ricana Phileas. On ne devrait pas trop parler de ça. Surtout que ce n'est pas vraiment l'endroit ni le moment idéal.

— Oh, allez, moi j'adorerais entendre vos secrets ! s'excita miss Ambrosio. Racontez-nous vos vies !

La jeune Brésilienne avait posé les coudes sur la table et la tête reposant entre ses mains, elle dévorait Phileas des yeux, prête à boire ses paroles.

— Désolé, secret défense, fut toutefois catégorique celui-ci, qui parlait surtout au nom d'Adélaïde, la cheffe actuelle.

— Pitié… le supplia la jeune femme en lui faisant les yeux doux.

Phileas et Adélaïde se regardèrent, un peu gênés.

— Nous ne sommes pas vraiment du SIS… on est d'une autre faction établie en France, avoua-t-il juste.

— Phil ! s'exclama Adélaïde, outrée de sa conduite.

— Tu crois qu'ils nous balanceraient ? s'amusa Phileas, qui en avait profité une dernière fois pour se faire mousser. Et qui les croiraient de toute façon ?

— Mais euh, bouda gentiment miss Ambrosio.

La jeune Brésilienne prit un morceau d'une autre part de gâteau et l'avala goulument, mise en bouche.

— Et donc vous, vous parlez le brésilien ? demanda-t-elle à l'homme du club après avoir avalé sa bouchée.

— Oui, entre autres. Et je viens régulièrement au Brésil, j'aime ce pays... Et je dois avouer que c'est en vous découvrant que j'ai eu le coup de foudre. Euh... Pour le pays ! Pour le pays j'entends.

Miss Ambrosio rougit un peu, M. Mazur rigola, et Adélaïde secoua la tête, dépitée.

— Quoi ? s'exclama Phileas.

— T'es un vrai boulet, fit Adélaïde. T'es incapable de te tenir.

— Moi je ne trouve pas, fit miss Ambrosio, qui semblait charmée.

— Ah, merci ! Enfin une qui me soutient !

Phileas plongea dans les yeux bruns de son hôte, savoura l'étincelle qui y régnait, et dégusta son sourire avant d'entamer sa salade de fruits et d'en resservir à qui voulait bien.

— Pas beaucoup pour moi, fit Adélaïde en reportant rapidement le regard vers son enfant. Merci.

— Merci.

— Merci.

— En tout cas je dois vous remercier encore pour nous avoir sauvé la vie dans cette ruelle. Je ne sais pas ce que nous serions devenus sans vous, reprit sur un ton plus sérieux la maîtresse de maison.

— Ce n'est rien, cela fait partie de mon job.

— Ce n'est pas tout le monde qui prend un coup sur la tête et se fait torturer pour deux parfaits étrangers, rajouta toutefois M. Mazur, reconnaissant.

Phileas termina rapidement sa coupe de salade de fruits, se resservit, et continua.

— Vous savez… depuis ma plus tendre enfance, j'ai toujours pris pour acquis que je ne devais pas faire aux autres ce que je ne voulais pas qu'on me fasse. Et honnêtement, si j'avais été agressé, j'aurais apprécié qu'on vienne à mon secours… donc voilà.

Des sourires s'échangèrent, et le sujet fut clos. Phileas ne voulait plus trop revenir sur cette histoire, et tous autour de la table ne pouvaient l'en blâmer… Et puis cette journée était vraiment trop magnifique pour la gâcher en parlant de ce genre de choses. Le parfum des fleurs flottait dans l'air, les oiseaux chantaient en volant, l'herbe était bien verte… et cette salade de fruits bon sang, elle était délicieuse ! Phileas s'en resservit une troisième fois.

— Ah, je crois que votre fils se réveille ! fit M. Mazur.

— Oui… je pense aussi.

Phileas avala ce qu'il avait dans la bouche, posa sa cuillère et extirpa Adrien de son couffin pour le prendre dans ses bras.

— Viens là mon fils, viens voir Papa, lui parla-t-il.

Il l'amena en face de son visage et joua alors avec lui, le faisant rigoler de ses grimaces. C'était attendrissant, un père qui jouait avec son enfant. C'était commun, banal, mais si beau. Et Adrien prenant un grand plaisir à jouer avec le nez de son père, fasciné, cela augmentait la beauté de la scène.

— Au fait, reprit Phileas en tâchant d'éviter que son fils ne glisse ses doigts dans sa bouche, pff, puh, je vous ai apporté des chocolats. Comme je sais que vous aimez ça, je vous ai amené des Lindt Pyrénéens[11].

— Ouah, merci, répondit miss Ambrosio. Je vous adore !

— Je sais… fit sur un ton divin Phileas, à son tour taquin.

— Ah, là vous l'intéressez, croyez-moi, plaisanta M. Mazur en se penchant vers lui.

L'homme du club se pencha à son tour et ricana.

— La mienne c'est fraise chantilly… Après elle perd tous ses moyens...

M. Mazur rigola de concert avec l'agent, et ne put s'empêcher d'en sortir discrètement une autre sur sa femme. Les deux hommes s'entendaient visiblement très bien, au grand dam de leurs conjointes. Leurs épouses sentant d'ailleurs que leurs oreilles sifflaient décidèrent de rester entre elles.

— Gardez les enfants, on va discuter entre filles ! lancèrent-elles en se levant.

— Bah, où vous allez ? s'étonna M. Mazur.

— Nous promener !

— Mais euh… et nous ?

Miss Ambrosio et Adélaïde leur tirèrent la langue comme deux sœurs jumelles puis s'éclipsèrent à l'intérieur.

Phileas et M. Mazur restant seuls, ils décidèrent de faire quelques passes. L'hôte attrapa sa grande fille Anja pendant que son second enfant dormait, Phileas emporta Adrien, et ensemble ils partirent en direction du jardin.

— Adrien dort beaucoup j'ai l'impression, s'exclama M. Mazur.

---

[11] —Lindt Pyrénéens est une marque de Lindt & Sprüngli SAS (« Lindt »).

— Oui… Il est comme mon chat. Il dort, il mange, il dort, il mange, le reste il ne connaît pas…

— On va lui apprendre le foot… ça, il aimera !

— France ou Brésil, telle est la question !

Plusieurs heures plus tard, lorsque la fin d'après-midi arriva, que le soleil commença à se coucher et que le temps se rafraichit, les adieux sonnèrent. Adélaïde et Phileas remercièrent leurs hôtes pour leur hospitalité, les invitèrent à venir les voir en France, puis repartirent. Ils ne les reverraient probablement jamais, mais cette journée en leur compagnie fut des plus agréables, et ils en garderaient un bon souvenir, c'était certain.

Le moteur de l'Aston Martin Virage Volante vrombit, et le couple d'agents et leurs enfants gazouillant à l'arrière s'éloignèrent de leurs nouveaux amis. Adélaïde posa alors à son mari la question qui lui brûlait les lèvres.

— Tu l'aimes ? demanda-t-elle.

— Quoi ? s'amusa surpris Phileas.

— Tu l'aimes ? reprit-elle avec le sourire.

L'homme du club ricana, amusé.

— Si je devais te tromper, ce serait avec elle, oui, mais je doute que ça se fasse, répondit-il plié de rire.

— Bien… comme ça c'est clair, fit Adélaïde en regardant la route en face d'elle. Je t'interdis de la revoir seul !

Phileas rigola de nouveau et continua à conduire.

— Hey ! Ce n'est pas moi qui ai couché avec un petit con nommé Sébastien et qui me suis envoyé toutes les filles de ma classe !

— Je ne m'en suis fait que deux ! se défendit Adélaïde.

— Ben tient !

Les deux époux continuèrent de se chamailler gentiment sur
le trajet. Ils s'aimaient.

FIN

À suivre dans
Dr Dru

9 791096 190256